KB018310

에디션 **F**
08

히구치 이치요
작품선

해질녘
보랏빛

에디션 **F**
08

히구치 이치요
작품선

해질녘
보랏빛

裏紫

히구치 이치요 | 유윤한 옮김

궁리
KungRee

裏紫

차례

일러두기

· 본문의 각주는 모두 옮긴이 주이다.

· 이 책은 히구치 이치요의 대표작 소설 6편과 일기를 수록하고 있다. 수록 작품 중 「달과 꽃과 먼지의
  일기」는 히구치 이치요가 남긴 일기를 발췌 번역한 것으로, 제목을 한국어판에서 새롭게 달았다.

섣달그믐

상

우물 도르래에 달린 두레박줄은 열두 길이나 되고, 부엌은 북향이라 섣달 찬바람이 쌩쌩 불어든다. 아, 못 참겠다 싶어 아궁이 앞에서 불을 쬐면 일 분은 한 시간으로 늘리고, 나무도막은 장작더미로 부풀려 야단치니 하녀 신세란 괴롭구나. 처음 이 집을 소개해준 할머니는 "자녀가 아들딸 모두 여섯인데 항상 집에 있는 사람은 맏이와 막내뿐이야. 사모님이 좀 변덕스럽긴 해도 눈빛과 안색만 잘 살피면 큰일은 없을 거고. 비위만 잘 맞춰주면 우쭐해지는 성격이라 잘만 하면 장식깃 반쪽이나 앞치마 끈 정도는 얻어 쓸 수 있을 거야. 재산은 동네 제일이라도 인색하기로는 둘째가라면 서러운 사람이지. 다행히 바깥양반이 후한 편이라 조금이나마 용돈벌이는 생길 거야. 그 집에서 일하기 싫어지면 나한테 엽서 한 장만 보내. 자세히 쓸 필요도 없이 다른 데를 알아봐달라고 하면 발품을 팔아볼 테니까. 어쨌든 고용살이 비결은 주인의 겉과 속을 분간하는 데 있어"라고 하셨다.

참으로 무서운 이야기를 하는 사람이다 싶었다. 어쨌든 '내 마음 하나에 달린 일이고, 다시 이 사람에게 신세지고 싶지는 않아. 조심조심 열심히 일하면 마음에 들 수 있을 거야'라는 생각으로 미네는 이런 괴팍한 주인을 모시게 되었다.

견습 기간이 지나고 사흘째 되던 날. 이제 일곱 살 된 딸아이의 무용 연습이 내일 오후에 있으니 아침에 따뜻한 물로 씻겨놓으라는 말을 들었다. 다음 날 서리 내린 새벽, 안주인이 따뜻한 잠자리에서 재떨이를 두드리며 "얘야. 얘야" 하고 불렀다. 이 소리가 자명종 소리보다 더 가슴을 놀라게 하니, 미네는 세 마디를 하기도 전에 일어나 허리끈보다 먼저 어깨끈을 부지런히 걸었다. 우물가에 나가니 수채 물에 아직 달빛이 어려 있었고, 살을 에는 찬바람에 잠이 확 달아났다.

욕조는 부뚜막 위에 붙어 있는 것으로 크지 않았지만, 그 안을 가득 채우려면 들통 두 개에 물을 넘치도록 담아 물지게로 열세 번은 오가야 했다. 땀을 줄줄 흘리며 물을 나르자니, 나막신 앞코 끈이 느슨해져 발가락을 들어야 걸을 수 있었다. 그런 나막신에 의지해 무거운 물지게를 지고 가려니, 발밑이 땅에 제대로 닿지 않아 수채 물 언 곳에서 그만 미끄러지고 말았다. 비명을 지를 틈도 없이 옆으로 나동그라지며 우물 벽에 정강이를 부딪히니 딱하기도 해라. 눈보다 더 하얀 피부에는 보랏빛 멍이 선명하게 들고, 물통도 데굴데굴 구르면서 하나는 밑이 빠져버렸다.

물통 값이 얼마나 되는지는 모르겠지만, 안주인은 대단한 재산을 잃은 사람처럼 이마에 핏대를 세웠다. 아침 식사 시중을 들 때부터 노려보는 바람에 그날 하루 종일 미네는 입도 뻥긋 못했다. 다음 날이 되자 사소한 일에도 잔소리를 하며, 집안 물건은 어디서 그냥 생기는 게 아니라거나 주인 물건이라고 소홀히 다루면 벌받는다고 설교를 했다. 그리고 찾아오는 손님들마다 매번 일러바치니 어린 마음에 너무 부끄러워 설거지에서 소소한 집안일에 이르기까지 결국 정신을 바짝 차리고 하게 되었다.

"세상에 하녀를 부리는 사람이 많지만, 야마무라(山村) 집안만큼 아랫사람이 자주 바뀌는 집도 없어. 한 달에 둘은 늘 있는 일이고, 사나흘 만에 그만두는 사람도 있는가 하면, 하룻밤 지나 도망치는 경우도 있지. 지금까지 거쳐간 하녀 수를 헤아려보면 사모님이 어떤 사람인지 뻔한 거 아냐. 그러고 보면 미네는 잘도 참고 지내. 저런 아이를 못살게 군다면 천벌받을 일이지. 도쿄가 넓은 도시라고는 해도 더 이상 아무도 야마무라 집안에서 일하려고 하지 않을 거야. 기특한 것. 마음씨도 예쁘지."

사람들이 미네를 이렇게 칭찬하면, 대개 남자들은 곧 "게다가 미인이니 더 바랄 것도 없지"라고 한 마디 덧붙였다.

가을부터 단 하나 있는 미네의 혈육인 외삼촌이 병을 앓게 되어, 채소 가게를 접고 같은 동네 뒷골목 빈민가로 이사했다는 소식이 들려왔다. 하지만 미네는 까다로운 주인 아래 있는 몸으로 월급도 선불로 받고 팔려온 처지나 마찬가지라 병문안을 가겠다는 말은 엄두도 못 냈다. 게다가 심부름을 다녀오는 잠깐 사이에도 안주인은 시계에서 눈을 떼지 않고 제시간에 오는지 재고 있으니 괴로울 뿐이다. 빨리 뛰어다니며 짬을 내보려는 생각이 없지는 않았지만, 나쁜 소문은 빨리 퍼지는 법. 그동안 애써 참아온 노력이 물거품이 되어 쫓겨나면 앓아누운 외삼촌에게 걱정을 끼치고 말 것이다. 없는 살림에 하루라도 폐를 끼치면 마음 아프고 미안한 일이다. 미네는 그 사이에 우선 편지만 보내놓고, 할 수 없이 주인집에서 나날을 보내고 있었다.

섣달, 모두가 바쁜 중에 야마무라 집안의 딸들은 특별히 옷을 골라 차려입었다. 그저께 시작된 연극에 인기배우들이 다 나올 뿐만 아니라, 만담도 신작이라 놓쳐선 안 된다며 법석을 떨어 드디어 15일에 보러 가게 되었다. 드물게도 온 가족이 나서는데 미네도 따라가게 되어 평상시라면 기뻐해야 마땅할 일이었다. 하지만 부모를 여읜 후 유일한 가족인 외삼촌이 아픈데 병문안도 못 간 처지에 놀러갈 마음이 생기지 않았다. 게다가 괜히 따라갔다가 주인의 비위를 거스르기라도 하면 큰일이니 대신 휴가를 달라고 부탁했다. 과연 평소 성실하게 일하는 미네인지라, "하룻밤 자고 와야 한다. 얼른 가서 얼른 오거라" 하고 허락이 떨어졌다. 그 사이에 안주인이 변덕이라도 부리면 큰일이다 싶어, 미네는 고맙다는 말을 했는지 안 했는지조차 모를 정도로 서둘러 집을 나왔다. 드디어 인력거를 타고는 '고이시카와(小石川)는 아직 멀었나? 아직인가?' 하며 초조해했다.

하쓰네초(初音町)라고 하면 왠지 고아한 느낌을 주지만, 사실은 세상을 원망하는 소리가 끊이지 않는 빈민가이다. 외삼촌 쇼지키 야스베(正直安兵衛)는 '정직한 자의 이마에 신이 깃든다'는 말과 함께 커다란 주전자처럼 반들거리는 자기 이마를 내세우며, 다마치(田町)에서 기쿠자카(菊坂)에 걸쳐 가지와 무를 팔러 다녔다. 적은 밑천으로 하루하루 물건을 떼어오다 보니 싸고 양이 푸짐한 채소들이 대부분이었다. 길쭉한 배 모양 그릇에 담은 맏물 오이나 짚으로 싼 맏물 송이버섯 같은 것은 없었다. 매번 물건 종류가 똑같다고 놀림을 받기도 했지만, 단골손님들은 언제나 고마운 존재였다. 덕분에 그럭저럭 세 식구 입에 풀칠을 하고, 여덟 살이 되는 산노스케를 빈민 아이들이 주로 다니는 공립학교에 보내고 있었다.

세상살이의 괴로움이 몸에 스민다는 가을로 접어든 9월 말, 갑자기 쌀쌀해진 바람이 몸에 스며드는 아침이었다. 간다(神田) 도매 시장에서 물건을 떼어 집으로 이고 오자마자 열이 계속 나고 신경통이 시작되었다. 그 후 석 달이 지난 지금까지 장사는 꿈도 못 꾸니, 식비를 줄이다가 저울까지 파는 처지에 이르렀다. 결국 큰길에 낸 채소가게도 더 이상 계속하기가 어려워졌다.

월세 50전짜리 뒷골목 빈민가로 이사한다고 해서 남의 눈을 두려워하고만 있을 처지도 아니었고, 또 때가 되면 다시 장사를 할 수 있겠지 싶었다. 이삿날 인력거에 실은 것은 환자뿐이었고, 한 손으로 들 수 없는 짐은 등에 지고서 비참하게 같은 동네의 구석진 곳으로 숨어들었다.

미네는 인력거에서 내려 이곳저곳을 기웃거렸다. 처마에 연이나 종

11

이풍선을 매달아 아이들을 불러 모으는 막과자 가게가 있기에, 그 앞에 모인 아이들 중에 산노스케가 있을까 싶어 들여다보았다. 하지만 그림자도 보이지 않아 실망한 채 무심코 거리를 오가는 사람들을 살피자니 건너편으로 깡마른 아이가 약병을 들고 걸어가는 뒷모습이 보였다. 산노스케보다 키가 크고 말랐다는 생각이 들었지만, 똑 닮았기 때문에 성큼성큼 뒤쫓아가 얼굴을 가까이서 보았다.

"어, 누나."

"어머, 산노스케구나. 마침 잘 만났어."

두 사람은 술집과 고구마과자 가게 뒤쪽 후미진 곳에 하수도 덮개 판자가 덜컹거리는 어두운 골목으로 접어들었다. 산노스케가 앞장서 달려가며 "아버지. 어머니. 누나 왔어요" 하고 문 앞에서부터 외쳤다. "뭐? 미네가 왔어?" 하며 야스베가 일어났다. 외숙모도 여념이 없던 부업을 멈추고, "아유 이게 누구야?" 하고 당장 뛰어나와 손이라도 잡을 듯 기뻐했다. 들여다보니 여섯 장 다다미로 된 한 칸짜리 방에 한 칸짜리 찬장이 전부였다. 장롱과 함이야 원래부터 없었던 집이지만, 옛날에 쓰던 서랍 달린 나무 화로조차 보이지 않았다. 이 집의 살림살이라고는 값싼 이마도(今戶)산 네모진 도자기를 같은 모양의 상자에 넣은 것이 전부였다. 사정을 들어보니 쌀 넣을 뒤주도 없는 딱하고도 슬픈 신세였다.

'섣달 같은 하늘 아래 연극을 보러 가는 사람들도 있는데…'

미네는 눈물부터 글썽였다.

"추우니까 일어나시지 말고 누워 계세요."

미네는 딱딱한 밀전병처럼 얇은 이불을 외삼촌의 어깨 위로 덮어주었다.

"고생이 많으셨죠. 외숙모도 여위어 보여요. 너무 걱정하시다가 병이라도 나면 안 돼요. 그래도 외삼촌은 하루하루 좋아지고 계시잖아요. 편지로 사정을 알려주셔도 이렇게 직접 보지 않으면 마음이 편치 않아서요. 휴가를 내려고 벼르고 벼르다기 이제야 왔어요.

집이야 나중이지요. 외삼촌이 낫기만 하면 큰길에 가게를 다시 여는 것쯤은 문제없잖아요. 하루라도 빨리 나으세요. 뭐라도 사오고 싶었지만, 길은 멀고 마음은 급하니 인력거도 느리기만 한 것 같아, 외삼촌이 좋아하시는 엿가게도 지나치고 말았어요.

이 돈은 용돈 쓰고 남은 거예요. 고지마치(麴町)에 사는 친척 어른이 묵고 가셨는데 요통을 심하게 앓으시길래 밤새 허리를 주물러 드렸더니 앞치마라도 사라며 주셨어요. 이래저래 주인집은 까다롭지만, 그래도 드나드는 사람들이 잘 해주어요. 일하기 어려운 곳은 아니니 외삼촌은 마음 놓으세요. 이 두루 주머니도 장식깃도 모두 받은 거예요. 깃은 수수하니까 외숙모 쓰시고, 주머니는 조금 손보면 산노스케 도시락 가방으로 좋을 것 같아요. 그런데 산노스케, 너 학교는 잘 다니지? 어디 글씨 쓰기 한 것 있으면 누나한테 보여줘봐."

미네의 이야기가 한참 동안이나 길게 이어졌다.

미네가 일곱 살 때 아버지는 단골 집 창고 공사를 하다가 돌아가셨다. 발판에 올라 중간칠을 하다가 흙손을 든 채 밑에 있는 인부에게 할

13

말이 있어 뒤를 돌아본 순간이었다. 그날이 바로 만사가 흉하다고 달력에 검은 점을 찍는 불멸(佛滅)의 날이라도 되었을까? 아버지는 오래 전부터 익숙한 발판에서 구르고 굴러 뜰에 깔아놓은 납작한 돌 사이 뾰족 솟은 부분에 머리를 세게 부딪혀 어이없게 세상을 뜨고 말았다. "가엾게도 액년을 앞둔 해가 운수가 사납다더니… 마흔두 살을 넘기지 못했어"라고 모두들 안타까워했다.

이후 어머니는 딸을 데리고 자기 집으로 들어와 살라는 말을 오빠 야스베로부터 들었다. 그리고 2년 뒤 어머니마저 심한 유행성 독감에 걸려 앓다가 세상을 떠나고 말았다. 미네는 그때부터 야스베 부부를 부모로 여기며 지내왔고, 열여덟 살이 된 지금까지 입은 은혜는 말할 필요도 없었다. 미네는 "누나!" 하고 따르는 산노스케가 친동생처럼 귀여워, "이리 와봐. 이리로" 하고 불렀다. 그리고 등을 쓰다듬으며 얼굴을 들여다보았다.

"아버지가 아프니까 기운도 없고 힘들지? 이제 곧 설이 되면 누나가 뭐라도 사줄게. 그러니까 어머니한테 졸라서 곤란하게 만들면 안 돼."

미네가 타이르자 외삼촌이 말했다.

"곤란하게 만들기는커녕, 내 이야기 좀 들어봐라. 산노스케가 나이는 여덟이지만 또래보다 몸집도 크고 힘도 세단다. 내가 자리에 눕고부터는 돈 버는 사람은 없는데 생활비에 약값이 더 들어가지 않겠냐. 부모가 고생 고생하는 것을 보다 못해 건어물집 젊은 녀석들과 바지락을 팔러 동네를 다니는데, 녀석들이 8전어치를 팔면 우리 산노스케는 10전어치를 파는구나. 아무래도 천지신명이 이 아이의 효심을 보고 있는 게지. 아무튼 약값은 산노스케가 벌고 있어. 칭찬해줘라."

외삼촌이 이불을 뒤집어쓰며 목 메인 소리로 말했다.

"학교를 너무 좋아해서 한 번도 애를 먹인 일도 없고, 아침을 먹으면 뛰어나가 세 시에 집에 올 때까지 한눈팔거나 쓸데없는 장난을 치지도 않아. 자랑은 아니지만 선생님한테도 칭찬받는 아이야. 그런데 집이 가난하다 보니 바지락을 지고 다니게 하고, 이렇게 추운 날에도 작은 발에 짚신을 신겨 내보내는 부모 마음을 헤아려주렴."

외숙모도 눈물을 흘리며 말했다.

미네는 산노스케를 부둥켜안았다.

"세상에 넌 둘도 없는 효자구나. 덩치는 커도 여덟 살은 여덟 살일 뿐인데, 어깨에 지게를 지고 다녀 아프지 않았니? 짚신에 발이 쓸려 상처 나진 않았어? 누나를 용서해라. 오늘부턴 집으로 돌아와 외삼촌을 간호하면서 살림을 도울 거야. 이런 사정도 모르고 오늘 아침까지도 나는 두레박 줄에 붙은 얼음이 차갑다고 한탄했구나. 한창 학교 다닐 아이를 바지락 장사나 시키고 누나가 편히 지내서야 쓰겠니? 외삼촌, 그만두게 해주세요. 전 이제 고용살이는 하지 않을래요."

미네는 더 이상 눈물을 참지 못하고 울었다. 산노스케도 뚝뚝 눈물이 흐르는 것을 보이지 않으려고 어른스럽게 고개를 숙였다. 바늘땀이 뜯겨진 어깨선을 보니 여기로 지게를 졌구나 싶어 미네의 마음이 아팠다. 하지만 야스베는 고용살이를 그만두겠다는 미네의 말에 당치도 않은 소리라며 말렸다.

"네 마음은 기특하지만 집으로 돌아와봤자 여자가 얼마나 벌겠느냐. 월급을 이미 가불한 것도 있어 말 몇 마디를 하고 돌아올 수 있는 형편도 못 된다. 처음 고용살이가 중요한 법이다. 힘들어 돌아갔다는 인상을 남기면 안 되니, 주인을 잘 모셔야 한다. 내 병도 그리 길게 가지는 않을 거고, 조금 나으면 기운을 차리고 힘을 내서 장사를 시작할 거다. 이제 보름만 지나면 올해도 다 간다. 새해에는 좋은 일도 있겠지. 무슨 일이 있어도 참고 참아보자. 산노스케도 조금만 더 참아주고, 미네도 조금만 더 고생해라."

외삼촌은 눈물을 삼키고 있었다.

"오랜만에 온 손님인데 맛있는 음식은 못 차려주지만, 여기 네가 좋아하는 이마가와야키(今川燒)*와 토란조림이 있으니 이거라도 많이 먹어라."

외삼촌의 말 한 마디에 미네는 기분이 나아졌다.

"네게 폐를 끼치고 싶지는 않다마는… 섣달그믐이 코앞에 다가온 것을 뻔히 알면서 집안에 닥친 어려움을 보고 있자니 가슴이 답답해서 말이다. 이건 병으로 아픈 거랑은 다르구나. 애초에 몸이 아파 자리에 누울 때 다마치에 사는 고리대금업자한테 석 달 후 갚기로 하고 10엔을 빌렸는데, 그중에 1엔 50전은 선이자로 떼고, 손에 들어온 것은 8엔 50

---

* 밀가루 반죽에 팥소를 넣어 구운 과자.

전이었어. 9월 말에 빌렸으니까 이번 달에는 어쨌든 갚아야 하지. 그런데 그 안에 어떻게든 해보자고 머리를 맞대고 의논한 끝에 네 외숙모가 손끝에서 피가 나도록 남의 일을 가져다 했지만 하루에 10전도 못 벌고 있어. 그렇다고 이런 얘기를 산노스케한테 해봤자 소용없는 일이지.

너희 주인은 시로가네다이마치(白金臺町)에서 나가야*를 백 채나 세놓아 거기서 나오는 집세만으로도 항상 좋은 옷을 입으며 화려하게 지내더구나. 한번은 너한테 볼일이 있어 대문 앞까지 간 적이 있었는데 천 냥으로도 안 될 것 같은 도조**를 짓고 있는 것을 보고 부러울 정도로 부자라는 생각이 들었다. 그런 주인 밑에서 일 년을 지내며 친해지고 마음에 들었다면 약간의 돈 이야기를 해도 들어주지 않겠느냐.

이달 말 차용증서를 다시 써달라고 울면서 사정해보려고 한다. 그때 이자인 1엔 50전만 우선 갚으면 내년 3월까지는 연기해줄 것 같다. 그리고 욕심인 것 같지만, 시장에서 파는 떡으로라도 설날 떡국을 못 먹이면 공부해서 출세해야 할 산노스케에게 부모가 있다 한들 무슨 소용이 있겠느냐. 말을 꺼내기는 어렵겠지만, 그믐날까지 2엔을 주인한테 부탁해볼 수 없겠니."

미네는 잠시 생각에 잠겼다.

"무슨 말씀인지 잘 알겠어요. 만일 어려우면 월급을 가불해달라고 해

---

* 옆으로 긴 집을 여러 칸으로 막아 세를 주는 서민 주택.
** 회반죽칠을 한 근사한 창고.

17

볼게요. 바깥에서 보는 것과 집안 사정은 달라 어디서나 금전 문제는 골치 아프다지만, 많지도 않은 그 정도 돈으로 문제가 해결된다면, 사정을 듣고서 싫다 하지 않을 거예요. 그렇게 되려면 실수가 없어야 하니 오늘은 이만 가볼게요. 설날이 되면 또 휴가를 나올 거고, 그때는 모두 모여 웃을 수 있을 거예요."

미네는 외삼촌의 부탁을 받아들였다.

"돈은 어떻게 줄 거니? 산노스케를 보내줄까?"

"그게 좋겠어요. 항상 바쁜데 그믐날엔 더 틈을 내기 어려울 거예요. 길이 멀어 안 됐지만, 산노스케를 보내주세요. 점심이 되기 전에 꼭 준비해놓을게요."

미네는 순순히 부탁을 들어주기로 하고 주인집으로 돌아왔다.

하

야마무라 집안의 맏이 이시노스케(石之助)는 배다른 아들인 데다가 아버지의 사랑도 별로 받지 못했다. 자신을 양자로 내주고, 딸들 중 한 명에게 대를 잇게 하려는 계획을 10년 전부터 들으면서 마음이 상했다.

'요즘 같은 세상에 당치도 않아. 웃기지 말라고.'

마음대로 놀아 계모를 울려보자는 생각으로 아버지야 어찌 되었든 열다섯 살 봄부터 비뚤어지기 시작했다.

남자다운 풍채에 옹골차고 야무진 데다가 영리한 눈매를 지녔고, 얼굴빛은 거무스름해도 잘생긴 편이라고 동네 아가씨들은 수근거렸다. 다만 성격이 좀 난폭한 데다가 사나가와(品川)의 유곽에도 다닌다고 하지만, 소란은 그 정도에 머물렀다. 한밤중에 인력거로 내달려 구루마마치(車町)의 불량배들을 깨워서는 술을 사고 안주를 사며, 지갑을 털어 어거지를 부리는 게 낙이었다.

"어쨌든 이 녀석에게 상속했다간 기름 창고에 불을 지르는 것이나 마찬가지예요. 재산은 연기처럼 사라지고 우리는 뭐가 되겠어요? 남은 형제들도 딱하지요."

아버지에게 쏟아놓는 계모의 중상모략은 끊임없이 이어졌다.

"이런 방탕한 아이를 양자로 받아줄 사람이 어디 있겠어요? 재산을 조금 나눠주고 호적에서 파내어 따로 살게 해요."

이런 식으로 결론을 비밀스럽게 내렸지만, 이시노스케 본인은 건성으로 흘려듣고는 꿈쩍도 하지 않았다.

"일단 1만 엔을 분배해주고, 나가서 사는 동안 생활비를 다달이 보낼 것이며, 내가 어찌 놀든 상관 말아야 해. 아버지가 돌아가시면 그 자리를 대신할 사람은 나야. 그러니 나를 오라버니로 잘 모시고, 그때가 되면 아궁이 신에게 바치는 소나무 한 그루도 내 허락을 받도록 할 테야. 어떻게든 나를 호적에서 파내려고만 하니까, 내가 이 집안을 위해 애쓰지 않는데도 할 말은 없지. 이대로만 해주면, 나도 분부를 따라드리지."

이시노스케는 어떻게든 듣기 싫은 소리로 식구들을 괴롭혔다. 게다가 세놓은 나가야의 수가 늘어나 작년에는 수입도 두 배가 되었다는 소문을 들어 집안 형편을 알게 되자, 이런 말도 했다.

"웃긴다. 웃겨. 그렇게 재산을 불려 누구 것으로 하려고? 불은 집안의 등잔에서 나는 거야. 맏아들이란 불덩어리가 굴러다닌다는 걸 알고나 있는 건가? 이제 내가 한몫 단단히 챙겨서 너희들이 즐거운 설날을 보내도록 해줄 테니까."

이 말 한 마디로 이사라고(伊皿子) 근처 빈민들을 기쁘게 하고, 섣달 그믐날 실컷 술 마시며 놀 장소도 정해놓았다.

"오라버니 왔다!"

이시노스케의 목소리에 여동생들은 무서워하며, 곪은 종기 대하듯 곁에 가려 하지 않았다. 무엇이든 시키는 대로 해주니 한층 제멋대로가 된 이시노스케는 고타쓰*에 양 발을 밀어 넣은 채 술 깨는 물을 가져오라며 행패를 부렸다.

밉살스럽다는 생각이 들어도 계모의 괴로운 처지란 별수 없지 않은가. 안주인은 욕을 삼키며 이시노스케가 감기 들지 않도록 솜이불을 덮어주고 베개까지 받쳐주었다.

"내일 쓸 마른 멸치 다듬어야 하는데… 남한테 시키면 허술하게 하니까."

안주인은 이시노스케의 머리맡에서 들으라는 듯 말하며, 자신이 얼마나 알뜰한지를 보여주려 했다.

---

* 이불 덮은 탁상 아래에 화덕이나 난로를 둔 난방 기구.

점심때가 되자 미네는 외삼촌과 했던 약속 때문에 마음이 초조해졌다. 안주인의 기분을 살필 틈도 없이 잠깐 일손이 비자마자 머리에 쓴 수건을 벗어 뭉쳐 들었다.

"요전에 부탁드린 일 말인데요. 이렇게 바쁠 때 분별없는 이야기이지만, 오늘 점심때를 지나기 전에 마련하겠다고 단단히 약속을 해놓은 돈이라서요. 도와주시면 외삼촌도 당장 어려움을 피하고 저도 기쁠 거예요. 언제까지라도 은혜는 잊지 않겠습니다."

미네는 두 손을 공손히 모으며 부탁했다.

미네는 처음 말을 꺼냈을 때 안주인이 애매하게 알았다고 했던 대답을 그대로 믿었다. 시끄럽게 자세히 물었다가는 또다시 기분이 나빠져 말을 뒤집을까 싶어 오늘까지 참고 있었다. 외삼촌에게 해둔 약속은 바로 오늘인 섣달그믐 낮이 될 때까지였다. 그런데 안주인은 잊어버렸는지 지금까지도 아무 말이 없어 애가 탔다. 너무도 절박하고 중요한 일인지라 차마 꺼내기 힘든 마음을 누르고 사정을 이야기하니, 안주인은 깜짝 놀란 듯한 표정을 지어 보였다.

"그게 대체 무슨 말이니? 그래, 네 외삼촌이 병이 나서 빚을 졌다는 이야기는 들었던 것 같아. 하지만 우리가 대신 갚아주겠다고는 말한 적은 없을 텐데. 네가 아무래도 잘못 들은 것 아니냐? 난 전혀 기억에 없는 일이구나."

이것은 안주인이 늘 써먹는 수법이었다. 정말 정떨어지는 사람이다.

꽃과 단풍 무늬로 화려한 옷차림을 한 딸들은 설빔으로 입을 코소데*

21

의 옷깃을 여미고 옷자락을 가지런히 겹치며 서로 어울리는지 바라보며 기뻐했다. 그런데 방해꾼인 의붓아들이 이 모습을 지켜보고 있으니 거슬리고 번거로워 빨리 가주었으면, 사라졌으면 하고 생각하고 또 생각했다. 하지만 입에 담지는 못하니 가뜩이나 신경질적인 안주인은 마음 깊은 곳에 쌓인 울화를 참기가 어려웠다. 만일 덕이 높은 스님이 본다면, 몸은 불길에 휩싸여 검은 연기가 피어오르고, 마음은 미쳐 있을 것이다.

'아무리 그래도 그렇지. 돈 이야기는 잘하면 약이고, 그렇지 않으면 독인데, 하필 이런 때…'

안주인은 미네의 부탁에 대답했던 것이 기억났지만, 지금 그것을 들어줄 기분이 아니었다.

"십중팔구 네가 잘못 들었을 거야."

안주인은 끝까지 잡아뗐다. 그리고 자신은 전혀 모르는 일이라는 듯 담배 연기를 둥글게 고리 모양으로 만들어 뱉고 있었다. 큰돈도 아니고 그저 2엔일 뿐이다. 게다가 자기 입으로 알았다 해놓고, 열흘도 되지 않아 망령이라도 든 것일까. 저기 놓인 가케스즈리**의 서랍에는 손도 대지 않은 돈이 한 다발 들어 있을 텐데… 10엔인지 20엔인지 그것을 전부 빌려달라는 것도 아니고, 그중에서 딱 두 장이면 된다. 그 돈이면 외

* 통소매로 된 평상복.
** 윗칸에 벼루와 먹이 들어 있고, 아래쪽으로 서랍이 몇 칸 달린 작은 금고 손잡이가 있어 들고 다닐 수 있다.

삼촌이 기뻐하고, 외숙모의 웃는 얼굴도 볼 수 있을 테고, 산노스케에게 떡국도 먹일 수 있을 거라 생각하니, 너무도 탐나는 것은 그 돈이고 원망스러운 것은 안주인이었다. 하지만 미네는 분해하면서도 아무 말도 하지 못했다. 늘 얌전한 성격 탓에 이유를 따지면서 주인을 설득할 재주도 없었다. 풀이 죽어 부엌으로 돌아오니 정오를 알리는 대포 소리가 들렸다. 이럴 때 그런 소리는 더더욱 가슴에 울리는 법이다.

'어머니, 빨리 와주세요. 아침부터 진통이 있고, 오후면 아이가 나올 것 같아요. 초산이라 남편은 계속 쩔쩔매기만 할 뿐 아무 도움도 안 돼요. 도와줄 어른이 없으니 우왕좌왕하는 것은 말할 필요도 없지요. 지금 바로 와주세요. 생사를 가르는 초산이에요.'

사이오지(西應寺)에 사는 딸이 어머니를 태워갈 인력거를 보냈다. 아무리 섣달그믐이라 해도 가봐야 될 일이었다. 그런데 지금 집 안에는 돈도 있고, 방탕한 아들도 자고 있었다. 어찌할지 마음은 둘로 갈라져도, 따라서 나눠지지 않는 것이 몸이었다.

더 무게가 나가는 자식 사랑에 끌려 인력거에 오르기는 했지만, 하필 이런 때 태평스럽기만 한 남편이 정말 미웠다.

'오늘 정도는 바다낚시를 가지 않아도 될 텐데… 강태공도 울고 갈 사람이야.'

안주인은 남편을 원망하면서 집을 나섰다. 이 여자와 서로 엇갈린 산노스케는 설명을 들었던 대로 정확하게 시로가네다이마치의 집을 찾아왔다. 그리고 자신의 초라한 옷차림 때문에 누나의 체면을 상할까봐 부얼문으로 조심조심 들여다보았다.

'누가 왔나?'

부뚜막 앞에서 엎드려 울던 미네가 눈물을 훔치고 내다보니 산노스케였다. 이 아이에게 잘 왔다고 할 수 없는 처지이니 어떻게 할까.

"누나. 나 들어가도 혼나는 거 아니지? 약속한 거 받을 수 있어? 이 집 어르신들한테 인사를 잘하고 오라고 아버지가 그랬어."

사정을 모르는 산노스케는 기쁘기만 한 얼굴이라 미네는 더욱 괴로웠다.

"잠깐만 기다려줄래? 좀 볼일이 있어서."

딸들은 마당에 나와 오이하고(追羽子)*를 하느라 여념이 없고, 사환들은 전부 심부름을 가서 돌아오지 않았다. 바느질하는 여자는 2층에 있는 데다가 귀머거리라 문제없고, 큰도련님을 보니 거실 고타쓰에서 꿈속을 헤매는 중이었다.

'하나님. 부처님. 기도드립니다. 전 이제 나쁜 사람이 되려고 해요. 그러고 싶지는 않지만 어쩔 수가 없어요. 벌을 받아 마땅한 사람은 저 한 사람뿐이에요. 돈을 쓰는 외삼촌과 외숙모는 모르는 일이니 용서해주세요. 나쁜 일인 줄 알지만, 이 돈을 훔치게 해주세요.'

전부터 보고 있던 가케스즈리의 서랍을 열고 돈다발 중 딱 두 장을 꺼냈다. 돈을 집은 뒤부터는 이것이 꿈인지 현실인지도 모른 채 산노스

---

* 아이들이 서로 공을 치며 주고받는 놀이.

케한테 건네주고 돌려보냈다. 이 일을 처음부터 끝까지 본 사람이 없다고 생각하는 것은 어리석지 않은가.

그날 해질녘 바깥주인은 싱글벙글하며 낚시에서 돌아왔고, 안주인도 뒤이어 들어왔다. 딸이 순산한 것이 기쁜지 태워다준 인력거꾼한테까지 상냥하게 대했다.

"오늘밤 여기 일을 마무리해놓고 다시 보러 갈 테고, 내일은 아침 일찍부터 동생들 중 한 명이 가서 꼭 도와줄 거라고 전해주세요. 정말 수고 많았어요."

안주인은 양초 값이라도 하라며 돈을 주었다.

"아유, 너무 바빠라. 누구라도 한가한 사람 있으면, 몸을 반쪽이라도 빌려 쓰고 싶을 정도야. 미네. 솔잎은 데쳤니? 청어알은 씻었어? 바깥어른은 돌아오셨니? 큰도련님은?"

마지막 한 마디는 작은 소리로 물었는데, "아직이요"라는 대답을 듣자 이맛살을 찌푸렸다.

그날 저녁 이시노스케는 얌전했다.

"새해 연휴는 내일부터 3일 동안이고, 집에 있으면서 차례라도 지내야겠지만, 아시는 대로 칠칠치 못한 놈이라 빳빳한 하카마*를 차려입고 찾아오는 사람들에게 인사하는 것도 귀찮아. 참견하는 말도 이제 지겹

---

* 일본 전통 남자 옷에서 가장 바깥에 입는 주름 잡힌 바지.

고. 친척 중에 미인도 없으니 얼굴 볼 마음도 안 생기고. 뒷골목 친구들과 약속도 있어 오늘밤엔 나가봐야겠어. 그건 그렇고 새해를 맞아 이것저것 받고 싶은데. 마침 설날이고 하니 세뱃돈부터 받아볼까. 얼마나 주실까나."

아침부터 드러누워 아버지가 들어오기를 기다렸던 이유는 바로 돈 때문이었다. 자식은 삼계(三界)에 걸쳐 지고 다닐 형틀이라지만, 방탕한 자식을 가진 부모만큼 불행한 사람도 없다. 끊으려야 끊을 수 없는 게 핏줄이니, 온갖 나쁜 짓을 저지르고 재산을 탕진하며 신세를 망친 자식이라도 모른 체할 수 없는 법이다. 다른 사람들 눈도 있는데, 가문의 이름을 더럽히고 부모 얼굴에 먹칠을 할까봐 아깝다 해도 금고를 열게 된다. 이시노스케는 이런 이치를 꿰뚫고 있었다.

"오늘밤까지 갚아야 할 빚이 있어요. 다른 사람 보증을 서면서 도장 찍은 것도 있고, 화투판에서 난리가 난 것도 있고, 건달 친구들한테 줄 걸 주지 않으면 조용히 넘어가지 않을 거예요. 나야 어쩔 수 없지만, 집안 이름에 미안하네요."

결국 돈을 달라는 이야기였다. 대강 이런 일이 있을 거라고 안주인이 아침부터 걱정한 그대로였다.

'얼마를 달라고 졸라댈까?'

아들을 엄하게 다루지 않는 남편이 답답하지만, 안주인도 말로는 이시노스케를 이길 자신이 없었다. 미네를 울린 오늘 아침과는 완전히 다른 사람이 되어 남편의 얼굴빛만 살피며, 가끔씩 곁눈질하는 눈매가 무

26

서울 뿐이다.

바깥주인은 조용히 금고 앞에 서서 지체 없이 50엔짜리 돈다발을 꺼내왔다.

"이건 너한테 주는 게 아니야. 아직 시집도 안 간 여동생들 혼삿길에 방해가 되고, 매형 체면도 있기 때문이야. 우리 야마무라 가문은 대대로 건실한 집안으로 항상 정직하고 성실하게 살려고 노력했으니, 당연히 나쁜 소문 날 일도 없었어. 악마가 환생한 것인지 너 같은 나쁜 놈이 태어나서, 돈이 떨어져 분별없이 다른 사람의 주머니라도 노리면, 수치스러움은 우리 대에서 끝나지 않을 것이야. 중요하기로 치자면 재산은 두 번째 문제, 부모형제에게 부끄러움을 안기지 말아야 한다. 너에게 말해봤자 소용도 없겠지만, 보통이라면 야마무라 가문의 큰아들로서 집에 들어오지 않는다는 손가락질 따위는 받지 않을 거야. 그리고 나 대신 새해인사라도 다니면서 조금은 도와주려 할 텐데, 이렇게 육십에 가까운 애비 눈에 눈물 나게 하니 천벌받아 마땅하지 않느냐? 어렸을 적엔 책도 조금 읽은 녀석이 왜 이걸 모르는 게냐? 자, 가거라! 어디든 가버려! 집안에 부끄러움을 안기지나 말아라!"

바깥주인은 방 안으로 들어가버리고, 돈은 이시노스케의 품속으로 들어갔다.

"어머니. 잘 지내시고, 새해 복 많이 받으세요. 그럼 안녕히 계세요."

이시노스케는 일부러 그러는 듯 공손하게 인사했다.

"미네. 신발을 제대로 놓아야지. 현관으로 들어오는 게 아니라 나가는 거란 말이다."

뻔뻔스럽게 두 팔을 크게 휘두르며 어디로 가는 것인지. 아버지의 눈물은 하룻밤 소동에 꿈같은 것이란 말인가.

"세상 쓸모없는 방탕한 아들 녀석."

안주인은 쓸모없는 탕아를 키우는 계모 신세를 강조했다.

"현관에 둔 소금이라도 있으면 뿌려라. 발자국은 일단 쓸어내고."

안주인은 큰아들이 사라져서 기뻤다. 돈은 아깝지만, 보고 있으면 밉기만 하니 눈에 안 보이는 게 최고였다.

"어떻게 하면 저렇게 유들유들할 수 있을까. 저 아이를 낳은 친엄마 얼굴을 보고 싶네."

늘 그렇듯이 안주인의 독설이 연달아 이어졌다.

미네는 그런 독설이야 어찌 되었든 귀에 들어올 리가 없었다. 저지른 죄가 무서운 나머지 내가 그랬는지, 다른 사람이 그랬는지, 좀 전에 벌인 짓이 이제 와서 꿈길을 더듬는 것 같았다. 생각해보면 그게 들키지 않고 넘어갈 일인가? 수많은 지폐 중 단 한 장이었다 해도 수를 세어보면 뻔한 일이다.

'빌려달라고 했던 액수와 똑같은 돈이 손길 닿는 곳에서 없어졌으니, 나라도 누구를 의심하겠어? 물어보면 어쩌지. 무어라 하지. 변명은 죄를 더할 뿐이야. 하지만 사실대로 고백하면 외삼촌이 마음에 걸려. 내 죄는 각오했지만, 사정을 모르는 외삼촌에게까지 누명을 씌우게 되면 안 돼. 가난한 사람들은 그런 누명을 씻기 어려워. 하지 않은 일도 했다고 사람들은 쉽게 말해버리니까. 너무 슬픈 일이야. 어쩌면 좋을까. 외삼촌에게 해가 되지 않도록 내가 급사라도 하는 방법은 없을까?'

미네의 눈은 안주인의 몸짓을 따라다니고, 마음은 돈을 꺼냈던 가케스즈리 주변을 헤매고 있었다. 연말 결산이라 해서, 이날 밤엔 집안의 돈을 모두 모아 봉인*했다. 안주인은 "맞아. 그거" 하며, 낮에 지붕 가게 다로(太郎)가 빚을 갚은 20엔이 가케스즈리 서랍에 있다는 것을 떠올렸다.

"미네. 미네. 가케스즈리 좀 이리 가져와라."

안방에서 부르는 소리를 듣고 미네는 생각했다.

'이제 난 죽은 목숨이구나. 주인 어르신 앞에서 모든 걸 털어놓고, 사모님의 무정함을 그대로 말해버리자. 이제 어찌할 도리가 없으니 정직만이 살 길이야. 도망가지도 숨지도 말고. 잘못된 욕심인 줄 알면서도 훔쳤습니다, 하고 자백하자. 외삼촌은 유일한 피붙이로 죄가 없다는 것을 끝까지 밝히고, 만일 믿어주지 않으면 별수 없이 그 자리에서 혀 깨물고 죽어야지. 목숨을 걸었으니 거짓말이라고는 생각하지 않을 거야.'

이렇게 배짱을 부려보지만, 안방으로 가는 마음은 도살장에 끌려가는 양 한 마리였다.

미네가 빼간 것은 딱 두 장이니, 남은 것은 열여덟 장이 되어야 할 것

---

* 돈을 종이로 싼 뒤 그 위에 액수를 적어두는 일.

이다. 그런데 어찌 된 일인지 돈다발이 통째로 보이지 않았다. 서랍을 뒤집어 흔들어도 소용없었다. 이상한 종이쪽지 하나만 떨어졌는데, 언제 쓴 것인지 영수증이 한 통 있었다.

"서랍 속에 든 것도 잘 받겠습니다. 이시노스케."

'그럼 돈은 방탕한 아들녀석이 가져갔네' 하며 서로가 표정을 살폈고, 미네가 의심받을 일은 없었다. 갸륵한 효심의 은덕으로 자기도 모르는 사이에 이시노스케의 죄가 된 것일까. 아니면 미네의 죄를 알고서 덮어 준 것일까. 그렇다면 이시노스케는 미네의 수호신일 텐데, 훗날의 일이 궁금하구나.

키 재기

.

1

마을에서 큰길로 돌아가면 요시와라(吉原) 유곽 대문의 버드나무까지는 꽤 멀다. 유곽에서 밤을 보낸 남자들이 새벽녘 돌아가며, 아쉬움에 돌아보는 곳이 버드나무 근처라 한다.

요시와라를 에두른 검은 도랑엔 유곽의 3층에서 흘러나온 불빛이 어리고, 게이샤를 불러 소란스럽게 노는 소리가 지척에서 들리는 듯하다. 쉴 없이 오가는 인력거를 보면 요시와라가 이루 말할 수 없이 번창하고 있음을 알 수 있다. '다이온지마에(大音寺前, 큰 절 앞마을)'라는 동네 이름은 절간 같은 분위기를 풍기지만, 막상 마을 사람들은 '알고 보면 활기찬 동네'라고 한다.

미시마(三嶋) 신사의 모퉁이를 돌아가면 이렇다 할 큰 집은 보이지 않고, 열 칸이나 스무 칸을 나란히 붙여 지은 서민 집들만 늘어서 있다.

결코 장사가 잘될 것 같지 않은 동네인데, 집집마다 반쯤 닫아놓은 덧문 밖에 재미있는 것들이 보인다. 이상한 모양으로 자른 종이에 백분을 바르듯 흰 물감을 마구 덧발라 꼬치에 나란히 붙여 내놓은 것이다. 마치 꼬치구이 같은데, 꼬치의 모양도 이상하다. 한두 집이 그런 것이 아니다. 아침에 해가 뜨면 내다 말리고, 저녁에 해가 지면 거두어들이는 수고를 마다하지 않는다. 온가족이 이 일에 매달리고 있기에, 그건 뭐냐고 물으니 "이걸 모른단 말이오? 11월 닭날(酉日)에 있을 축제 때 팔 기념물을 미리 준비하는 거요. 장사의 신에게 복을 빌러 올 욕심 많은 사람들이 바칠 갈퀴*를 만들기 위한 거요"라고 답한다.

설날 문 앞을 장식했던 소나무를 치우는 1월 상순부터 준비를 시작해 일 년 내내 갈퀴를 만드느라 씨름한다면, 그는 진정한 장사꾼이다. 한편, 여가에 짬을 내 부업으로 하는 사람들은 여름부터 손발을 하얗게 물들이며 갈퀴를 만들기 시작해, 여기서 번 돈으로 설빔을 준비한다.

"오토리다이묘(大鳥大明) 신이시여, 갈퀴를 사는 사람들에게 큰 복을 주신다면, 만드는 우리에게는 만 배 이익을 주소서"라고 누구나 말하지만, 사정을 알고 보면 생각과는 다른 법. 이 근처에 큰 부자가 산다는 소문을 들어본 적도 없다.

이곳 사람들은 대부분 유곽에서 일한다. 많은 남편들은 격이 낮은 기생집에서 손님이 벗어놓은 신발을 정리하느라 신발 번호표를 달그락거

---

* 복을 긁어 모은다고 한다.

리며 바빠 보인다. 해질 무렵 하오리*를 걸치고 집을 나설 때 뒤에서 아내가 안전을 빌며 부정을 없애기 위해 부싯돌을 부딪친다. 문득 남편의 머릿속으로 '아내의 얼굴도 이걸로 마지막인가' 하는 생각이 스친다. 위험천만한 일터 때문이다. 살벌한 패싸움에 휘말리거나 동반 자살에 실패한 연인들과 마주칠 일이 많고, 돈과 여자가 얽히는 곳이니 원망을 살 일도 많은 곳이다. 그만큼 목숨을 걸고 일하는 곳인데, 유곽이라는 이유로 놀러가는 것처럼 보이니 웃기는 일이다.

딸들은 격이 높은 유곽에서 유녀의 시중을 들거나, 유곽 안 찻집에서 대기 중인 손님을 안내하며, 가게 이름이 적힌 초롱불을 들고 종종거리며 수업을 받았다. 수업을 마치면 유녀가 될 작정이지만, 언젠가 유곽을 떠나 최고의 무대에 서고 싶어하는 것도 이상하진 않다.

서른 살쯤 먹은 세련된 여자가 세로줄무늬가 들어간 멋진 감색 기모노에 감색 버선을 신고, 셋타**를 달그락거리며 바쁜 듯이 걸어간다. 옆구리에 낀 보자기는 물어보지 않아도 내용물을 알 수 있다. 요시와라 유곽 이곳저곳에서 주문받은 기모노다. 찻집 쪽으로 걸린 임시 다리를 두드려 신호를 보내며 "돌아가면 머니까 여기서 드릴게요"라고 한다. 이 근처에선 '옷 짓는 여자'로 불린다.

이 부근의 유행은 다른 지역과 달라, 기모노 뒤에 오비***를 제대로 맨

---

* 일본 전통 겉옷.
** 대나무 껍질로 만든 조리인데, 뒤꿈치에 쇠붙이를 박았다.
*** 일본 전통옷에 두르는 넓은 허리띠.

여자는 드물고, 무늬가 있고 폭이 넓은 띠를 모양을 내 묶지 않고 두르기만 한다. 노처녀라면 몰라도 열대여섯 살짜리 건방진 여자아이들이 입에 꽈리*를 물고 이런 차림으로도 다니니, 차마 눈 뜨고 보기 어려울 지경이다. 하지만 유곽 옆 마을이니만큼 어쩔 수가 없다.

요시와라에선 이런 일도 있다. 어제까지는 개천가의 격이 낮은 기생집에서 '무슨 무라사키'라고 『겐지 이야기』에서 따온 이름으로 유녀를 하던 여자가 오늘은 마을의 건달과 함께 익숙지 않은 꼬치구이 밤 장사를 한다. 그리고 장사에 실패해 밑천을 다 날리면 친정으로 돌아가듯 원래 일하던 곳으로 돌아간다. 이곳에선 심심찮게 볼 수 있는 일이고, 어딘지 풋내기보다는 좋게 보는 분위기다. 이렇다보니 요시와라에는 이에 물들지 않는 아이가 없다.

가을엔 9월 니와카(和賀)**축제가 열릴 무렵 큰길은 볼 만하다. 거리엔 요시와라의 유명한 예능인이나 북치는 명인을 흉내 내는 아이들로 넘쳐난다. 교육열이 높은 맹자 어머니도 놀랄 정도로 배우는 속도도 빠르다. 일고여덟 살부터 재주가 무르익어 잘한다고 칭찬하면, "오늘밤은 동네 한 바퀴 돌까" 하고 건방지게 굴기도 한다. 어깨에 수건을 걸치고 콧노래로 '소소리'***를 부르니, 열다섯 살 소년의 조숙함은 무서울 정도

---

* 피임약의 일종으로 쓰였다.
** 요시와라 지역의 가을 즉흥 연극 행사.
*** 유곽의 유행가.

다.학교에서 배우는 노래에도 깃촌촌* 하며 추임새를 넣고, 운동회에선 축제 때 부르는 '키야리온도'**라도 부를 기세다.

그러지 않아도 교육은 어려운 법인데, 이런 아이들을 가르치는 교사의 어려움이 어떨지 짐작 간다. 근처에 '육영사(育英舍)'라는 소학교가 있는데, 사립이지만 학생 수는 수천 명이다. 콩나물 교실에서 학생들이 빼곡히 들어앉아 공부하는 환경인데도 교사의 인망은 두텁다. 이렇다 보니 근방에선 '학교'라면 누구나 육영사를 꼽는다.

학생들 중에는 소방수의 아이도 있다. "아버지는 하네바시(刎橋)***의 초소에 있어요"라며, 영리하게도 부모가 하는 일에 대해 잘 알고 있다. 이 아이가 불을 끄기 위해 사다리 타는 흉내를 내면, "앗, 도둑을 막기 위해 담장 위에 꽂아놓은 도둑 방지용 대나무를 꺾었습니다"라고 고소할 듯 시끄럽게 구는 아이도 있다. 이 아이의 아버지는 무면허 변호사라고 한다. "너희 아버지는 유곽에 돈을 내지 않는 손님의 집까지 쫓아가 돈을 받아내는 심부름꾼이라며?"라는 놀림을 받고 얼굴을 붉히는 아이도 있다. 유곽의 귀한 아들은 장사를 하는 곳과는 다른 집에서 지내며, 지체 높은 화족(華族)이라도 되는 것처럼 군다. 토실토실한 얼굴에 술 달린 모자를 쓰고 양복을 산뜻하게 입은 모습이 화려하다. 이 아이에게 "도련님. 도련님" 하며 아첨하는 친구도 있으니, 이것도 우스운 일이다.

* 흥을 더하려고 유행가에 넣는 소리.
** 큰 나무나 돌을 나를 때 여럿이 부르는 노동가로 나중에는 유녀들도 즐겨 불렀다.
*** 요시와라 뒷문에 걸쳐진 임시 다리이다.

이 많은 아이들 중에는 용화사(龍華寺)라는 절에 사는 신뇨(信如)도 있다. 지금은 검은 머리카락이 풍성하게 자라고 있지만, 앞으로 머리를 밀고 잿빛 승복을 입을 처지다. 승려가 되고자 하는 것이 자신의 의지인지 아닌지는 모르겠지만, 어찌되었든 아버지의 절을 물려받을 이 아이는 공부를 열심히 한다. 신뇨는 원래 어른스러운 아이로, 친구들은 이것을 갑갑하게 여겨 온갖 장난을 친다. 죽은 고양이를 밧줄에 묶어 던지며, "중이 할 일이니 염불해서 극락으로 보내"라고 했던 일도 있다. 하지만 그것도 옛날 일. 지금 신뇨는 전교에서 제일 똑똑한 아이로 인정받고 있어, 아무도 만만하게 놀리거나 장난치지 않는다. 나이는 열다섯, 보통 키인데 밤톨처럼 짧게 깎은 머리도 어딘지 주변 아이들과 달라 보인다. 후지모토 노부유키(藤本信如)라고 훈독(訓讀)으로 읽는 보통 이름이 있지만, 어딘지 '신뇨 스님'이라 부르고 싶어지는 분위기를 가진 아이다.

2

8월 20일엔 마을의 수호신을 모시는 센조쿠(千束) 신사의 축제가 있다. 마을마다 멋지게 꾸민 수레를 준비해 요시와라를 둘러싼 둑에 올라가, 유곽 안으로 들어갈 기세다. 젊은이들의 패기가 어느 정도인지 짐작할 수 있다. 어른들의 이야기를 엿들으며 자라는 마을 아이들도 만만치 않다. 나란히 유카타를 맞춰 입는 것은 당연한 일이요, 서로 모의하며 건방을 떠는 것을 어른들이 들으면 간담이 서늘할 정도다.

아이들 사이에는 자칭 '골목파'라는 패거리가 있다. 조키치(長吉)라는 아이가 대장인데, 이 마을 우두머리 토목기술자의 아들이다. 나이는 열여섯. 요시와라에서 니와카 축제가 열릴 때 아버지 대신 선두에서 행렬을 이끈 뒤부터는 으스대기 시작했다. 어른 흉내를 내며 허리띠를 아래로 늘어뜨려 맸고, 대답을 건성으로 하며 밉살스럽게 굴었다.

"저 녀석, 감독의 아들만 아니라면…"

조키치의 아버지 밑에서 일하는 기술자 아내들이 입을 모아 험담을 했다.

한껏 제멋대로 굴며 주제넘게 설치고 다니는 조키치지만 그에게는 함부로 하지 못하는 적수가 있다. 바로 큰길의 다나카(田中) 집안 아들인 쇼타로(正太郎)다. 나이는 조키치보다 세 살 아래인데, 집에 돈이 있고 성격은 붙임성이 있어 누구나 좋아한다.

"난 가난한 아이들이 다니는 사립학교에 다니는데, 쇼타로는 공립학교에 다녀서 같은 노래도 공립학교 노래가 진짜라는 듯이 젠체하는 얼굴을 하고 있지. 작년에도, 재작년에도 쇼타로 패거리는 니와카 축제 때 즉흥 공연 준비도 우리보다 화려하게 잘 하고, 어른들까지 따라붙어 싸움을 걸어보지도 못했어. 만일 올해도 지면, 평소 '내가 누군줄 알아? 골목파의 대장 조키치야'라고 큰소리치던 것도 다 허풍이라고 비웃음을 사겠지. 벤텐 개울로 고기 잡고 수영하러 갈 때에도 우리 골목파로 들어올 아이들이 줄 거야. 우리가 힘이야 세지만, 쇼타로의 상냥한 분위기와 공부를 잘하는 것에 넘어가 원래는 골목파였던 다로키치(太郎吉)와 산고로(三五郎)가 그쪽으로 간 것도 생각할수록 분해. 축제는 모레야. 슬슬 눈치를 봐서 우리가 질 것 같으면 그냥 있지 않을 거야. 이판사판 난리를 쳐 쇼타로의 얼굴에 상처라도 하나 내고 말 거야. 눈 한쪽, 다리 한쪽 없어질 각오로 달려들면 돼. 인력거 집 우시(丑), 상투끈 장인의 아들 분(文), 장난감 가게 야스케(弥助) 정도가 우리 편에 있으면 기싸움에서 밀리지는 않을 거야. 아, 참 그 녀석도 있지. 후지모토 노부유키라면 머리가 좋으니까 도움이 될 거야."

생각이 여기에 미치자, 조키치는 18일 해질 무렵 눈이며 입으로 달려드는 모기를 쫓으면서 용화사를 찾아갔다. 대나무가 무성하게 자라는 뜰 한쪽 끝 신뇨의 방 쪽으로 어슬렁어슬렁 다가간 조키치는 얼굴을 들이밀었다.

"노부, 있니?"

조키치는 하소연을 하기 시작했다.

"날더러 난폭하다는 사람도 있는데, 확실히 그럴지도 모르지만, 분한 건 분한 거야. 들어봐. 노부. 우리 편 막내와 쇼타로 편 꼬맹이가 초롱을 가지고 서로 치고박고 싸움이 붙었어. 그러자 쇼타로 패거리들이 여기저기서 뛰어나와 막내의 등을 부수고 헹가래를 쳐댔어. 한 녀석이 '잘 봐. 골목파의 한심한 꼴을'이라고 하자, 미련하게 키만 어른처럼 큰 경단 가게 바보녀석이 '골목파에 우두머리라고 할 만한 놈이 있긴 한 거야? 전부 꼬리야. 꼬리. 돼지 꼬리'라고 욕을 해댔어. 난 그때 마침 센조쿠 신사에 가 있었거든. 나중에 그 이야기를 듣고, 앙갚음을 하려는데 아버지가 처음부터 잔소리를 하는 바람에 눈물을 삼키며 참았어.

작년엔 너도 알겠지만 큰길파 청년들이 문구점에 모여 촌극 공연을 했잖아. 그때 내가 구경 갔더니 '골목파는 골목파의 취향이 있지 않나?' 라고 잘난 척하면서, 쇼타만 손님 대접 해준 것은 지금까지 분해. 아무리 돈이 있다 그래도 쓰러져가는 전당포의 돈놀이꾼이 뭐라고. 그런 놈을 살려두느니 때려죽이는 게 세상을 위하는 거지. 나, 이번 축제 때는 어떻게 해서든 쇼타로에게 싸움을 걸어 되갚아줄 생각이야. 그래서 말인데, 노부. 친구로서 내 편 좀 들어줘. 네가 이런 걸 싫어하는 줄은 알지만, 골목파의 수치를 씻기 위해서니까 제발 부탁이다. 공립학교에서 부르는 노래가 원조라는 등 쓸데없이 잘난 척하는 쇼타로를 혼내주지 않을래? 내가 사립학교 다니는 멍청이란 말을 들으면, 같은 학교에 다니는 너도 마찬가지란 말이잖아? 그러니 제발. 날 도와준다는 생각으로 축제 때 큰 초롱을 흔들어줘. 난 정말 뼛속까지 분해. 이번에 지면 내가 설 자리는 없는 거야."

조키치는 터무니없이 분해하며 떡 벌어진 어깨를 들썩거렸다.

"하지만 난 힘이 약한걸."

"약해도 괜찮아."

"초롱도 흔들 수 없어."

"흔들지 않아도 돼."

"내가 들어가면 질 텐데 괜찮아?"

"져도 괜찮아. 그렇게 되면 어쩔 수 없는 일이라고 단념할 테니까. 넌 아무것도 안 해도 돼. 네가 골목파에 있다는 것만으로도 괜찮은 애들이 따라 들어올 테니까. 난 공부를 못하지만 넌 공부도 잘하고 아는 것도 많으니까, 저쪽 애들이 한자라도 써가며 놀리면 그땐 네가 유식한 말로 대꾸해줘, 아, 기분 좋다. 속이 시원해. 네가 들어와준다니, 마음이 너무 든든하다. 노부. 고마워."

안심이 된 조키치는 평소답지 않은 부드러운 말투로 이야기했다.

한 사람은 장인들이 메는 3척짜리 허리띠에 짚신을 발끝에 겨우 걸친 토목기술자의 아들. 한 사람은 짙은 남색 무명 하오리에 보랏빛 허리띠를 맨 예비 스님. 서로 생각하는 것이 다르다보니 이야기도 엇갈린다. 하지만 신뇨의 부모인 주지스님 부부가 "조키치는 우리 절 문 앞에서 태어난 아이야"라고 편을 들어주는 데다가, 같은 학교에 다니는 입장에서 "사립, 사립" 하고 쇼타로에게 욕을 듣는 것도 기분 나쁘다. 원래 정이 갈 만한 구석이 없는 조키치라 진심으로 편들어주는 친구가 한 놈도 없으니, 그것도 불쌍하다. 저쪽은 마을의 청년들까지 뒤에서 도와주고 있으니, 바로 말하자면 조키치가 지는 데는 다나카야 쪽에도 잘못은 있다.

신뇨는 일부러 찾아온 친구의 부탁을 거절하는 것도 의리는 아니라는 생각이 들었다.

"그럼 너희 편에 들어갈게. 들어간다는 말은 진심이지만, 가능하면 싸우지 않고 지내는 게 이기는 거야. 저쪽 애들이 먼저 싸움을 걸어오면 어쩔 수 없지만 말이야. 뭐, 도저히 안 되겠다 싶으면 다나카야의 쇼타로 정도야 눈 깜짝할 사이에 해치울 수 있어."

신뇨는 자신에게 힘이 없다는 것도 잊은 채 대답했다. 그리고 책상 서랍에서 교토 여행선물로 받은 고카지(小鍛冶)의 칼을 꺼내들었다.

"잘 들게 생겼어."

조키치가 칼을 들여다보며 한 마디 했지만, 이 위험한 것을 휘둘러서야 될 일인가.

3

풀면 발까지 닿을 머리카락을 위로 단단히 틀어 묶고, 앞머리에 크게 부풀린 '샤구마(赭熊)' 머리 모양이 있다. '붉은곰'이란 뜻의 이름은 무섭지만, 유곽은 물론 양가집 아가씨들도 즐겨할 만큼 유행이다.

이 마을에도 샤구마 머리를 한 여자아이가 있다. 살결이 하얗고, 콧날이 오똑하며, 입매는 작지 않지만 꼭 다문 모양이 귀엽다. 하나하나 뜯어보면 미인이라 내세울 정도는 아니다. 하지만 맑고 가는 말소리에 애교 가득한 눈망울을 반짝이며, 동작 하나하나가 활기 있어 보기에 기분 좋은 아이다.

감색 바탕에 나비와 새를 크게 물들인 유카타를 입고, 검은 명주에 두 가지 이상 색실을 섞어 짠 띠를 가슴팍에 묶고 있다. 발에는 이 근처에선 보기 어려운 옻칠한 게다를 신고, 아침 목욕을 마치고 돌아올 때 흰 목덜미를 보이며 수건을 들고 걸어가니, 요시와라에서 돌아가는 젊은 남자들이 훔쳐보면서, "3년 후엔 얼마나 예쁠까. 기대되는군"이라고 한 마디씩 한다.

다이코쿠야(大黑屋)에 사는 이 아이의 이름은 미도리(美登利). 태어난 곳은 기슈(紀州), 사투리가 섞인 말투도 귀엽다. 무엇보다 돈을 잘 쓰는 성격이라 누구나 좋아한다. 아이답지 않게 무거운 지갑을 가지고 다니는 데는 이유가 있다. 잘나가는 언니 덕분이다.

"미 짱. 인형이라도 사."

"이건 공놀이 장난감을 살 정도로 적은 돈이야. 그냥 받아도 돼."

요시와라에서 가장 인기 있는 오이란(고급 유녀)인 언니에게 잘 보이려고, 시중드는 아주머니나 다른 유녀들이 미도리에게 거리낌 없이 돈을 준다. 늘 그렇게 받다보니, 별로 고마운 줄도 아까운 줄도 모르고 시원시원 잘도 쓴다.

동급생 여자아이들에게 고무공을 사서 돌린 적도 있었다. 이 정도는 아무것도 아니다. 단골 문구점에서 먼지를 뒤집어쓰고 있는 손 장난감을 모두 사들여 주인을 기쁘게 한 적도 있었다. 아무리 씀씀이가 좋아서 그런다 해도 매일같이 이렇게 낭비하니, 어린아이가 할 짓은 아니다. 나중에 어떤 어른으로 자랄지 걱정이다.

부모가 있지만 험한 말로 꾸짖지는 않는다. 언니를 고용한 유곽의 주인이 미도리를 아끼는 모습도 신기하다. 물어보니 주인의 양녀도 아니고, 친척도 아니라고 한다. 언니가 유곽에 몸이 팔려올 때 주인의 권유를 받고, 부모와 미도리까지 세 식구가 함께 왔다. 유곽에서 먹고살 길을 찾기 위해서였다. 그 이상 깊은 사정은 모른다. 지금은 유녀들이 묵는 곳을 관리하면서, 엄마는 유녀들의 옷을 수선하고, 아버지는 격이 낮은 기방의 회계 일을 보고 있다.

미도리는 음악이나 춤을 익히고, 수예를 배우는 곳에도 다니고 있었다. 그 외 시간에는 무얼하든 자기 마음대로였다. 한나절은 언니 방에 머물다가 한나절은 마을에 놀러 나갔다. 샤미센과 북소리가 늘 귀에 익숙하고, 주로 눈에 보이는 것은 붉은빛이나 자줏빛 옷을 차려입은 여자들이다. 미도리는 자연스럽게 요시와라의 분위기에 물들고 있었다.

이 마을에 처음 왔을 때 미도리는 촌스러운 옷차림이었다. 옷에 덧댄 깃이 연보랏빛으로 홀치기 염색을 한 것이라 튀었기 때문이다. 여자아이들이 이 모습을 보고 "시골뜨기야, 시골뜨기"라고 놀리자, 미도리는 분한 나머지 사흘 밤낮을 울기도 했다. 촌티를 벗은 지금은 자기가 먼저 주위 사람을 무시하며 "촌스러워"라고 대놓고 말해도 싫은 소리 하는 사람이 없게 되었다.

20일은 축제날이라, "정말 재미있는 일을 해보자"라고 친구들이 미도리를 졸랐다. 그러자 미도리는 "뭐가 재미있을지 각자 생각해보고, 모두가 즐길 수 있는 것으로 하자. 아무리 돈이 들어도 좋아. 내가 낼 테니까"라며 계산도 하지 않고 받아들였다. 과연 아이들 사이의 여왕이다. 다시없는 고마운 일이라며, 아이들은 어른들보다 반응이 빠르다.

"재미있는 촌극을 하자. 어디 가게라도 빌려, 길에서 사람들이 구경할 수 있게 하는 거야"라고 한 사람이 말하자, 이렇게 말하는 남자아이도 있었다.

43

"바보 같은 이야기 하지 마. 그것보다는 미코시(神輿)*를 만들자. 가바타야(蒲田屋) 같은 부잣집 안에 장식해둔 것처럼, 진짜 미코시 말이야. 무거워도 괜찮아. 영차영차. 거뜬히 들 수 있으니까."

그 아이는 당장 미코시를 짊어지고 갈 것처럼 이마에 동여맨 머리띠를 내 보였다. 그 옆에 앉아 있던 여자아이들은, "그럼 우리 여자아이들은 재미가 없잖아. 남자아이들이 소동하는 것을 보기만 하면 미도리도 지루할 거야. 무엇이든 미도리가 좋은 걸로 해"라고 하면서, "축제보다는 도키와자(常盤座)**로 모두 연극이나 보러 갔음 좋겠다"라고 본심을 슬쩍 내비치는 모양도 재미있다.

다나카야의 쇼타로는 귀엽게 눈알을 데굴데굴 굴리며, "환등기로 영사회를 하지 않을래? 우리 집에도 그림이 좀 있고, 모자라는 부분은 미도리에게 사달라고 해서 문구점에서 하자. 내가 환등을 비출 테니까, 골목의 산고로에게 설명을 시키자. 미도리, 그렇게 하지 않을래?"라고 했다.

"아, 그거 재미있을 것 같아. 산 짱이 이야기하면, 누구라도 웃지 않고는 못 견딜 거야. 하는 김에 그 아이 얼굴을 환등에 비추면 더 재미있을 거야."

미도리의 이런 대답으로, 축제에서 무엇을 할지가 결정되었다.

쇼타로가 소품 담당이 되어 부족한 것들을 사러 땀 흘리며 돌아다니

---

* 신령을 실은 가마.
** 1887년 문을 연 연극 극장.

는 것도 재미있다. 다음 날이 되자, 큰길파 아이들이 환등 영사회를 한다는 소문이 골목까지 퍼졌다.

4

북 치는 소리와 샤미센의 음색이 끊이지 않는 요시와라 같은 곳에서도 센조쿠 신사의 신을 모시는 사람들이 벌이는 축제는 각별하다. 오토리 신사의 제삿날을 빼면 일 년에 한 번 떠들썩해진다. 센조쿠 신사 근처에 있는 미시마 신사나 오노테루사키 신사에 지지 않으려는 경쟁심에 축제 분위기를 띄우는 것도 재미있다. 골목파나 큰길파나 모두 마오카(真岡)산 유카타에 각각 동네 이름을 흘려 써넣어 맞춰 입었다. "작년보다 무늬가 별로야"라고 투덜거리는 아이들도 있었다. 이 유카타에 치자나무 열매로 물들인 마로 만든 폭이 넓은 어깨띠를 걸쳤다.

열네다섯 살이 못 되는 아이들은 오뚝이, 부엉이, 종이로 만든 강아지 같은 장난감을 일곱 개, 아홉 개, 어떤 아이들은 열한 개나 띠에 매달았다. 이런 장식은 많을수록 자랑거리였다. 큰 방울과 작은 방울을 등쪽에서 딸랑거리며 버선발로 내달리는 모습이 씩씩하기도 하고 우습기도하다.

쇼타로는 이 아이들과 좀 떨어진 곳에 있다. 상호가 새겨진 빨간 줄무늬 겉옷을 입고, 하얀 목덜미에 감색 앞치마 끈을 두르고 있다. 평소와는 다른 차림인데, 허리에 두른 노란빛이 더해진 청록색 띠는 고급 치리

멘*을 다시 염색한 것이다. 옷깃에 들어간 상호 염색도 또렷하니 아름답다. 이마에 두른 머리띠 뒤쪽에는 축제의 수레를 장식하는 꽃 한 송이를 꽂았다. 가죽끈 게다 소리를 내며 돌아다니기는 해도, 북이나 꽹과리를 쳐 축제 분위기를 달구는 무리에 끼지는 않았다.

축제 전야제는 별일 없이 지나갔고, 오늘부터 제대로 시작이다. 날이 저물 무렵 큰길파 아이들 열두 명이 문구점에 모였다. 한 사람 부족한 것은 미도리인데, 저녁 화장이 길어지고 있기 때문이다. 쇼타로가 "미도리는 아직 안 왔어?"라며 문구점을 들락날락거렸다.

"산고로. 가서 미도리를 데려와. 넌 아직 다이코쿠야의 별채에 가본 적 없지? 마당에서 미도리, 하고 부르면 들릴 거야. 어서."

"그럼 내가 불러올게. 초롱을 여기다 두고 가면 안에 있는 초를 아무도 못 훔쳐 갈 거야. 쇼타, 잘 봐줘."

"이 구두쇠 녀석. 그런 말 할 사이에 어서 갔다 오란 말이야."

나이 어린 쇼타로에게 한 마디 듣고도 산고로는 여전히 장난기 가득했다.

"자, 출동이다. 사노지로자에몬(佐野次郎左衛門)**!"

부리나케 달려가는 산고로의 뒷모습이 마치 빨리 달리기로 마귀를 쫓는 신, 이다텐 같았다.

---

* 잔 주름이 오글오글 잡힌 비단.
** 요시와라 유녀에게 거절당한 뒤 앙갚음하기 위해 유곽에서 많은 사람들을 죽인 인물로 연극의 주인공이 되기도 한다.

"아, 저 뛰어나가는 모습 정말 웃겨."

뒤에서 바라보던 여자아이들이 깔깔거리며 웃는 것도 무리는 아니다. 산고로는 뚱뚱하고 키가 작은 데다가, 두상은 망치처럼 크고 목은 짧다. 뒤돌아보는 얼굴을 보니 튀어나온 이마에 펑퍼짐한 사자코라 '뻐드렁니 산고로'라는 별명이 딱 어울린다. 피부는 말할 필요도 없이 검은데, 기특하게도 눈매에는 항상 웃음기가, 양볼에는 보조개가 있어 애교가 넘친다. 놀이에서 눈을 가리고 그린 것처럼 제멋대로인 눈썹 모양에도 귀여운 구석이 있는 순진한 아이다. 집안이 가난해 소매를 통 모양으로 꿰맨 싸구려 목면 옷을 입고 있었다. 사정을 잘 모르는 친구들에겐 "어쩌다보니 늦어져 축제용 유카타를 맞추지 못했다"라고 말하는 듯했다.

장남인 산고로 아래로 다섯 명이나 되는 동생들이 있다. 산고로의 아버지는 인력거를 끌어 이 아이들을 키우고 있었다. 요시와라 대문 앞 찻집에 단골손님들을 가지고 있지만, 집안 살림은 어렵기만 했다. 산고로도 열세 살이 되자 집안 살림을 떠받치는 한 팔이 되겠다면서, 재작년부터 가로수길에 있는 인쇄소에 다녔지만 게으름뱅이라 열흘을 넘기지 못했다. 그 후 한 달 이상 같은 일을 계속하지 못했다. 그래서 11월부터 봄까지는 깃털공 만드는 부업을 하고, 여름에는 위생검사소의 얼음 가게에서 일했다. 재미있는 입담으로 손님을 끌어 제법 도움이 되자 나름대로 귀한 대접을 받았다.

작년에는 니와카 축제에서 무대 수레를 끌어 친구들로부터 '만넨 마을 가난뱅이'란 별명을 얻었다. 축제의 무대 수레는 빈민촌인 만넨 사람

47

들이 주로 끌기 때문이다. 하지만 산고로라고 하면 모두들 재미있는 녀석으로 알고, 싫어하는 사람이 없으니 좋은 성격 때문이다.

산고로에게 다나카야의 쇼타로는 생명줄과 같은 존재였다. 산고로네 부자가 모두 다나카야로부터 받고 있는 은혜가 적지 않기 때문이다. 이자가 싸지는 않지만, 가난한 산고로네 집에 필요한 돈을 빌려주는 금전주이니 함부로 대할 수는 없었다. "산고로, 우리 큰길로 놀러와"라고 쇼타로가 부르면 의리상 싫다고 할 수가 없는 처지였다. 그렇기는 해도 산고로 자신은 골목에서 태어나 골목에서 자란 몸이다. 살고 있는 곳도 용화사 땅이다. 집주인은 조키치의 부모이므로, 드러나게 골목파를 거스를 수도 없었다. 따라서 은밀하게 큰길파 일을 보다가 눈에 띄어 골목파로부터 미움받는 것도 괴로웠다.

쇼타로는 문구점 의자에 걸터앉아 미도리와 산고로를 기다렸다. 심심풀이로 '남모르게 하는 사랑'이란 유행가를 불렀다.

"어머 그런 사랑의 노래를 부르다니, 어린아인 줄 알았는데 방심하면 안 되겠어."

문구점 여주인이 놀리듯이 웃자 쇼타로의 귓불이 빨개졌다. 쇼타로가 멋쩍음을 감추려고, "모두 이리 와봐!"라고 아이들을 불러 가게 밖으로 나선 순간, 할머니와 딱 마주쳤다.

"저녁 왜 안 먹는 거냐? 아까부터 불렀구만. 노는 데 정신이 팔려 못 들었냐? 얘들아, 나중에 쇼타와 놀아라. 이거 미안하게 됐어요."

할머니는 문구점 여주인에게도 인사를 했다. 쇼타로는 할머니가 일부러 데리러 왔기 때문에 싫다는 말도 못 하고, 그대로 집으로 돌아가버렸다. 쇼타로가 사라지자, 갑자기 분위기가 착 가라앉아버렸다.

"그 애가 없으니 어른인 나도 어딘지 쓸쓸하네. 소동을 벌이지도 않고, 산고로처럼 농담을 지껄이지도 않지만 사람들이 좋아해. 부잣집 아들치곤 드물게 애교가 있어."

"좀전에 봤어? 다나카야 과부의 추한 꼴 말이야. 나이는 예순넷이나 돼. 그나마 화장을 하지 않아서 괜찮지만, 젊은 척하면서 머리를 너무 크게 말아올렸어. 간사한 목소리로 상냥한 척하지만, 사람이 죽는 것도 상관하지 않고 빚을 받아내는 사람이야. 마지막엔 돈과 동반자살하지 않을까?"

"그래도 우리 가난한 사람들은 돈의 후광 앞에 고개를 숙일 수밖에. 어쨌든 나도 돈은 갖고 싶어. 요시와라의 큰 기방 주인에게도 돈을 빌려주었대."

아주머니 두세 명이 큰길에 서서 다나카야의 재산에 대한 소문을 지껄이고 있었다.

5

"기다리고 있는 몸에 괴로워라. 한밤중의 화롯불"이란 노래는 겨울에 연인을 기다리는 노래다. 오늘은 겨울도 아니고, 산고로는 연심을 품고 있지도 않았다. 바람이 서늘하게 식은 여름 저녁. 한낮의 더위를 목욕물로 씻어낸 후, 거울 앞에서 미도리가 회장을 하고 있었다. 어머니가 딸의 흐트러진 머리를 정리해주면서 내 딸이지만 너무 예쁘다며 서서도 보고, 앉아서도 보았다. "목덜미에 바른 분이 너무 옅어" 하며 화장도 고쳐주었다.

미도리는 물색 바탕에 다양한 모양을 산뜻하게 염색하여, 시원해 보이는 여름 기모노 차림이었다. 허리에는 옅은 갈색에 금실을 넣어 짠 폭이 좁은 띠를 매고 있었다. 나갈 준비를 마치고 댓돌 위에 나막신을 나란히 놓을 때까지 꽤나 시간이 흘렀다.

"아직이니? 아직이야?"

산고로는 담장 주변을 일곱 바퀴나 돌았고, 이제는 하품도 나오지 않았다. 도랑이 둘러싸고 있는 유곽답게 모기는 쫓아도 쫓아도 달려들었다. 목덜미며 이마며 잔뜩 물려 더 이상 못 견딜 때쯤, 그제야 미도리가 나왔다.

"자, 가자"라고 말하는 미도리의 소매를 산고로가 아무 말 없이 잡고 달리기 시작했다.

"숨이 차. 가슴이 아프단 말이야. 이렇게 서두는 거 난 싫단 말이야. 너 혼자 먼저 가."

미도리가 화를 내는 바람에 결국 두 사람은 각자 문구점에 도착했다. 쇼타로는 한창 저녁을 먹는 중이라 없었다.

"아, 재미없어. 별로야. 그 아이가 오지 않으면 환등을 시작하기 싫어. 아주머니. 여기 지혜의 판* 팔지요? 아니면 십육무사시**라도 좋아요.

지루해서 못 참겠으니까 뭐든 주세요."

미도리가 심심해하자 여자아이들이 가위를 빌려 지혜의 판 모양을 오리기 시작했다. 남자아이들은 산고로를 중심으로, 니와카 축제 때 선보일 즉흥극을 연습했다.

"번창한 요시와라를 건너다보면 처마에는 초롱불, 전등불, 언제나 활기찬 다섯 마을."

목소리를 맞추어 재미있고 우습게 노래를 했다. 작년과 재작년 때 불렀던 곡까지 잘 기억하고 있어, 손짓과 손뼉도 하나도 바꾸지 않고 불렀다. 열 명 남짓한 아이들이 들떠서 시끌벅적하게 소동을 벌이니 무슨 일인가 싶어 문구점 앞으로 사람들이 모여들었다.

"산고로 있냐? 좀 나와라. 급한 일이다."

상투끈 장인의 아들, 분지(文次)다.

"응. 왔구나."

산고로는 무슨 일인지 궁금해하지도 않고, 가볍게 문지방을 넘어 나갔다. 그때였다.

"이 양다리 걸치는 놈, 각오해라. 골목파의 얼굴에 먹칠을 했으니 가만 안 둘 테다. 내가 누군줄 알아? 골목파의 조키치다. 까불다가 후회하지 마!"

---

* 작은 조각 판을 모아 모양을 맞추는 퍼즐 놀이 비슷한 도구.
** 한 개의 대장돌과 16개의 작은 돌을 판 위에 늘어놓고 하는 놀이도구.

51

조키치가 산고로의 광대뼈에 주먹을 날렸다.

"앗!"

당황해서 문구점 안으로 도망가려는 산고로를 골목파 무리가 달려들어 끌어냈다.

"산고로 이 녀석, 때려죽이자!"

"쇼타를 끌어내 해치워."

"겁쟁이. 도망치지 마."

"경단가게 얼간이도 그냥 두면 안 돼."

골목파 아이들이 밀물처럼 가게 안으로 들이닥쳤다. 문구점 처마에 걸어둔 초롱불이 순식간에 떨어졌고, 천장에 늘어뜨려둔 램프도 위험했다.

"가게 앞에서 싸우면 안 돼!"

문구점 여주인이 큰 소리로 외쳤지만 들릴 리가 없었다.

골목파 아이들은 열네댓 명이 꼬아 만든 머리띠를 이마에 두르고 초롱을 휘두르며 닥치는 대로 난동을 부렸다. 흙 묻은 발로 가게 안을 휘젓고 다니며 방약무인으로 날뛰는 아이들이 노리는 적은 쇼타로였다.

"어디 숨은 거야?"

"어디로 도망갔냐?"

"자, 말 안 할래? 말 안 할 거야? 어디 말 안 하고 버티나 보자."

아이들이 산고로를 둘러싸고 주먹질과 발길질을 해댔다. 보고 있던 미도리가 분한 나머지 말리는 사람들을 밀치고 골목파를 향해 나섰다.

"잠깐 너희들. 산 쨩이 무슨 잘못이라도 했니? 쇼타하고 싸우고 싶으면, 쇼타하고 싸우면 되잖아. 쇼타는 도망가지도 않았고, 우리가 숨기지도 않았어. 쇼타는 여기 없잖아. 여기는 내가 노는 곳이니 너희 마음대로 하지 마. 이 얄미운 조키치 녀석, 왜 산 쨩을 때리는 거니? 아, 또 쓰러뜨렸어! 불만 있으면 날 때려. 내가 상대해줄 테니. 아주머니. 말리지 마세요."

미도리가 말리는 문구점 여주인의 손길을 뿌리치면서 맞섰다.

"건방진 창녀 계집애. 언니 뒤나 이을 거지년 주제에. 네 상대로는 이게 딱이야."

골목파 아이들 뒤쪽에서 조키치가 흙이 묻은 짚신을 집어 던졌다. 더러운 짚신이 과녁을 맞히듯 미도리의 이마에 딱 하고 맞았다. 안색이 변해 일어나는 미도리를, 다치기라도 하면 큰일이라고 생각한 문구점 여주인이 끌어안고 말렸다.

"꼴좋다. 우리 편엔 용화사의 후지모토도 있다구. 복수하고 싶으면 언제든 와. 바보놈, 겁쟁이, 얼간이. 돌아가는 길엔 잠복하고 있을 테니까, 밤길 조심해라!"

조키치가 산고로를 가게 앞에 내던지며 말했다. 마침 그때 순경이 달려오는 구둣소리가 났다. 누군가 파출소에 신고한 것이다.

"자, 도망가자!"

조키치가 소리치자 우시마쓰와 분지 외에 열 명가량이 뿔뿔이 흩어져 재빨리 도망쳤다. 가게 뒤로 뚫린 골목에 숨은 녀석도 있었다.

"분하다. 분해. 분하다. 분해… 조키치 녀석. 분지 녀석. 우시마쓰 녀석. 왜 날 안 죽인 거야? 이래 봬도 나 산고로야. 그냥 죽을 줄 알아? 유령이 되어서라도 죽여버릴 거야. 기억해라. 조키치 녀석."

산고로는 끓는 물거품처럼 뜨겁고 굵은 눈물방울을 뚝뚝 흘리더니 결국 큰 소리로 울기 시작했다. 온몸이 아플 것이다. 통 모양 소매 여기저기가 찢어졌고, 등이며 허리며 모래투성이였다.

싸움의 무시무시한 기세에 말리지도 못하고 떨던 문구점 여주인이 달려와 산고로를 안아 일으켰다. 등을 어루만지고 모래를 털어주면서 말을 붙였다.

"참아야 해. 참아. 네가 얼마나 분한지는 알겠지만, 상대는 수도 많고, 이쪽은 약한 아이들뿐이고. 어른조차 나서기 어려운 상황이었으니 어린아이 힘으로 맞서기 어려운 것은 당연하지. 그래도 크게 다친 데가 없어 다행이야. 그건 그렇고 돌아가는 길에 숨어 기다린다니 위험하네… 마침 순경이 왔구나. 이 아이를 집에까지 데려다주시면 안심이 될 것 같아요. 부탁드립니다."

문구점 여주인이 순경에게 자초지종을 대강 설명했다.

"당연히 데려다주어야죠. 자, 가자."

순경이 산고로에게 손을 내밀었다.

"아니에요. 그러시지 않아도 돼요. 혼자 갈 수 있어요."

산고로가 잔뜩 움츠러든 목소리로 말했다.

"겁먹을 필요 없어. 너희 집까지 데려다주는 것뿐이니까. 걱정하지

마."

순경이 웃으며 머리를 쓰다듬자, 산고로는 점점 더 움츠러들었다.

"싸웠다는 걸 아부지가 알면 혼나요. 조키치네가 우리 집, 집주인이 거든요."

산고로가 풀이 죽어 말하자, 순경이 달렸다.

"그럼 집 입구까지만 바래다줄게. 야단맞지 않도록 해줄 테니까."

순경이 산고로를 데리고 가자 주위 사람들은 안심하며 뒷모습을 지켜봤다. 하지만 어찌된 일인지 산고로는 골목 모퉁이에서 순경의 손을 뿌리치고 쏜살같이 도망쳤다.

6

"희한한 일이네. 이 한여름에 눈이라도 내리려나? 미도리가 학교 가기 싫다니 보통 기분이 상한 게 아니냐. 아침 먹기 싫으면 나중에 생선 초밥이라도 사다줄까? 감기라고 하기엔 열도 없구, 아마 어제 너무 피곤했나보다. 다로이나리(太郎稲荷) 신사 아침 참배는 엄마가 대신 갈 테니 오늘은 쉬어라."

"아니에요. 언니가 번창하도록 내가 빌기로 했으니까 직접 가지 않으면 찝찝해요. 불전 주세요. 다녀올게요."

미도리는 말리는 엄마를 뒤로하고 집을 뛰쳐나갔다. 요시와라 근처 다로이나리 신사에서 방울을 울리고 합장을 한 채 무슨 소원을 빌었을까? 갈 때나 올 때나 고개를 숙이고 논두렁을 걷는 미도리. 그 모습을 멀리서 본 쇼타로가 미도리를 부르며 달려와 소매자락을 잡았다.

"미도리. 어젯밤엔 미안해."

쇼타로가 갑자기 사과를 했다.

"네가 사과할 일은 없어."

"아니야. 내가 골목 아이들의 미움을 산 것이 원인이었잖아. 싸우려는 상대도 나였고. 할머니가 부르러 오지만 않았어도 집으로 돌아가지 않았을 거고, 그랬다면 산고로가 그렇게 엉망으로 얻어터지진 않았을 텐데… 오늘 아침에 산고로가 어떤가 해서 가보았더니 녀석도 분하다며 울었어. 나도 듣기만 해도 분하던걸. 네 얼굴에, 조키치 녀석이 짚신을 던졌다며. 난폭한 것도 정도가 있지. 하지만 미도리, 용서해줘. 내가 알고 도망간 것은 아니야. 밥을 급히 먹고 큰길로 나가려는데, 할머니가 목욕탕에 가는 바람에 집을 봐야 했어. 그 사이에 소동이 벌어진 거야. 정말 몰랐다니까."

쇼타로는 마치 큰 잘못이라도 저지른 사람처럼 다시 사과했다.

"아프지는 않아?"

쇼타로가 이마를 올려다보자, 미도리는 방긋 웃었다.

"상처 날 정도는 아니야. 하지만 쇼타, 누가 물어도 내가 조키치에게 짚신으로 맞았다는 이야기를 해선 안 돼. 만에 하나 엄마가 알게 되면 야단 맞을 게 뻔해. 우리 엄마, 아버지도 내 머리엔 손을 대지 않는데, 조키치 같은 녀석이 던진 짚신의 진흙이 이마를 더럽히다니. 얼굴을 짓밟

힌 거나 마찬가지야."

미도리가 얼굴을 돌리며 말하자, 쇼타로는 그 모습이 애처로웠다.

"미안해. 다 내 잘못이야. 그러니까 제발 용서하고 마음 풀어. 네가 화내면 정말 괴로워."

이야기 나누는 사이에 두 사람은 쇼타로의 집 근처까지 왔다.

"우리 집에 들렀다 가지 않을래? 아무도 없어. 할머니도 일수 받으러 나갔을 테고, 나 혼자서 너무 심심해. 언젠가 이야기했던 니시키에(錦繪)*를 보여줄 테니 가자. 여러 가지가 있거든."

쇼타로가 소매를 잡고 놓아주지 않자, 미도리는 말없이 고개를 끄덕였다. 가운데가 접히는 낡은 문을 열고 마당으로 들어섰다. 마당은 넓지 않아도 화분이 가지런히 늘어서 있고, 처마 끝엔 넉줄고사리를 말린 장식이 달려 있었다. 쇼타로가 이나리 신사의 잿날 샀을 것이다. 이유를 잘 모르는 사람은 고개를 갸웃하겠지만, 마을에서 제일가는 부잣집인데도 식구는 할머니와 손자 둘뿐이다. 할머니는 아랫배가 차가울 정도로 많은 금고 열쇠를 허리춤에 차고 다닌다. 집을 비워도, 주변에 보이는 서민 주택과 가게들이 모두 다나카야의 것이라 도둑 걱정은 하지 않아도 좋다. 주인집 자물쇠를 부수고 들어올 사람은 없으니까.

쇼타로는 먼저 들어가 바람이 잘 드는 곳으로 미도리를 안내했다.

"이리로 와."

* 풍속화를 여러 색으로 인쇄한 목판화.

옆에서 부채질을 해주는 모습이 열세 살 먹은 아이치고는 너무 조숙해 오히려 우스울 지경이다. 오래전부터 전해내려오던 수많은 니시키에를 꺼내놓고 미도리의 칭찬을 듣자, 쇼타로는 갑자기 엉뚱한 이야기를 꺼냈다.

"미도리. 옛날 아이들이 쓰던 하고이타(羽子板)*를 보여줄게. 이거 우리 엄마가 저택에서 일할 때 받은 거야. 너무 커서 이상하지? 여기 그려진 사람 얼굴도 요즘과는 달라. 아아. 엄마가 살아계시면 좋을 텐데, 내가 세 살 때 돌아가셨어. 아빠는 있지만, 시골 본가로 돌아가버려 지금은 할머니하고만 사는 거야. 네가 부러워."

쇼타로는 부모님 이야기를 하며 눈물을 떨구었다.

"어, 그림이 젖어. 남자가 울면 안 돼."

미도리가 말했다.

"난 마음이 약한가봐. 가끔 너무 여러 생각이 떠올라. 요즘은 괜찮지만, 달이 뜬 겨울밤엔 일수 돈을 받으러 다마치 근처를 돌아다니다가 둑까지 와서 몇 번이나 울었어. 왠지 여러 가지 생각이 나더라. 아, 나도 작년부터 수금하러 돌아다녀. 할머니는 나이 드셨으니까 밤길이 위험하기도 하고, 눈이 침침해 일수용지에 도장 찍거나 하는 일도 불편해하셔. 지금까지 남자 몇 명을 고용해서 시켜봤는데 우리가 노인과 어린아이만 있으니까 얕보고 말을 잘 듣지 않는다고 할머니가 그러셨어. 내가 어

---

* 공치기 놀이에 쓰는 채.

른이 되면 전당포를 제대로 내서 다나카야의 간판을 보란 듯이 걸 날만 기다리고 계셔. 사람들이 할머니더러 구두쇠라 하지만, 다 나를 위해 절약하시는 거니까 불쌍해 죽겠어. 수금하러 가는 곳 중 도리신마치(通新町) 같은 곳에 사는 가난한 사람들은 분명히 할머니를 욕할 거야. 그 생각만 하면 눈물이 나. 난 정말 마음이 약한가봐. 오늘 아침엔 산고로네 집에 돈을 받으러 갔었어. 산고로 녀석, 몸이 아픈데도 아버지한테 들키지 않으려고 아무렇지도 않은 척 일하고 있었어. 그걸 보니 눈물이 나려고 해서 아무 말도 못 했어. 남자가 우는 건 이상하잖아. 그러니까 골목파 깡패들이 나를 얕보고 덤비려는 거야."

쇼타로는 자신이 약한 것이 부끄러운 듯 얼굴을 붉히며 미도리를 건너다보았다. 순진한 눈빛이 귀엽다.

"너 축제 때 옷 정말 잘 어울렸어. 부러울 정도였어. 내가 남자라면 그렇게 입어보고 싶어. 누구보다 멋졌어."

미도리가 칭찬했다.

"나 따위가 뭐, 너야말로 예뻤지. 요시와라에 있는 오마키 상*보다 동생인 네가 훨씬 예쁘다고 다들 말했어. 네가 누이라면 보란 듯이 어깨를 펴고 다닐 텐데… 어디든 따라다니며 뽐낼 거야. 난 형제가 한 명도 없으니 그럴 수 없어. 미도리 이번에 같이 사진 찍지 않을래? 난 축제 때처럼 차려입고, 넌 여름용 얇은 비단 기모노로 예쁘게 차려입고 스이도

---

* 유곽의 고급 유녀로 미도리의 언니를 말한다.

지리(水道尻)*의 가토 사진관에서 찍자. 용화사의 신뇨가 부러워하도록 말이야. 그 녀석 분명히 질투할 거야. 속으로 꽁하면서 화내는 성격이니 얼굴은 빨개지지 않고 파래질 거야. 아니면 비웃을까? 비웃어도 괜찮아. 크게 확대해서 밖에서도 보이도록 진열하면 좋을 텐데. 너는 싫은 거야? 싫은 얼굴인데."

쇼타로가 원망하듯이 말하는 모양이 우습다.

"사진이 이상하게 나오면 네가 싫어할까봐."

미도리가 내뿜듯이 큰 소리로 웃음을 터뜨렸다. 기분이 다시 좋아진 것 같았다.

아침의 선선한 기운은 어느새 사라지고 햇살이 뜨거워졌다.

"쇼타, 밤에 또 우리 집에 놀러와. 도로나가시**하면서 물고기를 몰아보자. 연못 다리를 고쳤으니까 이제 무서울 건 없어."

쇼타로는 이야기를 마치고 나가는 미도리를 기쁜 마음으로 바라보며 '예쁘다'고 생각했다.

7

용화사의 신뇨와 다이코쿠야의 미도리는 둘 다 같은 사립학교인 육

---

* 요시와라 유곽 내 상수도 종점 근처.
** 등롱에 불을 켜 조상의 혼을 실었다 생각하고 강에 띄우는 일.

영사에 다닌다. 지난 4월 말, 벚꽃이 흩날리고 초록이 우거진 나뭇잎 그늘에서 등나무 꽃을 구경할 때 즈음이었다. 미즈노야(水の谷) 들판에서 춘계 운동회가 열렸다. 아이들은 줄다리기, 공던지기, 줄넘기를 하며 긴 하루가 저무는 것도 모를 정도였다. 그날따라 어쩐 일인지 신뇨는 평소의 차분한 모습과 어울리지 않게 연못 근처 소나무 뿌리에 걸려 넘어지고 말았다. 진흙 길을 손으로 짚는 바람에 소매 끝이 진흙투성이가 되었다. 마침 그 자리에 있었던 미도리가 보다 못해 다홍색 비단 수건을 건네주었다.

"이걸로 닦아."

미도리가 신뇨를 돌보는 모습을 질투 많은 친구가 보고 비웃기 시작했다.

"후지모토는 스님인 주제에 여자랑 이야기하며 좋아서 인사도 하다니 이상하지 않아? 분명히 미도리는 후지모토의 아내가 될 거야. 원래 절간 안주인도 미도리네 가게 이름처럼 '다이코쿠' 님이라고 부르잖아."

신뇨는 원래 다른 사람에 대해서도 놀리듯 이야기하는 게 듣기 싫어 고개를 돌리는 성격이다. 그런데 자신을 놀리는 이야기를 들으니 도저히 참을 수 없었다. 이후 미도리라는 이름을 들으면 두려운 마음이 앞서고, 다시 누군가 놀릴까봐 불안해 무어라 말하기 어려운 찜찜한 기분이 들었다. 그렇다고 누군가 미도리 이야기를 할 때마다 화를 낼 수는 없고, 가능하면 아무렇지도 않은 척하며 언짢은 얼굴로 지나쳤다. 하지만 미도리가 직접 말을 걸어오기라도 하면 당혹스러웠다. 대부분 "몰라" 하고 한 마디로 대화를 끝내지만, 등줄기로 식은땀이 주르륵 흘렀다.

미도리는 그런 신뇨의 기분을 알아차리지 못하고, 처음엔 "후지모토. 후지모토" 하면서 다정하게 말을 걸었다. 학교에서 돌아가는 길에 아름답게 핀 희귀한 꽃을 발견하자, 미도리는 뒤에 한 발짝 정도 늦게 오던 신뇨를 기다렸다.

"꽃이 너무 예쁜데 가지가 높아서 꺾을 수가 없어. 신뇨, 너는 키가 크니까 손이 닿지? 부탁이야. 꺾어주지 않을래?"

미도리는 뒤에 오던 무리 중에 나이가 많은 신뇨에게 부탁했다. 과연 신뇨는 뿌리치고 지나가지 못하면서도 주변에서 어떻게 생각할지를 생각하니 괴롭기만 했다. 할 수 없이 가까운 가지를 끌어당겨 아무 꽃이나 되는 대로 한 송이를 꺾어 던져주고 부리나케 지나가버렸다. 그런 신뇨를 보고 미도리는 "뭐야. 퉁명스럽기는" 하고 질린 적도 있었다. 하지만 비슷한 일이 몇 번이나 반복되자, 자신에게 일부러 심술부린다는 생각을 하게 되었다.

'다른 사람에겐 그렇게 하지 않으면서, 나한테만 차갑게 굴어. 뭘 물어봐도 제대로 대답도 해주지 않고, 옆에 가면 도망가고, 말을 걸면 화내. 성격이 어둡고 답답해서 어떻게 기분을 맞춰주어야 할지도 모르겠어. 저렇게 성격이 까다로운 애는 제멋대로 화내고 심술부리니까, 친구로 생각하지 않으면 돼. 그럼 말을 걸 필요도 없어.'

미도리도 화가 나서 스쳐지나가도 말을 걸지 않았고, 길에서 만나도 모른 척했다. 어느새 둘 사이엔 큰 강이 흐르는 것 같아서 서로 오고갈

배도 뗏목도 없이 강가를 따라 각자의 길을 걸을 뿐이었다.

축제가 끝난 다음 날부터 미도리는 학교에 나오지 않았다. 이유는 말할 필요도 없다. 진흙 묻은 신발을 이마에 맞았다는, 씻어도 사라질 줄 모르는 치욕이 사무칠 정도로 분했기 때문이다.

"골목파든 큰길파든 같은 교실에서 책상을 나란히 하고 앉으면 친구인데 편을 갈라 늘 심술을 부리고 있어. 게다가 내가 여자니까 별수 없을 거라고 생각하고 축제날 밤에 골목파 아이들이 벌인 짓은 정말 비겁해. 조키치가 말이 안 통하는 거친 아이라는 건 누구나 알지만, 신뇨가 뒤에서 밀어주지 않았다면 그렇게 과감하게 큰길에서 소동을 부리진 않았을 거야. 사람들 앞에선 지혜롭고 온후한 얼굴을 하고 있지만, 골목파를 뒤에서 움직이는 건 신뇨야. 아무리 학년이 위이고, 공부를 잘하고, 용화사의 뒤를 이을 거라 해도, 난 다이코쿠야의 미도리야. 내가 그 아이에게 종이 한 장 신세진 적 없는데, 그런 거렁뱅이 취급을 받을 이유는 없지. 용화사에 시주하는 집들이 얼마나 대단한지는 몰라도, 우리 언니의 3년 단골 중에는 은행가인 가와 상, 가부토초에서 증권거래를 하는 요네 상도 있어. 키가 작은 국회의원 손님은 언니를 유곽에서 빼내 아내로 삼고 싶어했지만, 그런 사람의 은혜를 입고 싶지 않다고 언니가 거절했어. 그 국회의원, 아주 유명한 사람이라고 유곽 사람들이 그랬어. 거짓말 같으면 물어봐도 좋아. 다들 우리 언니가 없으면 다이코쿠야는 망해버릴 거래. 그래서 유곽 주인아저씨도 우리 엄마 아빠와 나한테 함부로 대하지 않아. 언젠가 내가 손님방에서 공치기 놀이를 하다가 하고 이타 공으로 도코노마*에 있던 꽃병을 쓰러뜨리는 바람에 옆에 있던 다이코쿠사마** 도자기가 산산조각 난 적이 있었어. 주인아저씨가 아끼던 것인데, 마침 옆방에서 술을 마시다가 달려와서는 '미도리 말괄량이 짓이 심하구나' 하고 한 마디 했을 뿐이야. 다른 사람이 그랬으면, 화를 내는 정도로 끝나지 않았을 거라면서 유곽 여자들이 두고두고 부러워했어. 그것도 결국은 언니 덕분이야. 지금 난 다이코쿠야 숙소의 빈 집을 봐주고 있지만, 우리 언니는 여기서 제일 인기 있는 유녀야. 조키치 같은 녀석들에게 무시당할 처지가 아니라구. 그런 내가 용화사의 중에게 괴롭힘을 당하다니 어이가 없어."

미도리는 무시당한 것이 분한 나머지 제멋대로인 성격을 유감없이 발휘해 학교에 다니지 않게 되었다. 석필을 분지르고, 먹을 버리고, 교과서와 주판을 내팽개치고, 친한 친구들과 내키는 대로 놀기만 했다.

8

전날 밤 달려라 뛰어라 하며 찾아왔던 인력거가 새벽녘 이별의 꿈을 싣고 요시와라를 떠나는 뒷모습은 쓸쓸하다. 모자를 깊게 눌러쓰고 다른 사람의 눈을 피하는 사람도 있다. 수건으로 얼굴을 가린 남자는 헤어

---

* 바닥을 높여 그림이나 꽃을 두어 장식하는 곳.
** 재물, 복, 덕의 신으로 가게의 번창을 빌며 장식해놓은 것.

질 때 유녀에게 찰싹하고 맞으며 느낀 아픔이 새록새록 떠오르는지 기분 나쁘게 실실 웃는다.

사카모토(坂本) 거리로 나오면 조심해야 한다. 센주(千住)의 청과물 시장에서 오는 화물차에 부딪힐 듯 발걸음이 아슬아슬 위험하다. 요시와라에서 미시마 신사 모퉁이로 이어지는 길엔 주로 정신 나간 사람들이 지나다닌다. 미안한 이야기지만 모두 나사가 풀린 얼굴이고, 여자에게 사족을 못 쓰는 사람들처럼 보인다. 보통 때는 아무리 훌륭한 남자라 해도 이 근처에선 소용없다며, 길가에서 실례되는 말을 지껄이는 사람도 있다.

양귀비가 황제의 총애를 받아 출세한 후 사람들이 딸을 귀하게 여긴다는 내용의 〈장한가〉를 예로 들 것도 없이, 여자아이가 어디서나 귀중히 여겨지던 시절이었다. 특히 요시와라 주변 뒷골목 가난한 집에는 양귀비처럼 절세미인으로 태어나 부잣집으로 시집가는 여자아이들이 꽤 많았다. 매립지의 기생집에 있었던 아이는 이제는 장소를 옮겨 신분이 높은 분을 상대하고 있다. 유키라는 이름의 미인으로 춤에 뛰어나다. 지금은 손님을 상대하는 자리에서 "쌀이 열리는 나무가 있나요?"라고 귀하게 자라 세상물정 모르는 체하지만, 원래는 이 마을 불량한 여자아이들 중 한 명으로 화투 만드는 일을 부업으로 했다. 그때부터 이미 미인으로 소문이 자자했으나, 마을에서 사라지면서 사람들로부터도 잊혀졌다.

인기를 끌던 미인 한 명이 떠나자 두 번째로 나타난 꽃은 염색 가게 둘째 딸이다. 지금은 센조쿠초의 기생집에서 간판이 되어 고키치라 불리고 있다. 아사쿠사 공원에서도 소문이 자자한 이 미인도 태어난 곳은 여기 요시와라 주변이다. 마을에서 늘 출세한다는 소문이 따르는 것은 여자들뿐으로, 남자들은 쓰레기더미를 뒤지는 검정 얼룩 개의 꼬리처럼 아무 쓸모가 없어 보였다.

요시와라 주변의 건방지기 짝이 없는 열일고여덟 살 아이들은 5인조, 혹은 7인조를 이루어 붙어다닌다. 허리에 통소를 차고 다닐 정도로 멋을 부리지는 않았지만, 위압적인 이름을 지닌 두목의 부하가 되어 똑같은 수건을 건 채 긴 초롱불을 들고 다닌다. 주사위를 던지는 노름을 배우기 전까지는 유곽의 격자문 너머 유녀들에게 과감히 농담을 건네는 일도 제대로 하지 못한다. 하지만 좀 자라 제몫을 하게 되면 물려받은 가업에 제대로 전념하는 것은 낮뿐이다. 날이 저물면, 한 차례 목욕을 하고 게다를 발끝에 걸친 채 일부러 흐트러진 옷차림으로 집을 나선다.

"무슨무슨 가게에 새로 온 애 봤냐? 가나스기초에 있는 실 가게 딸이랑 닮았는데, 코가 조금 더 낮아."

머릿속엔 온통 이런 생각으로 가득한 채 요시와라를 향하면서 하는 말이다. 유곽의 칸칸마다 격자문 앞에서 유녀에게 말을 걸고, 담배나 코푸는 휴지를 달라고 조르거나 치고박고 하는 것을 일생의 명예로 안다. 이렇다보니 제대로 된 집안의 뒤를 이을 아들도 불량배를 자처하며, 요시와라 대문 근처에서 싸움을 벌이기도 한다.

"보라. 여자의 기세를!"이라고 외치기라도 하듯이, 요시와라는 일 년 내내 번창하고 있다. 기방으로 손님을 안내하는 초롱불은 이제 유행이 아니라 볼 수 없지만, 찻집에서 가게로 손님을 모시고 가는 여자아이들의 짚신 끄는 소리에 화려한 음악이 어우러져 울려 퍼진다. 들뜬 마음으로 요시와라를 찾아드는 사람들에게 무엇을 원하는지를 물어보면 이렇게 답할 것이다.

"살짝 걸쳐 입은 기모노 소매를 붉은 옷깃의 긴 속옷 위로 길게 늘어뜨리고, 방긋 웃는 눈매며 입매, 어디가 예쁘다고 잘라서 말하기 어려운 매력 넘치는 오이란이지."

이처럼 격이 높은 유녀들은 요시와라에선 숭배 대상이지만, 이곳을 떠나면 어찌될지 알 수 없다.

요시와라에서 나날을 지내다보면 흰 옷감에 붉은 물이 스미듯 이곳 생활에 어쩔 수 없이 물들게 된다. 미도리의 눈에 남자는 조금도 두렵거나 무서운 존재가 아니다. 오이란이란 직업도 그리 천해 보이지 않고, 오히려 언니가 고향을 떠날 때 울며 떠나 보냈던 일이 꿈만 같았다. 지금은 언니가 인기를 끌고, 부모에게 효도하니 부러울 뿐이다. 잘나가는 오이란 자리를 지키기 위해 어떤 수많은 어려움을 참고 있는지는 모른 채, 손님을 끌기 위해 '쥐 울음 소리'를 내거나 격자문을 두드리며 주문을 외우거나 헤어질 때 등을 두드리는 세기와 관련된 비밀에 이르기까지 미도리는 그저 모든 것이 재미있게만 들렸다. 어린아이가 요시와라 유녀들이 사용하는 말을 아무렇지도 않게 지껄이면서도 부끄러움을 모르는 것이 안타깝기만 하다.

미도리는 이제 우리 나이로 겨우 열네 살이다. 인형을 안고 볼을 비비는 모습은 귀한 집안의 딸과 다를 바 없지만, 몸가짐의 도덕이라든가 가정예절 같은 것은 학교에서 조금 배운 것이 전부다. 어쨌든 매일 아침저녁으로 듣는 것은 손님에 대해 '좋다, 싫다' 하는 이야기이다. 게다가 철마다 유곽 주인이 나눠주는 옷, 단골손님에게 받은 침구, 찻집에 보내는 선물이 화려하면 칭찬하고, 그렇지 않은 것은 초라하다며 무시하는 것을 보고 배운다. 자신의 일이든 다른 사람의 일이든 아는 척하고 나서기엔 아직 이른 나이이고, 어린 마음에는 그저 눈앞의 화려함만 보일 뿐이다. 원래 지기 싫어하는 성격은 요시와라의 분위기에 물들어 점점 심해지다가 구름처럼 커져버렸다.

들뜬 거리, 늦잠 자는 거리로 불리는 길에 요시와라를 떠나는 남자들이 한 차례 지나간 뒤, 마을에선 늦은 아침이 시작된다. 물결 모양으로 문 앞을 빗질하고, 먼지가 나지 않도록 적당히 물을 뿌린다. 큰길 쪽을 건너다보니 만넨초, 야마부시초, 신타니초 근처에 살며 무언가 재주를 한 가지씩은 가진 예인들이 몰려왔다. 노래 부르는 엿장수, 곡예사, 인형 부리는 사람, 묘기 부리는 사람, 우산춤 추는 아이, 사자춤 추는 아이들이 보였다. 저마다 분장을 하고 얇은 여름 옷으로 한껏 멋을 낸 사람도 있고, 오래 입어 색이 바랜 진한 남색 목면 옷에 폭이 좁은 검정 띠를 두른 사람도 있었다. 그중엔 괜찮은 여자도 있고, 남자도 있다. 다섯 명, 일곱 명, 열 명이 모인 무리도 있는가 하면, 쓸쓸히 혼자 부서진 샤미센을 안고 가는 노인도 있었다. 대여섯 살 먹은 여자아이에게는 띠를 두르게 한 뒤, '저것은 기노쿠니'라는 노래를 부르게 했다.

유곽에 며칠이고 머물며 노는 손님들의 무료함을 달래고, 기생들의 기분전환이 되어주는 게 예인들의 일이다. 요시와라에 한 번 들어온 사람은 계속 돈벌이가 있기 때문에 떠나지 않는다는 이야기를 들었는지 예인들이 들어오고 또 들어왔다. 이들은 유곽 근처 마을에서 푼돈이나 벌 생각은 조금도 없다. 너덜너덜한 옷을 입은 천한 비렁뱅이도 이들 마을에선 머물지 않고 지나갔다.

노래와 샤미센 솜씨가 뛰어난 여자 예인이 우산으로 채 가리지 못한 예쁜 얼굴을 보여주면서 걸어갔다.

"세상에 저 아름다운 목소리를 우리 마을에선 들려주지 않고 지나가니 밉네."

문방구 여주인이 혀를 차며 말했다.

목욕하고 돌아오는 길에 문방구 앞에 앉아 거리를 구경하던 미도리가 그 말을 들었다.

"저 여자 예인을 불러올게요."

미도리가 흘러내리는 앞머리를 작은 빗으로 빗어올리며 말했다. 그리고 서둘러 달려가 여자 예인의 소매 끝을 잡고, 무언가를 던져 넣었다. 무엇인지는 웃기만 할 뿐 이야기하지 않은 채 예인을 데려와 자신이 좋아하는 '아케가라스(明鳥)'를 부르게 했다.

여자 예인이 노래를 마치고 "또 불러주세요"라며 요염한 목소리로 말했다. 보통 사람은 이런 예인을 쉽게 불러올 수 없다.

"저게 아이가 할 짓이냐."

모여든 사람들은 혀를 내두르며, 여자 예인보다 미도리의 얼굴을 쳐다보았다.

"멋진 모습을 보여주기 위해 지나가는 예인들을 모두 불러 세워볼까. 샤미센 소리, 피리 소리, 큰북소리를 울리며 노래 부르게 하고, 춤추게 해서 남들이 하지 않는 일을 해보고 싶어."

마침 미도리가 속삭이자, 쇼타로는 놀라고 어이가 없어 "난 싫어"라고 했다.

9

"여시아문(如是我聞)" 하고 불설아미타경(佛說阿彌陀經)을 읽는 소리가 솔바람에 섞여 마음의 먼지도 날려버릴 듯하니, 이곳은 절이다. 하지만 부엌에서 생선 굽는 연기가 올라오고, 묘지에는 아기 기저귀를 널어놓기도 한다. 불교의 종파에 따라 승려가 생선을 먹거나 결혼을 해도 되는 경우가 있다지만, 승려란 나무토막 같은 인간이라고 생각하는 사람들에겐 세속적이고, 속되게만 보인다.

용화사 주지는 재산과 함께 불어난 뱃살이 정말 대단하다. 얼굴빛이 좋고 윤기가 흐르니 뭐라고 칭찬해야 할지 모를 정도다. 벚꽃 빛깔도 아니고 붉은 북숭아 빛깔도 아니다. 빡빡 깎은 머리에서 얼굴과 목덜미에 이르기까지 구릿빛으로 빛나는 살결은 한 점 흐림도 없다. 백발이 섞인 굵은 눈썹을 올리며 크게 웃을 때엔 본당의 아미타여래 좌상이 굴러떨어지는 것은 아닐까 위태로울 지경이다.

부인은 이제 마흔을 지났는데, 살결이 희고 숱이 적은 머리칼을 둥글게 틀어올려 보기 싫지 않게 할 줄 알았다. 절에 드나드는 사람들에게도 살갑게 대했다. 절문 앞의 입이 험한 꽃가게 여주인도 부인의 험담을 하지 않으니, 아마 낡은 유카타나 남은 반찬거리들을 얻어쓰고 있을 것이다.

부인은 원래 용화사에 시주하던 집안 사람이었으나 일찍 남편을 잃고 의지할 데가 없어져버렸다. 그러자 "여기 머물며 밥하고 바느질거리라도 하게 해주신다면 고맙겠습니다" 하고, 한동안 절에서 세탁이나 요리는 물론이고 묘지 청소까지 하며 남자들을 도울 정도로 일을 했다. 주지는 이해득실을 따진 뒤 이 여자와 관계를 가졌고, 여자는 스무 살이나 나이차가 있어 사람들이 꼴사납게 보리라는 것을 알았지만, 갈 곳 없는 신세라 어쩔 수 없었다. 결국 용화사가 자신이 죽을 때까지 몸을 의탁할 곳이라 생각하고, 주지의 아내가 되기로 했다.

주위에서 보기엔 꼴사나운 일이었지만, 여자의 성격이 좋아 신도들도 크게 책망하지 않았다. 장녀인 하나(花)를 임신했을 때, 신도들 중 남의 일을 봐주길 좋아하는 기름가게 노인이 주선해 두 사람의 관계를 세상에 드러내게 되었다.

신뇨는 이 여자가 낳은 아들이었다. 남매 중 동생으로 전형적인 외골수여서, 하루 종일 방 안에 틀어박혀 지내는 음울한 성격이었다. 한편 장녀인 하나는 희고 고운 살결에 이중턱을 가진 귀여운 아이였다. 미인이라고는 할 수 없지만, 한창나이인 데다 평판도 좋아서 집에만 평범하게 내버려두기엔 아깝다고들 했다. 그렇다고는 해도 절집 딸이 게이샤가 된다는 것은 부처가 샤미센을 켜는 말세라면 몰라도 사람들의 입방아에 오르내리기에 딱 좋은 일이었다. 그래서 다마치 거리에 찻잎 파는 가게를 깨끗이 꾸미며 계산대 격자문 안에 이 아이를 앉혀놓고 애교를 부리게 했다. 그러자 찻잎의 양이나 가격 따위엔 신경쓰지 않는 젊은 남자들이 이유도 없이 찾아왔다. 거의 매일 밤 12시가 될 때까지 가게엔 손님이 끊이질 않았다.

정말 바쁜 사람은 주지였다. 빌려준 돈을 받으러 다녀야 하고, 가게도 돌아봐야 하고, 절에서 벌어지는 이런저런 일도 살펴야 할 뿐만 아니라, 한 달에 며칠은 설법도 해야 한다. 장부를 넘기랴, 경을 읽으랴. 해질녘 툇마루 끝에 앉은 주지는 이렇게 바빠서는 몸이 남아나질 않는다며 한쪽 어깨를 드러내고 부채질을 했다. 큰 잔에 오키나와산 소주를 가득 따랐는데, 안주는 좋아하는 장어구이다. 큰길의 무사시야라는 가게에 주문한 것인데, 찾아오는 것은 신뇨의 몫이다. 신뇨는 이 일이 싫어서 참을 수 없을 정도였다. 길을 갈 때에는 눈을 내리깔았고, 길 건너 문구점에서 아이들 소리가 들리면 혹시 자기 욕을 하고 있는 것은 아닐까 하는 한심스러운 생각을 했다. 시치미를 떼고 장어구이 집을 그냥 지나쳤다가 주변에 사람들이 없는지를 살핀 뒤 돌아서 가게로 달려갔다. 그때마다 비참하기 그지없는 기분이 들어, '난 비린 것은 절대 먹지 않을 거야'라고 결심했다.

신뇨의 아버지는 어디까지나 세상물정에 밝은 사람이라 '욕심이 많다'는 비난을 받기도 하지만, 사람들 말에 일일이 귀를 기울일 만큼 소심하지는 않다. 한가할 때엔 갈퀴 만드는 부업이라도 하려는 사람으로, 11월의 닭날 축제가 되면 절 앞 공터에 비녀 가게를 연다. 그리고 아내에게 수건을 뒤집어쓰고 얼굴을 가린 채, "행운의 비녀, 어떠세요?" 하고 소리쳐 손님을 끌게 한다. 아내는 처음엔 부끄러워했지만, 옆에서 갈퀴를 만들어 파는 초보 장사꾼이 크게 돈을 벌었다는 이야기를 듣고 마음이 바뀌었다. 축제로 혼잡한 데다가 아무도 주지승의 아내가 장사에 나섰다고는 생각하지 않을 것이므로 해질녘 이후에는 괜찮을 것 같았다. 낮에는 꽃가게 여주인에게 도움을 받고, 밤이 되면 자신이 직접 가게에 나가 손님을 불렀다. 욕심이 생기자 어느새 부끄러움은 사라졌다. "깎아드릴게요. 깎아드릴게요" 하면서, 자연스럽게 목소리를 높여 손님 뒤를 쫓았다. 축제가 열리는 밤에는 인파에 휩쓸려, 사는 사람들도 눈이 어두워진다. 어젯밤 이 절에 극락왕생을 빌러 왔던 것도 잊고, "비녀 세 자루에 75전"이라고 비싸게 부르면, "다섯 자루에 73전이라면 사지"라고 깎으며 지나간다. 세상에는 잘 알려져 있지 않지만, 어둠을 틈타 돈을 버는 일은 이외에도 많을 것이다.

비록 신도들 귀에 들어가지 않아도 절 주변 사람들이 이런 장사를 어찌 생각할까. 신뇨는 이것이 걱정이었다. 아이들 사이에 소문이라도 나, "용화사에서 비녀 가게를 열어 신뇨 어머니가 돈에 미친 얼굴로 팔고 있대"라는 말이 돌까 부끄러웠다.

"이런 장사는 그만두는 게 좋지 않을까요?"

신뇨가 말린 적도 있었지만, 주지는 크게 웃을 뿐이었다.

"닥쳐라, 닥쳐. 너 따위가 나설 일이 아니다."

주지는 아들의 불평 따위는 상대도 해주지 않았다. 아침에는 염불이요, 저녁에는 계산. 주판을 튕기며 싱글벙글 웃고 있는 얼굴은 아무리 아버지이지만 천박해 보였다.

'그렇게 장사가 좋은데, 왜 머리 깎고 중이 되셨나?'라는 생각이 들 정도로 원망스러웠다.

같은 부모를 둔 남매에 남이 섞이지 않는 온화한 가정이라 신뇨가 우울한 성격으로 자랄 특별한 이유는 없었다. 하지만 타고난 성격이 어른스러운 데다가 자신의 의견이 받아들여지지 않자, 무엇보다 재미가 없었다. 아버지가 하는 일도 어머니가 하는 일도, 누나의 가정교육도 모두 잘못된 것처럼 느껴졌지만, 자기 말은 아무도 들어주지 않는다고 포기하니 어쩐지 슬프고 한심스러웠다. 친구들은 신뇨가 외골수에다가 심술궂다고 하지만, 사실은 금세 침울해지는 여린 성격이다. 자신을 욕하는 사람이 있어도 싸울 용기가 없어 방에 틀어박힌 채 남과 얼굴도 못 마주치는 겁쟁이였다. 하지만 공부를 잘하고 승려의 아들이라는 천하지 않은 신분 덕도 있어, 신뇨가 그렇게 나약하다는 것을 아는 사람은 없었다.

"용화사의 후지모토는 설익은 떡처럼 심지가 있어 신경쓰이는 놈이야"라고 미워하는 아이들도 있기는 했다.

10

축제날 밤 신뇨는 다마치의 누나 집에 심부름을 갔다가 밤이 깊어질 때까지 돌아오지 않았다. 때문에 문구점에서 벌어진 소동은 꿈에도 몰랐다. 이튿날 우시마쓰와 분지 같은 애들에게 이야기를 전해듣고, 새삼스럽게 조키치의 난폭함에 놀랐다. 하지만 이미 끝난 일이니 이제 와서 비난한다 해도 소용이 없었다. 자신의 이름을 빌려준 것만은 정말이지 난처하게 느껴졌다. 자신이 한 일은 아니지만, 난폭한 일을 당한 산고로나 미도리에게 미안했고 자신이 책임져야 할 듯한 기분이 들었다.

조키치도 자신이 벌인 일이 조금은 부끄러운 듯, 신뇨를 만나면 잔소리를 들을까 걱정되어 3, 4일은 모습을 보이지 않았다. 어느 정도 일이 가라앉자 드디어 신뇨를 찾아왔다.

"신뇨. 너 나한테 화가 났을지 모르지만, 갑자기 일어난 일이니 용서해줘. 아무도 쇼타로가 거기 없는 것을 몰랐잖아. 겨우 계집애 한 명을 상대하고, 산고로를 패려는 것은 아니었는데. 초롱을 흔들며 쳐들어간 이상 그냥 돌아올 수는 없잖아. 좀 기운을 내보려다 쓸데없는 짓을 하고 말았어. 그야 내가 전적으로 잘못했지. 네 당부를 듣지 않은 것은 미안해. 하지만 지금 네가 화를 내면 모양이 우스워져. 네가 뒤에서 받쳐주니까 큰 배를 탄 것 같았는데, 버림받으면 우린 힘들어질 거야. 싫더라도 골목파 대장으로 남아줘. 그렇게 실수만은 하지 않을 테니까."

조키치가 면목없다는 듯 사과를 하자, 신뇨는 싫다고 말하기가 어려웠다.

"하는 수 없지. 하는 데까지 해봐야지. 약한 아이를 괴롭히면 우리의 수치니까, 산고로나 미도리를 상대해봤자 의미가 없어. 쇼타가 자기편을 만들어 싸움을 걸어오면 그때 보자. 절대 우리가 먼저 손을 대선 안 돼."

이처럼 주의를 주는 정도로 심하게 나무라지는 않았지만, 신뇨는 속으로 다시는 싸움이 나지 않도록 빌었다.

아무 죄도 없이 불쌍해진 것은 산고로다. 실컷 두드려맞고 채여서 2, 3일은 서는 것도 앉는 것도 괴로웠다. 매일 밤 아버지가 빌린 인력거를 요시와라 대문 앞 찻집에 돌려주러 갈 때도, 그 모습을 본 음식점 주인이 "산고로, 왜 그러냐? 너무 힘이 없어 보이는구나"라고 말을 걸 정도였다. 하지만 아버지에게 "조키치와 싸워 이러이러하게 맞았습니다"라고 말해봤자 소용없다는 것을 잘 알고 있었다. 아버지는 '인사하는 기계'라는 말을 들을 정도로 윗사람 앞에서 고개를 제대로 들어본 적이 없는 사람이다. 인력거 일을 주는 기생집 바깥주인은 말할 것도 없고, 집주인이나 땅주인의 무리한 요구에도 "물론입니다요"라고 받아들이는 성격이다. 아마도 산고로의 이야기를 들으면, "그건 어쩔 수 없는 일이다. 상대는 집주인 아들 아니냐. 이쪽에 정당한 이유가 있든, 저쪽이 틀렸든 싸움 상대가 될 리가 없어. 가서 사과하고 와라. 사과해. 이 어이없는 녀석아"라고 자신의 아들을 야단치며 사과하라고 몰아붙일 것이 뻔하다.

산고로는 분한 마음을 꾹꾹 누르며 이레고 열흘이고 시간을 보냈다. 아픈 곳이 나아져가자 원망하던 마음도 잊혀졌다. 조키치네 아기를 봐 주고 2전을 받자 기뻐서 "자장 자장 우리 아가" 하며 등에 업고 돌아다녔다. 건방지기 이를 데 없는 열여섯 살인데도 커다란 몸으로 아기 봐주는 것을 부끄러워하지 않고 큰길까지 걸어나갔다. 이런 산고로를 보고, 미도리와 쇼타로는 항상 "넌 자존심도 없냐?" 하고 놀렸지만 산고로를 무리에서 빼지는 않았다.

꽃구경 손님으로 붐비는 봄이 요시와라에 찾아왔다. 죽은 유녀 다마기쿠(玉菊)를 공양하느라 초롱을 내걸다보니 여름이 지나갔다. 니와카 축제가 열리는 가을에는 요시와라로 이어지는 길에서만 10분 동안 달리는 인력거가 일흔다섯 대에 이르렀다. 축제 후반이 되어 고추잠자리가 어지럽게 날아다니면, 메추라기가 땅에 파놓은 굴에서 우는 소리가 들렸다. 아침저녁으로 부는 가을 바람이 몸에 사무치고, 잡화점에서 팔던 모기향은 손난로에 자리를 내주었다. 밀전병 가게의 가루 빻는 소리도 쓸쓸하게 들리고, 요시와라 명물인 시계탑 종소리도 처량했다. 이즈음에는 일 년 내내 끊기는 법이 없는 닛포리(日暮里)의 화장터 불빛도 '저것이 사람 태우는 연기인가' 싶어 왠지 슬퍼 보였다. 찻집 뒤로 지나가는 둑 아래 골목길로 들어서면 가게에서 넘쳐 흘러내리는 듯한 샤미센 소리가 들렸다. 게이샤의 뛰어난 연주 소리에 맞춘 '당신의 사랑이 머문 잠자리에'라는 아무것도 아닌 노래 한 소절에도 깊은 슬픔이 느껴진다. 이 시기부터 요시와라에 다니기 시작하는 손님은 마음이 들떠 놀러 오는 사람만이 아니라 정말 배려심 있고 생각이 깊은 사람들이라고 한때 유녀였던 여자가 말한다.

이런 일들을 계속 써내려가자니 번거롭다. 다이온지(大音寺) 앞에서 일어난 새로운 사건이라면, 장님 안마사인 스무 살 여자아이가 사랑에 빠져 장애가 있는 몸을 원망한 나머지 연못에 뛰어들었다는 것 정도다. 그 외 "목수인 다키치가 요즘 보이지 않던데 어찌 된 일일까?"라고 채소 가게 기치고로에게 물었더니, "이 사건으로 잡혀들어갔지요"라고 말하며 얼굴 한가운데를 가리켜 '화투 노름으로 잡혔다'고 넌지시 가르쳐주는 사람도 있다.* 하지만 나서서 이 소문에 대해 자세히 이야기하는 사람은 없으니 전후사정을 알 수는 없다. 큰길을 내다보면 아무것도 모르는 아이들 세 명, 다섯 명 정도가 "피었다. 피었다. 무슨 꽃이 피었다"라고 무심하게 노는 소리도, 가을이 깊어지면서 잦아든다. 그러는 중에도 요시와라를 다니는 인력거 소리만은 늘 힘차게 들린다.

가을비가 추적추적 내리는 가운데 가끔 빗발이 강해지는 듯한 쓸쓸한 밤. 뜨내기 손님을 기다리는 가게가 아니기 때문에 문구점 여주인은 초저녁부터 덧문을 닫고 있었다. 가게 안에 모인 것은 늘 그렇듯이 미도리와 쇼타로, 그 외 어린아이들도 두세 명 보인다. 조개껍질을 사용한 구슬치기처럼 어린아이들이나 하는 놀이를 하다가 미도리가 문득 귀를 기울였다.

---

* 일본어에선 코와 화투의 첫발음이 '하나'로 같다.

"어, 누가 오는 것 같은데? 도랑에 놓은 널빤지 밟는 소리가 들렸어."

"그래? 난 못 들었는데. 친구들이 왔나?"

쇼타로도 구슬 세던 손을 멈추고 기뻐했다. 하지만 문구점 앞까지 왔던 발소리는 뚝 끊기더니 다시는 들리지 않았다.

11

쇼타로는 문구점 쪽문을 열고 위협하듯 "부아아" 하며 얼굴을 내밀었다. 발소리의 주인공은 두세 칸 떨어진 집 처마 밑을 타박타박 걸어가고 있었다. 그 뒷모습을 향해, "누구냐? 누구? 야, 가게로 들어와" 하고 말을 걸었다. 미도리는 굽 높은 나막신을 걸쳐 신고, 비가 내리든 말든 그 애의 뒤를 쫓아가려 했다. 그때 쇼타로가 "아, 그 녀석이다"라고 중얼거리며 미도리 쪽을 돌아보았다.

"미도리. 불러도 안 와. 그 녀석이라니까."

쇼타로는 머리를 빡빡 미는 흉내를 해 보였다.

"아, 신뇨구나."

미도리는 잠시 멈추었던 말을 이었다.

"얄밉기 짝이 없는 중 녀석이야. 분명 붓이나 무언가를 사러 왔다가 우리 말소리를 밖에서 듣고 돌아간 걸 거야. 심술궂고, 마음보가 비틀어진 아이야. 점잖은 척하는 꽁생원. 가게에 들어왔으면 단단히 괴롭혀주었을 텐데. 돌아갔으니 아깝네. 어디 신발이나 좀 빌려줘. 잠깐 보고 올게."

쇼타로를 제치고 미도리가 문에서 얼굴을 내미니 처마에서 떨어지는 빗방울이 앞머리를 적셨다.

"아. 기분 나빠."

미도리는 목을 움츠리며 거리를 내다보았다. 네다섯 칸 떨어진 집 앞의 가스등 아래로 큰 종이우산을 쓴 채 고개를 숙이고 타박타박 걷는 신뇨의 뒷모습이 보였다. 그 구부정한 등을 언제까지나 언제까지나 바라보았다.

"미도리. 왜 그래?"

쇼타로가 이상하다는 듯이 미도리의 등을 톡톡 두드렸다.

"아무것도 아니야."

미도리는 건성으로 대답하고 가게의 방으로 올라가 구슬을 다시 세기 시작했다.

"정말 얄미운 중 녀석이야. 겉으로 대놓고 싸우지도 못하면서 얌전한 척만 하고. 근성이 우물쭈물거리는 녀석. 밉지 않니? 우리 엄마가 그러는데, 덜렁대고 대범한 사람이 마음씨도 좋대. 그러니 멈칫대면서 우물거리는 신뇨는 성격이 나쁜 아이일 거야. 안 그러니? 쇼타?"

미도리는 신뇨에 대해 한껏 나쁜 말을 했다.

"그래도 용화사의 신뇨는 물정을 좀 알아. 조키치라면 정말 어쩔 수 없는 놈이지."

쇼타로가 건방지게 어른들 말투를 흉내냈다.

"쇼타, 어른 흉내를 내니 이상해. 너 꽤나 웃긴 아이구나."

미도리는 쇼타로의 볼을 쿡 찌르면서 "이 심각한 척하는 얼굴 좀 봐"라며 웃느라 데굴데굴 구를 지경이었다.

"나도 좀 있으면 어른이야. 가마타야(蒲田屋)의 바깥주인처럼 긴 웃옷을 걸치고, 할머니가 간수하고 있는 금시계를 받아 차고 반지도 끼고 궐련도 피울 거야. 난 게다보다는 가죽을 깐 셋타가 좋으니까, 가죽을 세 장 깔고 비단끈을 달아 신을 거야. 어때? 어울리겠지?"

쇼타가 대꾸하자, 미도리는 킥킥 웃으면서 다시 놀렸다.

"키 작은 사람이 긴 옷을 걸치고 셋타를 신으면 얼마나 우스울까. 안약병이 걸어다니는 것 같을 거야."

"바보 같은 말 하고 있어. 그때면 나도 다 커서 지금처럼 작지는 않을 거야."

쇼타로가 으시댔다.

"그건 언제 그렇게 될지 모르는 일. 저봐, 천장의 쥐가 웃겠다."

미도리가 천장을 가리키며 놀리자, 문구점 여주인을 비롯해 방 안에 있던 사람들이 모두 웃으며 데굴데굴 굴렀다.

"미도리는 농담이라고 생각하는구나. 누구라도 어른이 되지 않는 사람은 없어. 왜 내가 하는 말이 우스워? 나도 언젠가 예쁜 신부를 얻어 데리고 다니게 될 거란 말이야. 무엇이든 예쁜 게 좋으니까 밀전병 가게의 후쿠처럼 얼굴이 얽은 여자나 장작 가게의 앞짱구 같은 여자가 신부로 오면, 바로 내쫓을 거야. 얼굴에 곰보자국이나 옴 오른 자국이 있는 여자는 정말 싫어."

쇼타로는 혼자 심각한 얼굴로 커다란 눈망울을 굴리며 힘주어 말했
다. 그러자 문구점 여주인이 웃음을 터뜨렸다.

"그런데도 쇼타는 우리 가게에 잘도 와주네. 아줌마의 곰보자국은 안
보이나?"

"아니에요. 아주머니는 나이 든 사람이고, 내가 말하는 것은 신붓감
이에요. 나이 든 사람은 아무래도 괜찮아요."

쇼타로가 말했다.

"아이구. 거기까진 생각 못 했네. 내가 한 수 졌어."

문구점 여주인은 농담을 하며 쇼타로의 비위를 맞추었다.

"마을에서 얼굴이 예쁘다면 꽃가게의 로쿠, 과일가게의 기이, 그보다
더 미인은 네 옆에 앉아계시지만. 쇼타는 누구를 신붓감으로 정해두었
을까? 로쿠의 아름다운 눈매? 아니면 노래를 잘 부르는 기이의 꾀꼬리
같은 목소리? 어느 쪽을 선택할 거야?"

쇼타로는 얼굴이 빨개졌다. "무슨 말이에요. 로쿠나 기이나 어디가
예쁘다는 거예요?"라고 하며, 매달린 등불 아래서 벽 쪽으로 슬금슬금
물러났다.

"그럼 미도리가 좋은 거네? 그렇게 정하셨네."

문구점 여주인이 정곡을 찔렀다.

"그런 거 몰라요. 뭐예요, 그런 게?"

쇼타로는 등을 휙 돌렸다. 그리고 손가락으로 벽 아래쪽을 향해 두들

기며 "돌아라. 돌아라. 물레방아" 하고 작은 목소리로 노래를 부르기 시작했다. 미도리는 구슬치기에 쓸 소라껍데기를 그러모으며 "자, 한 번 더 시작할까"라고 했다. 얼굴을 붉히지도 않았고 평온했다.

12

신뇨가 누나를 만나러 다마치에 갈 때, 지름길이라 지날 수밖에 없는 길이 있다. 요시와라 제방 바로 앞 길이다. 그곳엔 대강 세워둔 격자문을 단 집이 있다. 안을 들여다보면, 화강녹암으로 만든 등롱에 싸리 울타리를 두른 모습이 고상하고, 여름이 지나면서 툇마루 끝에 말아둔 발도 어딘지 정겹다. 유리를 끼운 장지문 뒤에는 『겐지 이야기』에 나오는 지방관리의 미망인이 요즘 옷을 입고 앉아 불경을 외우고, 평생 겐지의 사랑을 받은 와카무라사키를 닮은 어린 단발머리 계집아이가 앉아 있을 것 같다. 이 집은 바로 다이코쿠야의 숙소다.

어제도 오늘도 가을비가 내려 공기가 차갑다. 용화사 안주인은 마침 딸에게 부탁받은 겨울 내의가 완성되자, 조금이라도 빨리 보내 입히고 싶어졌다. 부모의 마음이 다 그런 것이다.

"수고스럽겠지만, 학교 가기 전에 잠깐 가져다주지 않을래? 하나도 분명 기다리고 있을 거야."

어머니는 신뇨에게 누나의 내의를 가져다주도록 심부름을 시켰다. 얌전한 신뇨는 싫다고 말도 못 하고, "네, 네" 하며 옷꾸러미를 받아 들었다. 그리고 회색 끈을 단 굽 높은 게다를 딸각거리며 조용히 우산을 쓰고 나섰다.

요시와라를 둘러싼 도랑 모퉁이를 돌아 언제나 지나다니는 골목길을 더듬어가니 어느새 다이코쿠야 앞까지 왔다. 그때 운 나쁘게도 신뇨의 종이우산을 날려버릴 기세로 바람이 휙 불었다.

'날아가면 큰일이야.'

신뇨가 우산을 붙들고 발에 힘을 꽉 주는 순간, 게다의 코끈이 풀려나갔다. 우산보다 나막신이 더 큰 일이었다.

신뇨는 곤란한 나머지 혀를 찼지만, 이미 벌어진 일이니 어쩔 도리가 없었다. 다이코쿠야 문 앞에 우산을 세워두고, 차양 아래서 비를 피하며 게다 코끈을 새로 묶기 시작했다. 하지만 평소 이런 일을 해보지 않은 도련님이라 마음만 급하지 끈이 제대로 끼워지질 않았다. 초조한 나머지 소맷부리 안에 넣어둔 작문 연습용 종이를 꺼내 북북 찢은 뒤 꼬아서 종이끈을 만들려 했다. 이때 심술궂은 바람이 또다시 불어 세워둔 우산을 데굴데굴 굴렸다.

"얄미운 녀석."

신뇨는 바람을 원망하며 우산을 멈추려고 손을 뻗었다. 순간 무릎에 얹어두었던 꾸러미가 스르륵 땅바닥으로 떨어졌다. 보자기는 흙투성이가 되었고 자신의 옷소매까지 더러워졌다.

빗속에 우산도 없는데 도중에 게다 끈까지 끊어진 사람처럼 불쌍해 보이는 경우도 없다. 미도리는 장지문 안에서 유리창 너머로 내다보다가 사람 그림자가 어리는 것을 보았다.

"아, 누가 게다 끈이 끊어졌나봐요. 엄마, 천 조각 갖다줘도 되지요?"

미도리는 바느질 상자에서 잔주름이 잡히고 화려한 무늬가 그려진 비단 조각을 꺼냈다. 마당에서 신는 게다를 서둘러 발에 끼고, 툇마루 끝에 있던 우산을 쓸 새도 없이 징검돌을 밟으며 잰걸음으로 다가갔다.

신뇨를 보자 미도리는 얼굴이 빨개지고, 무슨 큰일이라도 당한 사람처럼 가슴이 쿵쾅거렸다. 누가 볼까 뒤를 돌아보며 쭈볏쭈볏 격자문 옆으로 다가갔다. 문득 뒤돌아보다가 미도리를 발견한 신뇨의 겨드랑이에는 식은땀이 흘렀다. 맨발로 도망이라도 가고 싶은 마음이었다.

보통 때 미도리라면 신뇨가 곤란해하는 것을 보고, "아유 겁쟁이" 하면서 실컷 비웃고 미운 말을 퍼부었을 것이다.

'감히 축제날 밤에 쇼타에게 복수한다면서 우리 놀이를 방해했지? 그리고 죄도 없는 산고로를 때렸지? 네가 뒤에서 조종했다면서? 자, 사과해. 뭐라도 한 마디 해보란 말이야. 조키치를 시켜 나를 창녀, 창녀 하고 부르게 한 것도 네 짓이지? 창녀라도 좋지 않아? 눈곱만큼이라도 네게 신세 지지 않을 테니까. 내겐 아버지도 있고, 어머니도 있어. 다이코쿠야의 바깥어른도, 언니도 내 편이고. 너 같은 건방진 중에겐 절대 신세 질 일 없으니 쓸데없이 창녀라 부르지 마. 할 말 있으면, 뒤에서 소근대지 말고 여기서 해봐. 뭐든 상대해줄 테니까.'

신뇨의 소매를 잡고 무슨 말이든 퍼부어 이길 기세일 텐데, 미도리는 아무 말 없이 격자문 뒤 그림자에 몸을 숨겼다. 그렇다고 들어가려고도 하지 않은 채 두근거리는 가슴을 누르며 못박힌 듯 서 있으니 평상시 미도리답지 않았다.

13

여기가 다이코쿠야라는 생각이 들자, 신뇨는 어쩐지 불안해져 좌우도 살피지 않은 채 앞만 보고 걸었다. 하지만 공교롭게도 비가 내렸고, 게다 끈까지 끊어져버렸다. 할 수 없이 다이코쿠야의 문 아래에서 종이끈을 만들자니, 이런저런 기분 나쁜 생각이 떠올라 참을 수 없을 지경이었다. 마침 그 순간 뒤에서 징검돌을 건너는 발소리가 들리자, 등줄기에 찬물을 끼얹은 듯한 기분이 들었다. 돌아보지 않아도 미도리라는 것을 알 수 있었다. 몸이 부들부들 떨리고 얼굴색이 변할 정도였지만, 등을 돌린 채 오히려 더욱 종이끈을 꼬는 척했다. 하지만 반쯤은 넋이 나가 이 게다를 아무래도 다시 신을 수 있을 것 같지가 않았다.

마당의 미도리는 그 모습을 엿보고 있었다.

'아, 서툴기는. 저렇게 해선 고쳐 신기 어려운데. 종이끈은 흐물흐물하고, 지푸라기를 꼬아 앞에 있는 구멍에 넣어봤자 오래 가기 어려워. 그건 그렇고 옷소매가 땅에 끌려 흙투성이가 되는 줄도 모르고 있어. 어, 우산이 구르잖아. 접어서 세워두면 좋을 텐데…'

미도리는 하나하나 너무 안타까웠지만, "여기 천조각이 있어. 이걸로 나막신 코끈을 끼워"라고 말을 걸려고는 하지 않았다. 비에 옷이 젖는 것도 상관치 않고, 살짝 숨어 신뇨를 엿보고만 있을 뿐이었다.

사정을 모르는 미도리의 엄마가 멀리서 불렀다.

"다리미 불 다 피웠어. 미도리 뭐 하고 노는 거니? 비오는데 밖에서 장난치면 안 돼. 또 지난번처럼 감기 걸릴라."

"네. 갈게요."

미도리가 큰 목소리로 대답했는데, 그 소리가 신뇨에게 들릴까봐 부끄러웠다. 가슴이 두근두근. 지금까지 있었던 여러 가지 일을 생각하면 도저히 격자문을 열 수 없었지만, 그렇다고 어려운 일을 당한 신뇨를 모른 척할 수도 없었다. 이런저런 궁리 끝에 격자문 틈으로 손에 쥐고 있던 붉은 비단 조각을 던졌다. 신뇨는 모른 척하며 쳐다보지 않았다.

'여전히 쌀쌀맞아.'

원망스럽고 안타까운 마음에 미도리의 눈에 눈물이 조금 고였다.

'내가 뭐 그리 싫어 저렇게 매정한 척하는 건지. 불만 있는 건 난데 정말 너무해.'

와락 울어버리고 싶은 마음이었지만, 엄마가 몇 번이나 부르자 할 수 없이 한 걸음, 두 걸음 주저하면서 발걸음을 떼었다.

'에잇, 뭐가 미련이 남아서. 이런 내 모습을 신뇨가 어찌 생각할까? 부끄럽지도 않아?'

미도리는 과감하게 몸을 홱 돌려, 딸각딸각 징검돌을 밟으며 돌아갔다. 신뇨는 미도리가 떠난 뒤, 그제야 조금 쓸쓸한 기분이 들었다. 돌아보니 붉은 비단 조각이 비에 젖은 채 단풍잎처럼 자기 발 언저리에 흩어져 있었다. 왠지 모르게 마음이 끌렸지만, 차마 주워 올릴 생각은 하지 못한 채 물끄러미 바라볼 뿐이었다.

신뇨는 자기 손재주가 서투르다는 것을 인정하고 게다 끈 꿰는 것을 포기했다. 하오리의 긴 끈을 풀어 나막신이 벗겨지지 않도록 발에 칭칭 감아 묶었다. 꼴사나운 임시방편이었다. "이 정도면 괜찮겠지" 하고 걸어보았지만, 걷기 어려운 것은 말할 필요도 없다. 이대로 누나가 있는 다마치까지 갈 생각을 하니 큰일이었지만 어쩔 수 없었다. 일어나 꾸러미를 옆구리에 끼고 두 걸음 정도 가는데, 미도리가 던진 비단 조각의 붉은빛이 눈에 아른거려 멈칫했다. 마치 비에 젖은 단풍잎 같았다. 버려두고 가려니 마음이 괴로워, 뒤를 돌아보는 순간이었다.

"신뇨. 어쩐 일이야? 나막신 끈이 끊어진 거냐? 보기 흉해."

불쑥 말을 걸어오는 사람이 있었다.

놀라서 바라보니 난폭한 조키치였다. 태어나 처음으로 요시와라에서 놀다가 돌아가는 길인지 화려하게 꾸미고 있었다. 유카타를 겹친 세로줄무늬 옷에, 언제나 그렇듯이 감색 띠를 허리춤에 묶었고, 검정 깃을 단 짧은 겉옷을 그 위에 입고 있었다. 겉옷은 아주 새옷으로 보였다. 유곽 상호가 들어간 우산을 쓰고, 발끝에 가죽을 댄 굽 높은 게다도 오늘 새로 신은 것인지 옻칠이 선명했다. 조키치는 자신의 그런 차림이 자랑스러운 듯했다.

"게다 끈이 끊어져 쩔쩔매는 중이야. 정말 황당해."

신뇨가 풀이 죽어 말했다.

"그렇겠지. 네가 게다 끈을 뗄 수 있겠냐? 괜찮으니 내 것을 신어. 이건 끈이 멀쩡하니까."

조키치가 도움의 손길을 내밀었다.

"그러면 네가 곤란하잖아."

"뭐, 난 이런 일 자주 있어. 이러면 돼."

조키치는 재빨리 옷자락을 걷어 허리춤에 끼우며 나막신을 벗었다.

"그렇게 무리하게 게다를 칭칭 감는 것보다는 이러는 게 훨씬 나아."

"너, 맨발로 가려는 거야? 그럼 내가 너무 미안하잖아."

신뇨가 당황해서 말했다.

"괜찮아. 난 익숙하니까. 신뇨, 너 같은 사람들은 발바닥이 부드러워 맨발로 자갈길을 못 걸을 거야. 자, 이걸 신어."

조키치는 친절하게도 자신의 게다를 신뇨의 발 앞에 나란히 놓아주었다. 모두 싫어하며 따돌리는 조키치가 송충이 같은 눈썹을 실룩이며 부드러운 말을 하니 이상하다.

"네 나막신은 가져다가 절 부엌에 대충 던져둘게. 자, 바꿔 신어."

조키치는 신뇨가 나막신을 갈아 신도록 정성껏 시중을 들어주었다. 그리고 끈 떨어진 나막신을 한 손에 든 채, "그럼 다녀와. 나중에 학교에서 보자"라고 인사를 했다.

신뇨는 다마치의 누나에게로, 조키치는 자기 집 쪽으로 떠났다. 마음이 담긴 붉은 비단 조각만 애처로운 모습으로 격자문 밖에 쓸쓸히 남아 있었다.

14

올해는 11월에 닭날이 세 번이나 있었다. 가운데 닭날은 비가 와서 망쳤지만, 첫째날과 셋째날은 날씨가 좋아 오토리 신사가 떠들썩하게 붐볐다. 참배를 구실 삼아 유곽 뒷문으로 난입하는 젊은이들이 웃고 떠드는 소리가 천지를 울릴 기세였다. 이즈음 나카노초의 거리를 걸으면, 유곽 뒷문 쪽이 더 붐비는 바람에 갑자기 방향이 바뀌었는지 의심이 들 정도였다. 스미초(角町), 교마치(京町) 등 이곳저곳의 임시 다리를 통해 사람들이 밀려들어왔다. 그중에는 "자, 밀어. 밀어" 하면서 뱃머리에서 외치는 구호를 흉내 내며 인파를 헤치고 가는 사람도 있었다. 강가 작은 가게에서 손님을 부르는 시끄러운 소리에서부터, 높이 솟은 건물에서 흘러나오는 샤미센과 노래까지, 온갖 소리가 울려 퍼졌다. 끓어오르는 듯한 흥겨움은 많은 사람들에게 잊지 못할 추억이 될 것이다.

쇼타로는 일수 돈 수금을 하루 쉬기로 했다. 행운을 비는 기념품 가게를 찾아가 그곳에서 일하는 산고로를 만난 뒤, 경단가게 키다리가 하는 손님 대접이 별로인 단팥죽집에도 갔다.

"어때? 손님은 좀 있냐?"

"쇼타로. 너 마침 잘 왔다. 단팥죽 재료인 팥소가 떨어졌어. 지금부터 뭘 팔아야 할지 곤란해하던 참이야. 팥을 찌려고 올려두기는 했는데, 그 사이에 손님이 오면 어쩌냐?"

키다리가 걱정을 털어놓았다.

"머리를 좀 써라. 단팥죽 끓이는 솥 가장자리에 눌러붙은 팥소 안 보이냐? 그걸 끓는 물에 불리고 설탕을 넣어 달게 하면, 10인분이나 20인분은 만들겠다. 어느 가게나 다 그렇게 팔아. 너희 가게만 그런 건 아니야. 이렇게 붐빌 때는 맛이 있네, 없네 할 사람도 없으니 일단 팔고 봐야지. 어서 팔아."

쇼타로가 얼른 설탕 단지를 끌어당기며 말했다. 한쪽 눈이 잘 보이시 않는 키다리의 모친이 놀란 얼굴로 "아유, 타고난 장사꾼이네. 정말 지혜로워"라고 칭찬했다.

"뭐야. 이 정도가 지혜로운 건가? 지금 골목의 못난이네 갔더니 팥소가 모자란다고, 이렇게 하는 것을 보고 오는 길인걸. 내 발명이 아니야."

쇼타로는 한 마디 던지듯 대꾸하고, "너 혹시 미도리 어디 있는지 아니? 아침부터 찾았는데 어디 갔는지 문구점에도 오지 않았대. 요시와라에 있을까?"라고 물었다.

"어, 미도리 말이야, 조금 아까 우리 집 앞을 지나 아게야마치(揚屋町) 다리를 건너 요시와라로 들어갔어. 쇼타. 정말 이상해. 오늘은 머리를 이렇게 시마다 모양으로 올렸어."

키다리는 이상한 손짓을 하더니, "아주 예뻐. 그 아이 말이야"라면서 콧물을 쓱 닦았다.

"언니 오마키보다 훨씬 예뻐. 하지만 그 아이도 오이란이 되어야 한다니 불쌍해."

쇼타로는 눈을 내리깔며 대꾸했다.

"좋지 않아? 오이란이 되면. 내년부터 계절에 유행하는 물건들로 한 철 장사를 해 돈을 벌 거야. 그것을 가지고, 오이란이 된 미도리를 사러 갈 거야."

키다리가 얼빠진 소리를 했다.

"건방진 소리. 그럼 넌 차일 거야."

"왜?"

"왜라니, 다 차일 이유가 있는 거야."

쇼타로는 얼굴을 붉히며 말을 이었다.

"그럼 난 한 바퀴 돌아볼까. 이따 또 올게."

한 마디 툭 던진 쇼타로는 가게를 나섰다.

"열여섯, 열일곱까지는 꽃이야, 나비야, 귀하게 컸는데…"

쇼타로는 떨리는 목소리로 요즘 요시와라에서 유행하는 노래를 읊조 렸다.

"이제는 이 일이 익숙해져…" 하며 몇 번이고 노랫말을 되뇌며 걸어 가는데, 늘 그렇듯이 셋타 소리가 높이 울렸다. 쇼타로의 작은 몸은 들 뜬 사람들 틈에 섞여 사라져버렸다.

그렇게 인파에 밀려 요시와라 모퉁이까지 갔을 때, 유녀를 보살피는 아주머니*와 함께 이야기를 나누며 걸어가는 미도리가 보였다. 분명 미 도리가 틀림없는데, 키다리 얼간이가 말한 것처럼 큰 시마다 머리를 앳

---

* 반토신조. 유녀들의 중간 관리자로 오이란의 매니저 역할을 했다.

되게 틀어올렸다. 머리엔 홀치기 염색한 천 조각이나 별갑 장신구를 주렁주렁 달고, 꽃조각이 팔랑거리는 비녀를 꽂고 있었다. 평소와 다른 모습이 마치 화려한 교토 인형을 보는 듯했다. 쇼타로는 한 마디도 못 하고 선 채로, 평소처럼 다가가 붙들지도 못하고 뚫어지게 쳐다보기만 했다.

"쇼타로잖아."

미도리가 달려왔다.

"아주머니, 장 봐야 하지요? 그럼 여기서 헤어져요. 전 이 아이랑 같이 집에 갈게요."

미도리는 유곽 아주머니에게 고개를 숙이며 인사했다.

"아유. 미도리는 정말 생각이 빨라. 내가 바래다주지 않아도 되면, 교마치로 가서 장이나 봐야겠어."

유곽 아주머니는 가게들이 즐비하게 늘어선 골목길을 향해 종종걸음을 쳤다. 쇼타로는 그제야 미도리의 소매를 잡아끌었다.

"잘 어울려. 언제 한 머리야? 오늘 아침? 아니면, 어제? 왜 빨리 보여주지 않았어?"

원망을 섞어 어리광을 부리는 듯한 말투였다.

"언니 방에서 오늘 아침에 했어. 난 너무 싫었어."

미도리는 고개를 숙이며 지나가는 사람들이 쳐다볼까봐 부끄러워했다.

15

괴롭고 부끄럽고 숨기고 싶은 일이 몸에 일어난 처지였다. 미도리는
칭찬하는 말도 조롱으로 들렸다. 멋진 시마다 머리를 돌아보는 사람들
의 시선도 자신을 경멸하는 듯이 느껴졌다.

"쇼타, 나 집에 갈래."

"왜 오늘은 안 놀 거야? 너 무슨 잔소리라도 들은 거니? 언니랑 싸우
기라도 한 거야?"

쇼타로가 어린아이 같은 질문만 던지니 미도리는 대답을 못 하고 얼
굴을 붉혔다. 두 사람이 함께 단팥죽 가게 앞을 지나는데, 키다리 바보
녀석이 밖을 내다보며, "어이, 사이가 좋습니다"라고 큰 소리로 놀렸다.
미도리는 금방이라도 울 듯한 표정이 되었다.

"쇼타 너랑 같이 안 갈래."

미도리는 쇼타로를 남겨두고 혼자 서둘러 발걸음을 옮겼다.

오토리 신사에 함께 참배를 가기로 했으면서 갑자기 자기 집으로 서
둘러 돌아가는 미도리를 보고, 쇼타는 다시 어리광을 부리며 매달렸다.

"너 같이 안 갈 거야? 왜 그리로 가는 거니? 너무해."

미도리는 그런 쇼타로를 뿌리치듯 하고 아무 말 없이 가버렸다. 쇼타
로는 어이없어하면서도 쫓아가 미도리의 소매를 잡으며 영문을 몰라
이상하게 여겼다. 미도리는 얼굴만 붉히며, "아무것도 아니야"라고 말
하지만 무언가 이유가 있어 보였다.

쇼타로는 다이코쿠야의 숙소 문을 지나 안으로 들었다. 평소 자주 놀러 오는 곳이라 익숙하기 때문에, 거리낌 없이 툇마루에 올라 미도리를 따라 방으로 들어갔다. 미도리의 엄마가 이 모습을 보고 "쇼타야, 마침 잘 왔어. 오늘 아침부터 미도리가 기분이 좋지 않아서 모두 쩔쩔매고 있어. 좀 놀아줘"라고 말했다.

"몸이 안 좋은가요?"

쇼타로가 어른스럽고도 진지하게 물었다.

"아니야."

미도리의 엄마는 의미심장한 미소를 띠며 말을 이었다.

"조금 지나면 나을 거야. 언제나 제멋대로니까. 저러다 친구들과 싸우기도 할 텐데… 정말 어쩔 수 없는 아가씨야."

뒤돌아보니 미도리는 어느새 작은방에 이불을 꺼내놓고, 오비를 풀고, 겉옷을 벗은 채 엎드려 아무 말도 하지 않았다. 쇼타로는 멈칫멈칫하면서 베갯머리로 다가갔다.

"미도리. 어떻게 된 거야? 몸이 아픈 거야? 기분이 안 좋은 거야? 도대체 왜 그래?"

더 가까이는 가지 못하고 무릎에 손을 올린 채 애만 끓였다. 미도리는 아무런 대답도 하지 않았다. 소매로 눈을 가리고 남몰래 울어 아직 틀어올리지 않은 앞머리가 젖어 보인다. 무언가 이유가 있을 거라는 짐작은 하지만, 쇼타로는 어린 마음에 어떤 위로를 해야 좋을지 알 수가 없다. 그저 이러지도 못하고, 저러지도 못하고 괴로울 뿐이다.

"도대체 뭐가 어떻게 된 거야? 난 네가 화낼 만한 일은 아무것도 안 했는데, 왜 그리 화가 난 거야?"

쇼타로는 미도리의 얼굴을 들여다보며 어쩔 줄 몰라했다.

"쇼타. 나 화난 게 아니야."

미도리가 눈물을 닦으며 대답했다.

"그럼 왜 그러는 거야?"

쇼타가 다시 물었지만 아무리 생각해도 이야기하고 싶지도 않고 숨기고 싶기만 했다. 가만히 있어도 뺨이 붉어지고, 특별히 무엇이 기분 나쁘다고 할 수는 없지만 점점 불안해졌다. 분명 어제까지만 해도 한 번도 경험해본 적 없는 감정이었다. 부끄러움이 이루 말하기 어려울 정도였다.

'할 수만 있으면 어두운 방 안에서 누구랑도 이야기하지 않고, 내 얼굴을 들여다보는 사람도 없이 혼자서 종일 지내고 싶어. 그럼 이렇게 괴로운 일이 있어도 다른 사람을 신경쓰지 않고, 고민하지 않아도 되잖아. 아, 언제나 종이인형 가지고 소꿉놀이하면 얼마나 좋을까. 어른이 되는 건 정말 싫어. 왜 나이를 먹어야 하는 걸까? 일곱 달, 열 달, 아니 일 년 전으로 돌아가고 싶어.'

미도리는 노인 같은 생각만 하면서, 쇼타로가 귀찮은 듯 말을 걸어와도 듣는 둥 마는 둥했다.

"돌아가줘. 쇼타. 부탁이니 돌아가줘. 네가 여기 있으면 죽어버릴 것 같아. 네가 말을 걸면 머리가 아파. 대답을 하려면 어지럽고. 누구도 여

96

기 있는 게 싫으니까 너도 돌아가줘."

　평소와 다른 미도리의 말투에 쇼타로는 이유를 모른 채 당황했다. 마치 연기에 휩싸인 듯한 기분이 되었다.

　"너 아무리 생각해도 이상해. 이런 말 할 아이가 아닌데. 이상해!"

　분한 마음을 감추면서 침착하게 말했지만, 마음이 약한 쇼타로의 눈에 눈물이 어렸다. 미도리는 그런 쇼타로의 모습을 알아차릴 리가 없다.

　"돌아가. 돌아가라고. 계속 여기 있으면 친구도 무엇도 아니야. 미운 쇼타."

　미도리가 밉살스러운 말을 퍼부었다.

　"네가 그렇게 싫다면 갈게. 귀찮게 해서 미안해."

　쇼타로는 목욕탕의 더운물을 살피고 있는 미도리의 어머니에게 인사도 하지 않고 벌떡 일어나 툇마루를 뛰쳐나갔다.

16

　쇼타로는 붐비는 인파를 헤치고, 쏜살같이 달려 문구점으로 뛰어 들어갔다. 산고로는 어느새 장사를 마치고 지갑에 얼마간 넣어둔 돈을 짤랑거렸다. 동생들을 불러 "좋아하는 것은 뭐든 사줄게" 하고 으스대며 형 노릇을 하던 중이었다. 얼마나 기분이 좋은지, 뛰어 들어오는 쇼타로를 보고 "쇼타. 안 그래도 널 찾고 있었어. 나 오늘 꽤 벌었거든. 뭐라도 사줄까?"라고 한 마디 했다.

"바보 같은 소리 하지 마. 너 같은 녀석에게 얻어먹을 내가 아니야. 닥치고 건방진 말 하지 말라구."

쇼타로는 난폭하게 대꾸한 뒤, "이럴 때가 아니란 말이야" 하고 이내 풀이 죽었다.

"뭐야. 뭐야. 싸운 거야?"

산고로는 막 먹기 시작하던 단팥빵을 가슴팍 주머니에 집어넣으면서 거칠게 말했다.

"상대는 누구야? 용화사야? 조키치야? 어디서 싸운 거야? 유곽 안이야? 아니면 신사 앞이야? 축제 때와는 달라. 갑자기 들이닥치지 않으면 지지 않아. 상대가 하는 짓을 잘 아니까. 내가 앞장설 테니, 쇼타, 마음 단단히 먹어."

"에잇, 성질 급한 놈. 싸움이 아니야."

쇼타로는 자신이 풀이 죽은 이유는 차마 말하지 못했다.

"난 네가 큰일난 것처럼 뛰어 들어오길래 싸움이라도 난 줄 알았지. 그건 그렇고, 쇼타. 오늘밤이 지나면, 골목파와 싸울 일도 없을 거야. 조키치 놈 한쪽 팔이 사라지니까."

"왜 어째서 한쪽 팔이 사라지냐?"

"너 몰라? 하긴 나도 방금 전에 용화사 신뇨 엄마랑 우리 아버지가 하는 이야기를 듣고 알았어. 신뇨 말이야. 이제 곧 어디 승려학교에 들어간대. 승복을 입으면 싸움에 나서지 못할걸. 설마 그 길고 하늘하늘한 승복 소매를 걷어붙이고 싸우겠냐? 그렇게 되면 골목도 큰길도 다 네

손아귀에 들어가는 거야."

산고로가 쇼타로를 부추겼다.

"그만해. 넌 2전만 받으면 조키치 편이 될 거잖아. 너 같은 놈은 백 명이 같은 편이라도 기쁘지 않아. 붙고 싶은 데 아무 데나 붙어. 난 사람을 의지하지 않아. 정말 내 실력으로 한번은 용화사 녀석과 붙어보고 싶었는데, 다른 데로 가니 할 수 없지. 후지모토는 내년에 학교 졸업하면 간다고 했는데, 왜 그렇게 빨리 가는 거야? 어쩔 수 없는 놈이야."

쇼타로는 혀를 차면서도 이런 일은 그리 신경쓰이지 않았다. 미도리의 차가운 행동이 계속 떠올라 늘 부르던 노래도 나오지 않았다. 마음이 쓸쓸해 그런지 큰길에 붐비는 사람들도 흥겹게 느껴지지 않았고, 해가 지고 불을 켤 무렵부터는 문구점에 틀어박혀 뒹굴거렸다. 닭날을 맞아 장이 선 이날은 이상하게도 엉망진창이었다.

미도리는 이날부터 다시 태어난 듯 태도가 변했다. 일이 있으면 요시와라의 언니에게는 갔지만, 마을 아이들과 전혀 놀지 않았다. 아이들이 부르러 가도 다음에, 다음에 하면서 지키지 않을 약속만 했다. 그렇게 친하던 쇼타로가 찾아가도 데면데면하게 굴며 얼굴만 붉혔다. 문구점에서 활발하게 춤추던 모습도 이제는 보기 어려워졌다. 사람들은 이상하다며, 병이 난 것은 아닌지 걱정을 하기도 했다. 그러면 미도리의 엄마는 웃으며 "곧 다시 말괄량이 본성이 나타날 거예요. 지금은 잠깐 쉬는 중이지요"라고 이유가 있다는 듯이 말했다. 사정을 잘 모르는 사람들은 "이제 여자답게 얌전해졌어"라고 칭찬하기도 하고, "모처럼 재미난 아이를 망쳐버렸어"라고 혀를 차기도 했다.

큰길은 갑자기 불이 꺼진 듯 쓸쓸해졌다. 쇼타로가 아름다운 목소리로 흥얼거리는 노랫소리도 더 이상 들리지 않았다. 매일 밤 대나무 손잡이가 달린 초롱의 불빛만 보일 뿐이었다. 수금을 하려고 초롱을 든 채둑길을 걷는 쇼타로의 그림자가 어딘지 쓸쓸해 보였다. 가끔 함께 걷는 산고로의 목소리만 늘 그렇듯 익살스럽게 들려 왔다.

용화사의 신뇨가 스님이 되기 위해 공부를 하러 떠났다는 소문을 미도리는 듣지 못했다. 신뇨를 향한 마음은 가슴에 묻어두었다. 한동안은 몸에 일어난 변화와 변덕스러운 기분 때문에 자신이 낯설고, 무엇이든 부끄러웠다.

그러던 어느 서리 내린 아침. 조화로 된 수선화를 격자문 안으로 밀어넣은 사람이 있었다. 누가 그랬는지 알 수는 없지만, 미도리는 이 수선화에서 까닭 모를 그리움이 느껴졌다. 선반 위의 꽃병에 이 꽃을 꽂아두고 쓸쓸하고 청초한 모습을 보고 또 보았다. 들려온 말에 따르면, 다음 날 신뇨는 승려학교에 들어가 잿빛 승복으로 갈아입고 출가했다고 한다.

흐린 강

1

"이보세요. 기무라 상. 신 상. 잠깐 들렀다 가요. 들렀다 가라면 좀 들리면 좋잖아요. 또 우리 집은 그냥 지나고, 후타바(二葉)에 가려고 그러지요? 쫓아가서 끌고 올 테니 그런 줄 알아요. 정말 목욕탕 가는 길이라면 오는 길에 꼭 들러요. 거짓말쟁이라 참말인지 어떤지 알 수가 없다니까."

가게 앞에서 여자가 발끝에 게다를 걸친, 단골인 듯한 남자를 붙잡고 잔소리를 했다.

"나중에 나중에."

남자는 별로 화도 내지 않고 적당히 둘러대며 지나갔다. 그 뒷모습을 여자가 쳇, 하고 혀를 차며 바라보았다.

"나중에라고? 올 것도 아니면서. 쳇. 정말 남자는 마누라가 생기면 별

수 없어."

여자는 가게 문지방을 넘어서며 혼자 중얼거렸다.

"다카 짱. 정말 투덜거리네. 뭐 그렇게 걱정할 것까진 없어. 한 번 맺은 인연은 쉽게 끊어지지 않는다잖아. 다시 돌아오기도 하니까, 걱정 말고 주문이라도 외우며 기다려봐."

여자의 모습을 지켜보던 동료가 한 마디 했다.

"리키 짱, 너하고 달리 난 솜씨가 없어. 한 사람이라도 손님을 놓치면 곤란해. 나처럼 운 나쁜 여자는 주문도 듣지 않아. 오늘밤 또 가게나 지켜야 하나봐. 뭐야. 재미없게."

다카는 화가 나는지 게다 뒷굽으로 땅바닥을 탁탁 쳤다. 나이는 스물일곱에서 서른 사이로 보인다. 눈썹을 길게 그리고, 머리 숱이 나는 가장자리도 먹으로 그려 정리한 뒤 얼굴엔 하얀 분을 떡칠했다. 입술 연지는 사람을 잡아먹은 개처럼 빨갛다. 화장해놓은 모습을 보아하니, 분명 싸구려 연지를 발랐을 것이다.

리키라는 여자를 보니, 적당히 살집이 좋으면서도 날씬하다. 감은 머리를 시마다로 틀어올리고, 볏묘를 말린 장식을 꽂은 모양은 산뜻하고, 목덜미에 살짝 바른 분이 티가 나지 않을 정도로 살결은 하얗다. 그 모습을 보여주기라도 하듯 가슴언저리까지 풀어 헤치고, 한쪽 무릎을 세우고 앉아 뻐끔뻐끔 곰방대 담배를 피워도, 그 모습을 탓하는 사람이 없으니 다행이다. 대담한 무늬가 들어간 유카타에 척 늘어뜨려 묶은 띠는 검은 공단을 흉내 낸 모조품이고, 심을 넣지 않고 공그른 폭이 좁은 붉은 띠가 등 아래쪽으로 얼핏 보인다. 영락없이 이 주변에서 볼 수 있는 술집 여자의 매무새다.

다카는 금속 비녀로 머리를 긁으며 "리키 짱. 아까 그 편지는 부쳤어?"라고 무심코 생각난 듯 물었다. 리키는 별로 관심 없다는 듯, "응" 하더니 "편지를 읽는다고 올 것도 아니지만, 그래도 예의상…"이라며 웃었다.

"적당히 해. 양손 가득할 정도의 두루마리 편지지에 써서 우표를 두 장이나 붙여서 보낸 것이 예의상 쓴 거야? 게다가 그 손님은 전에 있던 아카사카(赤坂) 술집에서부터 단골이었다면서? 사소한 말다툼으로 인연이 끊어지면 못 쓰지. 네가 하기 나름이니 좀 잘해보면 좋잖아. 손님을 소중히 여기지 않으면 벌받아."

다카가 말했다.

"친절히 가르쳐줘서 고마워. 무슨 말인지 잘 알겠지만, 난 그런 녀석은 주는 것 없이 미우니 인연이 없는 사람이라 생각하고 그만해줘."

리키는 마치 남의 말 하듯 무심하게 말했다.

"포기했구나." 다카는 웃으며 말했다. 그리고 "넌 그렇게 제멋대로 굴어도 통하니, 힘이 있어 좋구나. 나처럼 나이 먹으면 별수 없어"라고 말하며 부채로 발밑을 부쳤다. "나도 젊었을 때엔 꽃처럼 예뻤지"라고 한마디 더하는 것도 잊지 않으니 우습다. 지나가는 남자를 발견하자 "들렀다 가세요"라고 말을 걸었고, 해질녘이 되자 가게 앞은 붐비기 시작했다.

가게는 두 칸* 넓이의 2층집으로, 처마엔 액을 쫓는 등을 걸고, 문 앞엔 재수가 좋으라고 갖다놓은 소금 그릇이 있다. 빈 병인지 아닌지는 잘 모르겠지만 명주(銘酒) 술병을 선반 위에 즐비하게 늘어놓아 계산대처럼 꾸며놓은 곳도 있다. 부엌에선 풍로를 부치는 소리가 이따금 요란하게 들려온다. 여주인이 전골이나 계란찜 정도를 만드는 것은 당연하고, 간판에도 그럴듯하게 '요리됩니다'라고 써놓았다. 배달 주문이라도 들어오면 무어라고 대답할 것인가. "오늘은 재료가 다 떨어졌어요"라고 할지 아니면 "남자 손님만 받아요"라고 둘러댈지, 참 난감한 일이다. 하지만 세상은 어떻게든 돌아가게 마련이라, 사람들은 이 가게가 무엇을 하는 곳인지 잘 알고 있었다. 단순히 안주거리나 생선구이를 주문하러 오는 촌놈은 없었다.

리키는 이 가게를 대표하는 아가씨로 인기가 많다. 나이는 제일 어리지만, 손님을 부르는 재주가 묘하게 좋다. 그렇게 애교가 많다거나 비위를 잘 맞추는 것도 아니고 제멋대로 구는 면이 있는데도 손님들이 좋아했다. 가끔 얼굴을 믿고, 잘난 척한다며 꼴도 보기 싫다고 험담을 하는 동료들도 있었다. 하지만 주변 술집에서 일하는 사람들은 다르다.

"사귀어보면 의외로 상냥한 아이야. 같은 여자들도 떨어지기 싫은 기분이 들 정도지. 마음이 얼굴로 스며 나오는 건 어쩔 수 없는 일. 그 애가 그렇게 예쁜 건 마음의 본성이 드러났기 때문일 거야. 신개발지 사람들

* 한 칸은 1.8미터 길이다.

104

중에 기쿠노이(菊の井)의 리키를 모르는 사람이 없을 정도지. '기쿠노이의 리키인가, 리키의 기쿠노이인가'라는 말이 돌 정도로 흔히 볼 수 없는 보물 같은 아이야. 그 애 덕분에 마을이 환해졌어. 가게 주인은 그 애를 신줏단지 모시듯 해도 돼."

마을 사람들은 누구나 기쿠노이를 부러워했다.

다카가 골목에 사람이 없는 것을 보고 말을 걸었다.

"리키. 네가 알아서 잘할 테니까 무슨 일이 있어도 크게 걱정은 안 해. 하지만 아무래도 겐 상 일은 너무 안되었고 마음에 걸려. 지금 형편없는 처지에 있으니 좋은 손님이라 하기 어렵지만, 서로 사모하고 있는 이상 어쩔 수 없잖아. 나이 차가 많든, 상대에게 아이가 있든 말이야. 설사 아내가 있다 해도, 너희 두 사람이 헤어질 수 있을 것 같아? 주저하지 말고 불러내봐. 내 애인이야 마음이 변해 얼굴만 보면 도망가버리니 어쩔 수가 없지. 이젠 아예 포기하고 다른 남자를 찾고 있어. 하지만 넌 나랑은 이야기가 다르잖아. 네가 마음만 먹으면 지금 마누라하고도 헤어지게 만들 수 있을 텐데, 네 자존심에 겐 상이랑 부부가 될 생각은 없겠지. 그러면 더 가게로 불러내기가 좋네. 편지를 써. 이제 곧 양조장에서 일하는 아이가 올 텐데, 그 애에게 좀 전해달라고 하면 되지. 양가집 여자도 아니면서 양보만 하지 말고. 넌 단념이 너무 빨라. 아무튼 편지를 써봐. 겐 상이 불쌍해."

다카의 말을 듣는지 마는지 리키는 고개를 숙이고 담뱃대를 청소하느라 말이 없었다. 담배통을 깨끗이 닦아 한번 빨고는 탁 하고 재를 턴 뒤, 다시 불을 붙여 다카에게 주면서 그제야 입을 열었다.

"조심해. 가게 앞에서 그런 말을 하면 소문이 나빠질지도 모르잖아. 기쿠노이의 리키가 공사장 일꾼을 애인으로 두고 있다고 오해받으면 곤란해. 다 지나간 꿈같은 이야기지. 지금은 겐인지 시치인지 이름도 생각이 안 나. 그 이야긴 이제 그만해."

리키가 일어났고, 그 순간 허리에 부드러운 천으로 된 띠를 두른 젊은 남자들이 지나갔다.

"이봐요. 이시카와 상, 무라오카 상. 리키의 가게를 잊으신 건 아니죠?"

리키가 부르자 남자들이 "이거 매일 이렇게 시원하게 말을 걸어주는데 그냥 지나갈 순 없지"라며 가게로 줄줄이 들어왔다. 탁탁탁, 분주한 발소리가 복도를 달리기 시작했다.

"언니, 여기 술."

"안주는 뭘로?"

샤미센 소리가 흥겹게 울리고, 취해서 어지럽게 춤추는 발소리가 들리기 시작했다.

2

어느 비 오는 날. 인적도 뜸할 때 중절모를 쓴 30대 남자가 가게 앞을 지나갔다.

"저 사람이라도 잡지 않으면, 이렇게 비 오는 날 손님이 없을지도 몰라."

리키는 달려나가 남자의 소매를 잡으며 "그냥은 못 지나가세요"라고 응석을 부리듯 매달렸다. 이럴 땐 예쁜 외모가 한몫을 하는 법. 지금까지 찾아온 어떤 손님보다 신분이 좋아 보이는 손님을 불러들이게 되었다.

두 사람은 2층 다다미 여섯 장 방에서 사미센 소리도 울리지 않은 채 이야기를 나누게 되었다. 처음엔 이름과 나이를 묻더니, 다음엔 부모의 출신을 물었다.

"무사 집안 출신인가."

"그건 말씀드릴 수 없어요."

"평민인가?"

"글쎄요. 어떻게 보이나요?"

"그럼 화족 출신인가?"

남자가 웃으며 물었다.

"뭐, 그렇게 생각해주세요. 화족 아가씨가 손수 따라주는 술이니 고맙게 받으세요."

리키는 찰랑찰랑 잔이 넘칠 정도로 술을 따랐다.

"예의가 없네. 술잔을 상에 둔 채로 따르는 이런 방법은 오가사와라 식*인가? 아니면 어디 식인가?"

---

* 무가의 전통에서 나온 도쿠가와 집안의 예법으로 대중들에게도 널리 퍼졌다.

"오리키식, 기쿠노이의 술 따르는 법입니다. 다다미에 술을 살짝 흘리는 방법도 있고, 큰 잔으로 단번에 마시는 방법도 있지요. 싫은 사람에겐 술을 따라주지 않는 것이 제일 중요하답니다."

기죽지 않고 대답하는 모습에 손님은 점점 더 흥미를 느꼈다.

"지금까지 어찌 살아왔는지 들려주겠느냐. 분명 굉장한 이야기가 있을 것 같은데. 평범한 집안에서 자란 아가씨로 생각되지는 않아. 어떤가?"

"보세요. 전 아직 얼굴에 솜털이 보송보송한걸요. 그렇게 사연이 있을 정도로 나이 먹지 않았어요."

리키가 깔깔거리며 웃었다.

"그렇게 대충 얼버무리지 말고, 사실대로 이야기해봐라. 지나온 이야기를 하기 싫으면 이런 곳에서 일하는 목적이라도 들어보자."

손님이 나무랐다.

"어렵네요. 말하면 아마 깜짝 놀라실걸요. 천하를 노렸던 오토모노 구로누시*란 저를 가리키는 말이지요."

리키는 더 크게 웃으며 말했다.

"이래선 아무것도 안 되겠어. 그렇게 동문서답만 하지 말고, 조금은 사실대로 이야기해봐. 아무리 아침저녁으로 거짓말만 하며 지낸다 해도 진실을 약간은 섞어야 하지 않겠느냐. 남편은 있는 게냐? 여기서 일

---

* 헤이안 시대의 유명한 가인(歌人).

하는 것은 부모를 위해선가?"

손님이 점점 진지하게 물어오자 리키는 슬퍼졌다.

"저도 사람이니 조금은 가슴 아픈 일도 있지요. 부모님은 일찍 돌아가시고, 지금은 혼자 몸이에요. 이런 저라도 아내 삼겠다고 나서는 분도 있지만, 아직 결혼은 안 했답니다. 어차피 천하게 자란 몸이니 이런 일을 하며 인생을 마치게 되겠지요."

툭 내뱉듯이 던진 한 마디가 한없이 애달팠다. 요염하게 들떠 있는 모습이지만, 어디인지 모르게 심지 있어 보이는 모습이다.

"아무리 천하게 자랐다고 해서 결혼을 못 하는 건 아니지. 자네처럼 미인이라면 좋은 남자 만나 팔자 피는 건 금방이지. 그런 사모님 되기는 어쩐지 싫고, 멋진 보통 사내가 마음에 드는 건가?"

"뭐, 그 정도라고 해두지요. 제가 좋으면 저쪽이 싫고, 저를 아내로 들이고 싶어하는 사람은 제가 좋아지질 않고요. 바람기 많은 여자라 생각하실지 모르지만, 그렇게 하루하루 살아요."

"아니. 그건 아니지. 상대가 없지는 않을 것 같은데. 지금 가게 앞에서 누군가 안부 전해달라고, 자네에게 말하지 않았는가. 무언가 재미있는 이야기가 있을 것 같아. 어때?"

손님이 또다시 물었다.

"아. 정말 당신은 꼬치꼬치 캐물으시네요. 단골손님이라면 이 주변에 얼마든 있어요. 편지 주고받는 일이야 잘못 쓴 종이 갈아치우는 것만큼이나 대수롭지 않은 일이죠. 써달라고 하시면, 사랑을 맹세하는 서약이든 증명서든 무엇이든 써드릴게요. 부부 약속 같은 것도 제가 먼저 깨지는 않아요. 남자들 근성이 나빠 깨질 뿐이죠. 고용주가 있는 사람은 고용주 말대로, 부모가 있는 사람은 부모 말대로 할 뿐이에요. 돌아보지 않으면 이쪽도 쫓아가 매달릴 일은 없고, 그걸로 끝이에요. 상대는 얼마든지 있지만, 한평생 의지할 사람은 어디에도 없네요."

그렇게 말하는 리키의 얼굴에 잠시 허전하고 불안한 표정이 스쳤다.

"이제 이런 얘기 그만하고 신나게 놀아봐요. 풀이 죽어 지내는 건 싫어. 실컷 마시고 떠들면서 흥을 내봐요."

리키가 박수를 쳐 동료들을 불렀다.

"리키 짱. 꽤 조용하네."

진하게 화장한 30대 여인, 다카가 들어왔다.

"이봐. 이 아가씨가 좋아하는 남자, 이름이 뭐지?"

손님이 묻자, 다카는 짐짓 시치미를 떼며 "전 아직 손님의 이름을 듣지 못했는데요"라고 대답했다.

"그렇게 거짓말하면 오봉* 때 염라대왕한테 참배하러 못 갈 줄 알아."

손님이 웃었다.

"그러니까 손님을 오늘 처음 뵌 거 아닌가요? 이제 성함을 여쭤볼까 하던 참이에요."

"그건 또 무슨 말이냐?"

---

* 우리나라 추석에 해당하는 명절.

"리키 짱이 좋아하는 남자, 당신의 이름을 물어보려던 참이었다구요."

다카가 손님을 추켜올렸다.

"좋아하는 남자라니. 리키가 화내겠어."

손님은 다카에게 타박을 주면서도 들떠서 기분이 좋아졌다.

"손님의 직업을 맞혀볼까요?"

다카는 농담을 주고받는 분위기를 돋우려고 한 마디 했다.

"잘 부탁드립니다."

손님은 마치 손금을 봐 달라는 듯이 다카에게 손을 내밀었다.

"아니, 손을 내미실 것까진 없어요. 관상으로 맞혀볼게요."

다카는 제법 진지한 얼굴로 손님 얼굴을 뚫어져라 들여다봤다.

"됐어, 됐어. 그렇게 쳐다보면서 흠이라도 들추어내려는 건가. 이래 봬도 난 관리라고."

"거짓말. 일요일도 아닌데 한가롭게 놀러 다니는 관리가 어디 있어요? 리키 짱, 이 손님 뭐 하시는 분일까?"

"도깨비는 아니지"라며 손님은 콧방귀를 뀌더니 품속에서 지갑을 꺼냈다.

"자, 맞히는 사람에겐 상금이다."

"다카 짱. 손님께 너무 실례되는 말을 해선 안 돼. 이분은 아주 높은 신분의 화족이고, 지금은 사람들 눈을 피해 놀러 다니시는 중이란 말이야. 무슨 직업 같은 것을 가질 분이 아니시란 말이지."

111

리키는 웃으며 이불 위의 지갑을 주웠다.

"전 영주 전하를 모신 다카오(高尾)* 같은 몸이랍니다. 이걸 제게 맡기시면 모두에게 용돈을 나눠주지요."

리키는 손님의 대답도 듣지 않고 지갑에서 돈을 꺼냈다. 손님은 기둥에 기대앉아 그 모습을 바라보면서 아무런 잔소리도 하지 않았다. 손님이 관대하게 내버려두자, 오히려 다카가 "리키 짱, 적당히 해"라며 어이없는 표정을 지었다.

"뭐, 괜찮아. 이건 다카 짱 것. 이건 언니 것. 계산서 술값을 제하고 거스름돈은 마음대로 하시라잖아. 손님께 고맙다고 인사하고 받아둬."

리키가 돈을 나눠줬다. 사실 이것은 리키의 주특기이기 때문에 다카도 그다지 사양하지 않고 받았다. 그저 "손님. 괜찮겠지요?" 하고 확인한 뒤, "고맙습니다"라는 인사를 남기고 돈을 낚아채듯 사라졌다. 그 뒷모습을 본 손님이 한 마디 했다.

"열아홉 살치고는 늙어 보이네."

"왜 사람 흉을 보고 그러세요."

리키가 일어나 장지문을 열고 나가 난간에 기댔다.

"너는 어떠냐? 돈이 갖고 싶지 않은 게냐?"

두통을 가라앉히려는 듯 머리를 두드리는 리키에게 손님이 물었다.

"저는 따로 가지고 싶은 게 있지요. 이것만 있으면 너무 기뻐요."

* 에도 시대 고급 유녀.

리키는 허리에 두른 오비 사이에서 손님의 명함을 꺼내며 받아드는 흉내를 냈다.

"언제 그걸 꺼낸 거냐? 그럼 너도 그 대가로 사진을 주지 않겠느냐?"

"이다음 토요일에 오시면 함께 찍어요."

리키는 돌아가려는 손님을 그다지 붙들려 하지도 않고, 뒤에서 하오리를 입혀주었다.

"오늘은 정말 실례가 많았어요. 또 오시기를 기다릴게요."

"어이. 비위 맞추려는 말은 하지 마. 거짓 약속은 사양한다구."

손님이 웃으면서 빠른 걸음으로 계단을 내려가자, 리키는 모자를 손에 들고 뒤를 쫓았다.

"거짓인지 진실인지는 99일을 참고 와주시면 알게 될걸요. 기쿠노이의 리키는 틀에 박힌 여자가 아니에요. 어느 날 다른 사람이 되기도 해요."

손님이 돌아간다는 말을 듣고 동료들과 계산대의 여주인도 뛰어나왔다.

"아까는 정말 감사했습니다."

모두 합창이라도 하듯 한목소리로 인사를 했다. 미리 부탁해둔 인력거가 오고 가게 앞에서 손님이 올라탔다. 골목까지 배웅하러 나온 여자들이 "또 오세요" 하고 애교 섞인 인사를 했다. 이것은 모두 아까 나누어준 용돈의 위력이다. 손님이 돌아가자 모두들 "리키 짱 여신님!"이라 부르며 고맙다는 인사를 했다.

3

손님의 이름은 유키 도모노스케(結城朝之助). 난봉꾼이라 자처하지만, 때로는 올곧고 성실한 모습을 보여주는 사람이다. 지금은 직업도 없고 처자식도 없다. 놀기에 딱 좋은 나이다. 요즈음 일주일에 두세 번은 기쿠노이에 들락거렸다. 리키도 왠지 그에게 끌리는 듯, 3일만 안 찾아와도 편지를 보낼 정도였다. 동료 유녀들도 질투를 섞어 리키를 놀려댔다.

"리키 짱. 오죽이나 재미있겠어. 남자답지. 씀씀이도 좋지. 이제 그 사람은 분명히 출세할 거야. 그렇게 되면 널 사모님이라 불러야겠네. 지금부터 좀 조심해. 기모노 아래로 다리를 내놓거나 술을 찻잔으로 단숨에 들이키는 것만은 그만둬. 천해 보여."

이렇게 충고하는 사람도 있고, "겐시치 상이 유키 상 이야기를 알게 되면 어쩌나. 미쳐버릴지도 몰라" 하고 놀리는 사람도 있다.

"아아, 사모님이 되면 마차 타고 여기에 올 때 불편하니 길이나 고쳐놓았으면 좋겠어. 하수도 덮은 널빤지가 덜컹거리는 길에 어떻게 마차를 세워. 너희들도 행동거지를 좀 더 바르게 해. 내 식사 시중이라도 들려면 명심해야 할걸."

리키가 척척 말대꾸를 했다.

"아유, 얄미워. 그 나쁜 말버릇부터 고쳐야 사모님다워 보이지. 유키 상이 오면 다 일러서 잔소리 듣게 해줄 테야."

그러고는 도모노스케의 얼굴을 보자 "이런 이야기를 했다니까요" 하

114

면서 일러바치는 사람도 있었다.

"아무리 해도 우리 말은 듣지 않는 아이니까 당신이 꾸짖어주세요. 우선, 술을 찻잔으로 단숨에 들이키면 몸에 해롭잖아요."

이 말을 듣자, 유키는 진지한 얼굴로 "리키. 술만은 좀 줄여"라고 엄명을 내렸다.

"어머, 당신답지 않아요. 제가 무리해서 이런 장사를 할 수 있는 것도 다 술의 힘이라고 생각하지 않으세요? 저한테서 술을 빼앗으면 이 방이 절간처럼 어두워질 거예요. 조금만 알아주세요."

"알았어. 알았어."

도모노스케는 더 이상 아무 말도 하지 않았다.

어느 달 밝은 밤, 1층 객실에 공장 일꾼들이 몰려와 시끌벅적하게 놀았다. 사발을 두드리며 민요와 유행가를 섞어 불렀고, 춤까지 추면서 크게 소란스러웠다. 대부분 여자들이 1층으로 모여 2층 객실에는 유키와 리키 두 사람뿐이었다.

도모노스케는 편하게 누워 재미 삼아 말을 거는데, 리키는 귀찮은 듯 건성으로 대답하며 무슨 다른 생각에 빠져 있었다.

"왜 그래? 또 두통이라도 시작된 건가?"

"아뇨. 두통은 아닌데 계속 지병이 도지네요."

"지병이라면, 울화병인가?"

"아니요."

"부인병인가?"

"아니요."

"그럼 뭐지?"

"아무래도 말씀 못 드릴 것 같아요."

"다른 사람도 아니고 나 아닌가. 어떤 일이든 말해도 괜찮을 텐데. 그래 무슨 병인가?"

유키가 추궁하듯 물었다.

"병은 아니에요. 그냥 이런 식으로 기분이 가라앉아 생각이 많아져요."

"딱한 사람이네. 아버님은 어떤 분이셨지?"

"말씀드릴 수 없어요."

"그럼, 어머니는?"

"그것도 비밀이에요."

"지금까지 어떻게 살아왔어?"

"당신한테 그런 것까지 말씀드릴 수 없어요."

"흐음, 거짓말이라도 괜찮아. 지어낸 이야기라도 상관없다구. 보통 여자들은 난 이렇게 불행해졌어요, 하는 이야기를 잘하던데. 게다가 우린 한두 번 만난 사이도 아니니 그 정도 이야기를 해도 큰 지장은 없을 텐데. 굳이 말하지 않아도 네게 어떤 고민이 있다는 것쯤은 눈먼 안마사도 더듬어 찾아낼 수 있는 일이야. 안 들어도 알 수 있는 이야기지만, 그냥 물어보는 거야. 그 지병이란 것이 무언지부터 듣고 싶구나."

"그만하세요. 들어보시면 하찮은 이야기예요."

리키는 상대도 하지 않으려 했다. 때마침 아래층에서 쟁반을 가지고 온 여자가 리키에게 귓속말을 했다.

"어쨌든 아래층으로 내려가봐."

"아니. 가기 싫어. 그냥 있을 테니까 내버려둬. 오늘밤은 손님이 있어 많이 취했으니까 만나도 제대로 이야기도 못 할 거라고 거절해줘. 아아, 정말 골치 아픈 사람이야."

리키가 미간을 찌푸렸다.

"너 그래도 괜찮아?"

"괜찮지, 그럼."

리키가 샤미센을 켜는 술대만 만지작거리고 있자, 여자는 이상하다는 눈빛으로 바라보았다. 그 모습을 지켜보던 유키가 웃으며 말했다.

"신경쓰지 말고 가서 만나고 와. 내 생각은 안 해도 좋아. 불쌍한 남자를 그대로 돌려보내는 건 심한 일이야. 쫓아가 만나. 그러기 뭐하면, 이리로 불러와도 좋지. 난 구석에서 이야기를 방해하지 않을 테니까."

"농담은 그만하세요. 이제 당신에게 숨겨봤자 소용없으니 말씀드릴게요. 동네에서 꽤 장사 잘되는 이불가게를 하던 겐시치라는 사람이 오랫동안 단골이었어요. 지금은 완전히 망해서 채소가게 뒤쪽 조그만 집에서 달팽이처럼 틀어박혀 지내요. 아내도 있고 아이도 있어 저 같은 사람을 만나러 올 나이는 아닌데, 인연이 있는지 이런저런 핑계를 만들어 찾아와요. 지금도 아래층에 있을 거예요. 이제 와서 밀어내려는 것은 아니지만, 만나면 여러 가지 귀찮은 일들이 생길 거예요. 어설프게 다가

가지도, 만나지도 말고 돌려보내는 게 나아요. 원망은 이미 각오했어요. 귀신 같은 여자라 생각하든 뱀 같은 여자라 생각하든 상관없어요."

리키는 술대를 다다미 위에 놓고, 발돋움을 해 큰길을 내려다보았다.

"어때? 잘 보이는가?"

도모노스케가 놀렸다.

"아, 벌써 간 모양이네."

리키가 망연히 앉았다.

"지병이란 게 바로 그 남자냐?"

유키가 예리하게 물었다.

"뭐, 그런 셈이죠. 노래 가사처럼 상사병은 '의사도 구사쓰 온천도' 치료할 수 없어요."

리키는 쓸쓸히 웃었다.

"그 사람을 한번 보고 싶은데. 배우라면 누구를 닮았느냐?"

"보시면 깜짝 놀라실걸요. 얼굴은 시커멓고, 키가 큰 게 부동명왕이 인간 세상에 나타난 것처럼 생겼어요."

"외모가 그렇다면, 사내다운 기상에 반한 건가?"

"이런 데서 재산을 다 날리는 그런 사람이에요. 사람 좋은 것 말고는 볼 게 아무것도 없지요. 재미있는 구석도 특이한 구석도 없어요."

"그럼 왜 그런 남자에게 빠졌느냐? 이건 꼭 듣고 넘어가야겠구나."

유키가 일어나 앉으며 물었다.

"제가 아마 잘 반하는 성격인가 봐요. 요즘은 당신 꿈도 매일 꾸어요.

당신에게 아내가 생기는 꿈을 꾸기도 하고, 이곳에 뚝 발길 끊는 꿈을 꾸고 나서 베개가 흠뻑 젖은 적도 있어요. 다카 언니는 베개에 머리를 대자마자 코를 고는데, 속 편한 성격인가봐요. 얼마나 부럽던지요. 전 아무리 피곤해도 자리에 누우면 눈이 말똥말똥해져 이런저런 생각을 하게 돼요. 당신은 제게 무슨 사연이 있을 거라고 짐작해주시니 고맙지만, 정말 제가 무슨 생각을 하고 있는지는 결코 모르실 거예요. 생각해 봤자 별수 없으니 남들 앞에선 항상 즐겁게 지내요. 기쿠노이의 리키는 너무 속이 없어 칠칠지 못하고, 고생이라고는 모른다는 손님도 있어요. 하지만 전생에 지은 업이 있는지 저처럼 슬픈 신세도 없는 것 같아요."

리키는 구슬프게 눈물을 흘렸다.

"희한한 일이네. 네가 나한테 속이야기를 다 들려주는구나. 뭐라 위로해주고 싶어도 전후 사정을 모르니 어떻게 해야 좋을지 난감하네. 꿈을 꿀 만큼 진지한 마음이 있었다면, 아내로 삼아달라고 할 법도 한데, 그런 말은 조금도 하지 않는 건 어찌 된 일이냐? 옛 사람들이 말하길, 옷 깃만 스쳐도 몇 번의 생을 거친 인연이라 하지 않느냐. 이런 곳에서 일하는 것이 싫다면 그렇다고 솔직히 말해보아라. 너 같은 성격의 아이는 매사에 무사태평하니 이런 곳에서 재미있게 지내고 싶어하는 줄 알았는데, 그것도 아니었구나. 그렇다면 무언가 이유가 있어 이 일을 그만두지 못하는 거냐? 이야기하기가 크게 괴롭지 않다면 이유를 듣고 싶구나."

유키가 말했다.

"당신한테는 말해야겠다고 전부터 생각하고 있었어요. 하지만 오늘 밤은 못하겠어요."

"왜지? 왜 안 되느냐?"

"그렇게 다그치셔도 안 돼요. 전 제멋대로라서 한 번 말하지 않겠다고 생각하면 어떤 경우라도 싫어요."

리키가 갑자기 벌떡 일어나 툇마루로 나갔다. 구름 한 점 없는 밤하늘에 달빛이 훤하게 비추었고, 게다를 달각거리며 지나가는 사람들의 그림자가 길 위에 선명하게 드리웠다.

"유키 상!"

리키가 불렀다

"왜 그러느냐?"

유키가 리키 옆으로 다가갔다. 리키는 "여기 좀 앉아보세요"라고 말하며 유키의 손을 잡았다.

"저기 과일가게에서 복숭아를 사는 아이 있죠? 네 살 정도 되는 저 귀여운 아이 말이에요. 아까 말씀드린 남자의 아들이에요. 어린 마음에도 내가 얼마나 미운지, 저를 보면 귀신, 귀신 그러더라구요. 내가 그렇게나 나쁜 여자로 보이나요?"

리키는 하늘을 올려다보며 훅 한숨을 내쉬었다. 견디기 힘들 정도의 괴로움이 배어든 소리였다.

4

동네 변두리에는 채소가게와 이발소가 포개지듯 붙어 있는 골목이 있다. 비가 오면 우산도 펴기 어려울 정도로 좁고, 발밑에 깔린 널빤지는 시궁창을 덮고 있는데 이곳저곳이 깨져 발이 빠질 듯하다. 그 길을 사이에 두고 양쪽에 금방이라도 쓰러질 듯한 무네와리나가야(棟割長屋)*가 있다. 맨 끝쪽 쓰레기 모아두는 곳 옆에 있는 집은 아홉 자 두 칸으로, 나무 문턱 한 귀퉁이가 썩었고, 덧문은 늘 반쯤 열려 있다. 집이 등산로 가까이에 있어 좋은 점이라면, 석 자 정도 되는 툇마루 앞에 풀이 무성한 빈터가 있다는 것이다. 이곳에 심어놓은 푸른 차조기, 과꽃, 강낭콩 덩굴이 대나무 울타리를 감고 자라고 있었다. 여기가 바로 리키와 인연이 있는 겐시치의 집이다.

겐시치의 아내는 하쓰인데, 스물여덟이나 아홉 정도 나이를 먹었다. 가난에 찌들어 그런지 예닐곱 살은 더 늙어 보였다. 검게 물들인 이빨**은 색이 빠져 얼룩덜룩하고, 마구 자란 채 정리가 안 된 눈썹은 볼품없었다. 색 바래고 헤진 감색 유카타는 앞뒷면을 뒤집어 새로 바느질해 입었는데, 무릎 부근엔 눈에 띄지 않게 다른 천을 덧대었다.

하쓰는 좁은 오비를 꽉 졸라매고 등나무로 고마게타***의 겉을 붙이

---

* 칸막이 벽을 사용해 집 한 채를 몇 가구로 나눈 기다란 판잣집.
** 에도 시대 결혼한 여자들 사이에는 이를 까맣게 물들이는 것이 유행이었다.
*** 통나무를 깎아 만든 일본 나막신.

는 부업을 하고 있었다. 오봉을 앞두고 별스럽게 더운 가운데 명절 대목을 맞아 열심히 일하느라 땀을 뻘뻘 흘렸다. 조금이라도 수고를 덜어보려는 생각에, 재료로 쓸 등나무 줄기를 가지런히 천장에 매달아두었다. 한 짝 한 짝 완성품이 쌓이는 재미에 잠시도 한눈팔지 않고 여념없이 일하는 모양이 애처로울 정도였다.

'벌써 해가 저물었는데 다키치(太吉)는 왜 아직 안 들어오지? 또 어디를 돌아다니고 있는 거야.'

하쓰는 일을 정리하고 담배에 불을 붙여 한 모금 빨았다. 걱정스러운 듯 눈을 깜박거리는 모습이 어딘지 불안해 보였다. 질주전자 바닥을 쑤셔 불씨를 찾아내 모깃불 화로에 옮겨 붙인 뒤, 툇마루로 가지고 나갔다. 삼나무 잎사귀를 긁어모아 화로에 넣고 후후 불자 연기가 뭉게뭉게 피어올랐다. 처마 쪽으로 달아나는 모기소리가 점점 시끄러워졌다.

하수도 덮개가 덜그럭덜그럭거리더니 다키치가 돌아왔다.

"엄마, 나 왔어. 아버지도 데리고 왔어."

문간에서부터 다키치는 엄마를 찾았다.

"너무 늦은 거 아니냐? 뒷산 절에라도 갔을까 얼마나 걱정했다고. 어서 들어와라."

다키치를 앞세운 겐시치가 기운이 하나도 없는 표정으로 쑥 들어왔다.

"어, 당신도 왔네요. 오늘 정말 더웠지요. 분명 일찍 올 것 같아 목욕물을 데워놨어요. 땀을 싹 씻는 게 어때요? 다키치도 목욕해라."

"네."

다키치가 오비를 풀며 대답했다.

"잠깐 잠깐. 더운물을 받아놓을게."

하쓰는 부엌바닥에 큰 목욕통을 놓고 솥에서 퍼낸 뜨거운 물을 부어 휘젓고는 그 안에 수건을 던져 넣으며 말했다.

"그럼 당신이 애랑 같이 들어가 씻으세요. 왜 축 늘어져 있으세요? 더위 먹은 거예요? 그런 게 아니라면, 따뜻한 물로 씻고 산뜻한 기분으로 저녁 드세요. 다키치가 기다려요."

"어, 그럴까."

겐시치는 그제야 무얼 해야 할지 생각난 사람처럼 오비를 풀고, 부엌으로 내려갔다. 문득 예전에 잘살았을 때가 떠올랐다.

'이렇게 좁은 부엌에서 목욕통에 물을 받아 씻게 될 줄은 꿈에도 생각 못 했어. 게다가 막노동판에서 일하며, 짐수레 뒤나 밀라고 부모님이 나를 낳으신 건 아닐 텐데… 아아 헛된 꿈을 꾸고 말았어.'

겐시치는 괴로운 마음이 사무쳐 멍하니 있었다.

"아버지. 등 좀 밀어주세요."

아무것도 모르는 다키치가 재촉했다.

"여보, 모기 무니까 얼른 하고 오세요."

아내도 한 마디 했다.

"알았어. 알았다구."

겐시치는 다키치에게 더운물을 끼얹어주고 자기도 씻고서 방으로 들어왔다. 하쓰가 빨아서 산뜻하게 말려놓은 유카타를 내밀며 "갈아입으세요"라고 했다. 순순히 유카타를 받아 걸친 겐시치는 그 위에 오비를 두르고 바람이 잘 통하는 곳으로 갔다. 하쓰는 칠이 벗겨지고 다리도 흔들리는 낡은 밥상을 그리로 가져갔다.

"당신이 좋아하는 냉두부예요."

작은 사발에 두부를 담고, 그 위에 향이 좋은 차조기를 올렸다. 다키치도 어느새 선반에서 밥통을 내려 "영차, 영차" 하고 메는 시늉을 하며 가져왔다.

"우리 아들은 내 옆으로 와."

겐시치는 다키치의 머리를 쓰다듬으며 젓가락을 들었다. 특별히 큰 고민을 하는 것도 아닌데, 혀는 맛을 느끼지 못했고 목구멍이 부어오른 듯했다. 도저히 입맛이 없어, "그만 먹을래" 하며 이내 젓가락을 내려놓았다.

"아니, 힘쓰는 일 하면서 세끼 밥이라도 잘 챙겨 먹어야지요. 어디 아픈 거예요? 아니면 너무 피곤한 거예요?"

하쓰가 물었다.

"괜찮아. 아무것도 아니야. 그냥 입맛이 없을 뿐이야."

하쓰가 밥을 먹지 않으려는 남편을 슬픈 눈으로 바라보았다.

"당신 또 그 일을 떠올리는 거죠? 기쿠노이의 요리가 맛있기는 했겠지요. 하지만, 이제 와서 그때 일을 생각한들 무슨 소용이에요. 거기는 사고파는 장사치들의 세계이니, 돈만 있으면 예전처럼 대접받겠지요. 화장하고 예쁜 옷을 입고서 그 모습에 홀려 다가오는 남자들은 누구든

구워삶잖아요. 그게 그 여자들의 수법이란 걸 가게 앞을 지나만 다녀도 알 수 있는 거 아녜요? 그러니 당신도 '아아, 내가 가난뱅이가 되니 본 척도 않는구나' 하고 생각하면, 고민할 것도 없지 않아요? 원망하면 할수록 미련 때문에 마음만 괴로워져요. 뒷골목에 있는 양조장의 젊은이 알죠? 후타바의 오카쿠한테 마음을 빼앗겨 단골가게에서 수금한 돈을 한 푼도 안 남기고 다 갖다 바쳤다지 뭐예요. 그리고 그걸 메우려고 도박에 손을 댔다가 결국 나쁜 길로 빠지고 말았대요. 마지막엔 도둑질을 하다가 잡혀 지금은 감옥에서 콩밥을 먹고 있다네요. 그런데 정작 오카쿠는 아무 일 없다는 듯 즐겁게 살아가고 누구 하나 뭐라 하는 사람도 없어요. 장사도 얼마나 잘되는지요. 술 파는 여자들은 원래 그런 거예요. 속아 넘어간 쪽이 잘못이죠. 그러니 아무리 생각해봤자 소용없어요. 그보다는 마음을 고쳐먹고 열심히 일해 장사밑천이라도 마련해보세요. 지금 당신이 약해져버리면 저도 아이도 어쩔 수 없이 거리에 나앉아야 해요. 남자답게 과감하게 떨쳐버려요. 돈만 벌면 리키는 물론이고 고급 유녀인 고무라사키든 아게마키든 별장을 지어 첩으로 거느려도 되잖아요. 이제 옛날 생각은 그만하고, 기분 좋게 밥이나 드세요. 다키치까지 기운 없이 있잖아요."

다키치는 어느새 밥그릇과 젓가락을 내려놓고, 부모의 얼굴을 번갈 아보며 무슨 일인지는 모르지만 걱정스러운 표정을 짓고 있었다.

'이렇게 사랑스러운 아이가 있는데, 그런 너구리 같은 여자를 잊지 못하다니.'

이런 생각이 겐시치의 가슴속을 휘젓자, '내가 생각해도 난 너무 미련한 놈이야'라고 속으로 자신을 꾸짖었다.

"나라고 언제까지 바보처럼 굴지는 않아. 리키 따위는 이름도 꺼내지도 마! 자꾸 잔소리하면 예전 실수가 생각나서 얼굴을 들 수가 없어. 이제 와서 내가 무슨 생각을 하겠어. 밥을 먹지 않는 건 그냥 몸이 좀 안 좋아서 그런 거니 걱정하지 마. 다키치나 많이 먹여."

겐시치는 철퍼덕 드러누워 가슴 언저리에 부채질을 했다. 모깃불 연기가 매캐해서라기보다는 그리움으로 가슴이 타들어 숨막힐 듯 더웠기 때문이다.

5

누가 하얗게 분칠한 귀신이라 이름 붙였을까? 이 하얀 귀신들은 무간지옥이란 것을 숨기려고 화려하게 꾸민 곳으로 남자들을 끊임없이 유혹한다. 딱히 어떤 장치를 둔 것 같지는 않지만, 남자들은 이곳에서 피의 연못으로 거꾸로 떨어지거나, 빚투성이 바늘 산 위로 쫓겨간다. 이 사실을 알고 나면, "들렀다 가요" 하는 달콤한 목소리도 뱀 잡아먹으려는 꿩처럼 무서워질 수밖에.

이 하얀 귀신들도 엄마 뱃속에서 열 달 동안 있었을 것이고, 엄마 젖을 찾으며 '짝짜꿍 짝짜꿍' 귀엽게 어리광도 부렸을 것이다. 또, 돈과 과자를 놓고 둘 중 하나를 고르라 하면 "과자 줘"라고도 했을 것이다. 그리

126

고 지금 하는 일에 진심을 담지 않는다 해도, 백 명 손님 중 한 명 정도에게는 눈물을 보이는 인간다움은 남아 있을 것이다.

"좀 들어봐. 염색집 다쓰 상 말이야. 어제 다른 가게에서 수다쟁이 로쿠란 여자와 시시덕거리더니, 큰길까지 나와서 둘이 치근덕거리던걸. 그렇게 바람기가 많아서 결혼 생활은 할 수 있겠어? 그 작자 도대체 몇 살인지 알아? 재작년에 서른이었어. 이제 적당히 집이라도 지어 살림을 꾸리라고 만날 때마다 이야기해도 '응. 응' 건성으로 대답만 할 뿐, 그럴 마음은 조금도 없어. 아버지는 연로하시고, 어머니는 눈이 거의 안 보이니 제발 정신 좀 차리면 좋을 텐데… 지금은 이런 일을 하고 있지만, 다쓰 상의 한텐*도 빨고, 작업복도 꿰매주고 싶은데 말이야. 저런 바람둥이 마음으로 언제 나를 데려가 마누라 삼을지 모르겠어. 이런 생각을 하고 있으면 한 푼이라도 벌려고 일하는 것도 싫고, 손님을 불러들일 마음도 안 생겨. 아아, 짜증나."

늘 손님을 속이던 입으로 다른 사람의 무정함을 원망하기도 한다. 두통을 참으려 관자놀이를 누르면서 이리저리 생각을 짜내보지만 별수 없다.

"아! 오늘이 오봉인 16일이구나. 부모랑 참배하러 가는 아이들이 예쁜 옷을 입고, 용돈도 받아 신이 났네. 저 아이들은 분명 벌이가 좋은 아버지, 어머니 밑에서 자라고 있겠지. 내 아들 요타로도 오늘 같은 날은

---

* 하오리 비슷한 짧은 겉옷.

주인에게 허락받아 쉬겠지만, 어디 가서 무얼 하고 놀아도 그저 남이 부러워만 할 거야. 아버지란 사람은 술고래에 집도 없고, 엄마는 이런 곳에서 일하며 얼굴은 하얗게, 입술은 새빨갛게 짙은 화장을 한 부끄러운 몸. 혹시 어미가 있는 곳을 안다 해도 만나러 오지 않을 거야.

작년에 보통 주부처럼 머리를 틀어올리고, 유녀들과 무코지마(向島)로 꽃구경 갔을 때 언덕 위 찻집에서 우연히 그 애를 만났어. 불렀더니 나이에 맞지 않게 젊게 꾸민 내 모습에 어이없어하며, "엄마예요?" 하고 놀라지 뭐야. 그런데, 내가 젊은 애들처럼 올린 머리에 계절 꽃이 하늘거리는 비녀를 꽂고서 손님을 붙잡으려 희롱거리는 말을 듣는다면 어린 마음에도 슬플 거야.

작년에 만났을 때 '지금은 양초가게에서 일해요. 아무리 힘들어도 이겨내고, 제 앞가림을 하는 남자가 될 거예요. 아버지도 엄마도 곧 편히 모실게요. 그러니 그때까지 착실히 일하면서 혼자서 꿋꿋이 사셔야 해요. 제발 새로 시집만은 가지 마세요' 하고 말하더라구.

그렇지만 여자 혼자 몸으로 성냥갑 붙이는 부업을 해선 입에 풀칠하기도 어려워. 그렇다고 남의 집 부엌살림을 하기엔 몸이 약해 버텨내기 힘들고. 같은 고생을 해도 이쪽이 몸이 더 편해서 이런 일을 하며 살아가고 있어. 바람기가 있어서 하는 일은 아니라 해도, 한심한 엄마라고 나를 원망하겠지. 늘 아무 생각 없이 하는 이 머리 모양이 오늘만큼은 창피하네."

이렇게 해질녘 거울 앞에서 눈물짓는 여자도 있다.

기쿠노이의 리키도 악마의 화신은 아닐 것이다. 저 나름의 사연을 가지고, 이런 곳으로 흘러들어 입에서 나오는 말은 거짓말 아니면 농담밖에 없는 하루하루를 보내고 있다. 정이라고는 호시노산 닥종이만큼이나 얇고, 흐릿하게 빛나는 반딧불만큼이나 덧없다. 인간적인 눈물을 백 년이나 참아온 사람처럼 자기 때문에 죽은 사내가 있어도, 남의 일처럼 "얼마나 애통하시겠어요"라고 한 마디 하고는 모른 척 외면한다.

그렇다고는 해도 리키 역시 사람인지라, 가끔은 슬프거나 두려운 일이 가슴을 무겁게 짓눌러 울고 싶을 때가 있다. 그럴 때면 남이 볼까 부끄러워 2층 객실 바닥에 몸을 던지고 소리 없이 흐느낄 뿐이었다. 이처럼 동료에게도 우는 모습을 보이려 하지 않으니 다들 '기가 세고 근성이 강한 여자'라고 생각한다. 하지만 사실 리키에겐 건드리기만 해도 끊어지는 거미줄처럼 한없이 약한 구석이 있다는 것을 아무도 몰랐다.

7월 16일 밤은 어느 가게나 손님이 붐볐고, '도도이쓰'나 '하우타' 같은 유행가가 흥겹게 들렸다. 기쿠노이 아래층 객실에는 상가에서 종업원으로 일하는 사람들 대여섯 명이 모여 있었다. 박자도 맞지 않는 '기노쿠니'를 부르는 사람, 탁하고 깨지는 목소리로 자기 자랑을 늘어놓는 사람, 이런저런 유행가를 뽐내며 부르는 사람도 있었다.

"리키 짱. 어떻게 된 거야? 꾀꼬리 같은 노랫소리를 왜 안 들려주는 거야? 자, 어서어서."

손님들이 졸랐다.

"이름은 말할 수 없지만 이 자리에 나를 홀린 사람이 있지요."

리키는 늘 하듯이 입에 발린 말로 손님들이 기뻐 들뜨게 만들고는 샤미센을 켜기 시작했다

"내 사랑은 호소야 강 외나무다리를 건너기가 무서워, 그래도 건너야…"

막 노래를 시작한 리키가 무언가 생각난 듯 샤미센을 두고 일어났다.

"저 잠깐 볼 일이 있어요. 죄송해요."

"아니, 어디 가, 어디 가는 거야? 도망가면 안 되지."

옆에 있던 동료가 재빨리 복도로 따라 나갔다.

"테루 짱, 다카 짱. 손님들 부탁해. 곧 돌아올게."

리키는 재빨리 복도로 달려나갔다. 그리고 가게 입구에서 게다를 신더니 뒤도 돌아보지 않고 나가서는 건너편 어두운 골목 속으로 사라졌다. 그 모습이 쏜살같았다.

"갈 수만 있다면, 이대로 중국이나 인도의 끝까지라도 달려가고 싶어. 아, 정말 싫어. 싫어. 싫어. 어떻게 하면 사람 목소리도, 아무 소리도 들리지 않는 조용하고, 조용한 곳, 내 마음이든 뭐든 편하게 내려놓고 고민 따위는 없는 곳으로 갈 수 있을까. 시시하고 재미없고 쓸쓸하고 슬프고 불안한 이런 곳에 언제까지 머물러야 할까. 이것이 내 인생인가. 인생이 이런 것인가. 아, 정말 싫어."

리키는 꿈결을 걷는 듯 가로수에 기대 잠깐 멈춰섰다.

"건너기가 무서워, 그래도 건너야…"

좀전에 자신이 불렀던 노랫소리가 어디선가 들려오는 듯했다.

'어쩔 수 없어. 나 역시 위험한 인생의 외나무다리를 건너야 해. 아버지도 발을 헛디뎌 떨어졌고, 할아버지도 인생의 낙오자셨어. 어차피 몇 대에 걸친 한을 입고 태어난 사람이 나야. 운명에 정해진 일을 하지 않으면 죽어도 죽을 수 없는 거야. 내 인생이 아무리 비참하다고 한탄해봤자 가엽게 생각해주는 사람도 없어. 슬프다고 말하면, 이 일이 싫으냐고 한 마디 할 뿐. 어떻게든 되라지. 어찌될지 알 수 없지만. 기쿠노이의 리키로 그냥 살아갈 거야. 내가 인정도 모르는 여자인지, 의리도 모르는 여자인지, 그런 건 더 이상 생각하지 말자. 생각해본들 어쩌겠어. 이런 처지에 이런 직업에 이런 운명으로 뭘 하든 보통 사람들과 같을 수는 없으니까. 보통 사람들처럼 생각하고 생활하려고 애쓰는 만큼 힘들 거야. 아, 우울해. 왜 이런 곳에 서서 이러고 있는지. 바보 같아. 미치기라도 한 걸까. 내 마음을 내가 알 수 없어. 돌아가자.'

리키는 어두운 골목을 벗어나 사람들로 붐비는 야시장의 골목길을 타박타박 걸으며 기분을 풀어보려 했다. 사람들의 얼굴이 아주 작아 보이고, 바로 옆을 스쳐 지나가는 이의 얼굴조차 아주 멀리 보이는 것 같았다. 자신이 밟고 있는 땅만 위로 쑥 올라와 있는 기분이 들었다.

사람들이 웅성거리는 소리가 우물 바닥으로 뭔가 떨어뜨렸을 때처럼 아득하게 울렸다. 소리는 소리대로, 생각은 생각대로, 머릿속에서 따로따로 울렸다. 그 어떤 것도 리키의 시름을 잊게 해줄 만한 것은 없었다.

주위에서 몰려들어 구경할 정도로 부부싸움이 크게 난 집 앞을 지나쳐도 홀로 메마르고 쓸쓸한 겨울 들판을 걷는 기분이었다. 마음에 느껴지는 것도, 기억에 남는 풍경도 없었다. 괜시리 감정이 울컥 북받쳐 제 정신이 아닌 듯 불안해지자, 리키는 멈춰섰다. '이대로 미쳐버리는 게 아닐까' 하고 생각하는 순간 "리키. 어디 가는 거지?" 하며 어깨를 두드리는 사람이 있었다.

6

"16일에는 꼭 기다리고 있을게요. 와주세요"라고 말했던 것을 리키는 까맣게 잊고 있었다. 생각지도 못한 곳에서 유키 도모노스케를 만나 깜짝 놀란 리키의 표정은 평소와 달리 당혹스러워 보였다. 유키는 그 모양이 우스워 큰 소리로 웃었다.

"뭘 좀 생각하며 걷는데 갑자기 만나 당황했어요. 잊지 않고 오늘밤에 와주셨네요."

리키가 조금 부끄러워하며 말했다.

"그렇게 약속을 해놓고, 기다리지도 않다니. 이런 미덥지 못한 사람."

유키가 리키를 꾸짖었다.

"무슨 말이든 하세요. 자초지종은 나중에 이야기할게요."

리키가 유키의 손을 잡아끌며 말했다.

"이러면 구경꾼들이 시끄러워져."

유키가 주위 사람들을 신경쓰며 말했다.

"뭐라고 하든 내버려두어요. 우린 우리니까 상관없어요."

리키는 사람들 사이를 헤치고 유키를 기쿠노이로 데려갔다.

아래층 객실에선 손님들이 여전히 소란스러웠다. 그들은 리키가 중간에 빠져나간 것에 불평하던 중이라, "어, 리키 짱 돌아왔구나" 하는 소리가 들리자 가만히 있지 않았다.

"손님을 두고 중간에 나가는 법이 어디 있어? 왔으면 이리 와야지. 얼굴을 보여주지 않으면 혼내줄 거야."

리키는 손님들이 큰소리치는 것을 들은 척도 하지 않고, 2층으로 유키를 데리고 올라가며 말했다.

"오늘밤도 두통이 심하네요. 술 상대를 못 해드리겠어요. 많은 분들 사이에 있으면 술 향기에 취해 정신을 잃을지도 몰라요. 조금 쉬고서 괜찮아지면 몰라도 지금은 쉬어야겠어요. 죄송해요."

"이래도 되는 거야? 손님들이 화내지 않겠어? 시끄러워지면 곤란할 텐데."

유키가 걱정스럽게 말했다.

"괜찮아요. 상점 종업원들이 무슨 힘이 있겠어요? 화를 내든 말든 상관없어요."

리키는 시중드는 여자에게 술상을 보아오라고 했다. 그리고 술이 오는 것을 미처 기다리지도 못하고 말을 꺼냈다.

"유키 상. 오늘은 안 좋은 일이 있어 기분이 별로예요. 그러려니 하면서 상대해주세요. 술을 잔뜩 마실 테니 말리지 마시고, 취하면 보살펴주셔야 해요."

"아직 한 번도 네가 취한 걸 본 적 없어. 기분이 괜찮아질 때까지 마시는 것은 좋지만, 또 머리가 아프면 어쩌려고? 왜 그렇게 화가 난 거지? 나한테 말해줄 수 없는 일인가?"

"아니요. 당신한테는 이야기하고 싶어요. 취하면 다 얘기할 테니 놀라면 안 돼요."

리키는 방긋 웃으면서 큰 잔을 자기 앞으로 끌어당겼다. 그러더니 술을 따라 두세 잔을 단숨에 마셔버렸다.

평소엔 그다지 눈에 들어오지도 않던 유키의 외모가 오늘밤은 어쩐지 달라 보였다. 넓은 어깨, 훤칠한 큰 키, 차분히 말을 건네는 진중한 말투도 좋고, 사람을 꿰뚫어보는 듯한 눈매도 위엄이 있어 보였다. 짧게 깎아올린 머리 아래로 선명하게 드러난 목덜미에도 새삼스럽게 눈길이 가 멋지다는 생각이 들었다.

"뭘 그리 뚫어지게 보나?"

"당신 얼굴을 보고 있잖아요."

"요 녀석 봐라."

리키가 귀엽다는 듯 유키는 눈을 흘기는 시늉을 했다.

"어머 무서운 분."

리키도 웃으며 대꾸했다.

"자, 장난은 이 정도로 하고. 오늘밤은 왜 이렇게 평소와 달라 보이는 거지? 물어보면 화낼지 모르겠지만, 무슨 일이라도 있었던 건가?"

유키가 물었다.

"아니요. 갑작스러운 사건도 없었고, 사람들과 옥신각신하지도 않았어요. 설령 그랬다 해도 늘 있는 일이죠. 신경도 안 쓰고 고민도 안 해요. 제가 가끔 변덕을 부리는 것은 다른 사람들 때문이 아니라, 제 마음에서 생겨나는 한심스러운 이유 때문이에요. 저는 이렇게 천한 몸인데 당신은 이렇게 훌륭한 분이잖아요. 저랑은 생각 자체가 다르실 텐데, 제 이야기를 이해해주실지 어떨지는 잘 모르겠어요. 하지만 비웃으신다 해도 당신이라면 괜찮아요. 오늘은 하나도 남기지 않고 다 이야기할 거예요. 무슨 얘기부터 할까, 마음이 급해져 어디서부터 시작해야 할지 모르겠어요."

리키는 또다시 큰 잔에 술을 따라 연달아 몇 잔이나 마셨다.

"무엇보다 제가 타락한 사람이란 걸 이해해주세요. 이미 어느 정도는 아시겠지만 전 양갓집 출신은 아니에요. 만약 우리 가게에 진흙 속에 핀 연꽃이란 말을 들을 정도로 청순하고, 나쁜 물이 들지 않은 여자가 있으면 장사가 잘되기는커녕 만나러오는 사람조차 없을 거예요. 당신은 좀 다르지만, 제게 오는 손님들은 모두 그렇게 생각해요. 그래서 가끔 보통 사람들처럼 살고 싶다는 생각도 들고 이런 일을 하는 게 부끄럽고 괴로워요. 비참하다는 생각도 들고요. 차라리 아홉 자 두 칸 집에서 한 남자와 살아볼까 생각한 적도 있지만, 전 그걸 못 하겠어요. 그렇다고 절 찾아오는 손님들한테 무뚝뚝하게 굴기도 어려워요. 멋지네, 그립네, 첫눈에 반했네 하며 맘에도 없는 말을 하지요. 그런데 그 말을 진짜로 알고, 나처럼 변변치 못한 여자를 아내로 삼고 싶다는 사람도 있어요. 한 남자의 아내가 되면 기쁠지, 결혼이 진정 내가 바라는 것인지도 잘 모르겠어요. 처음부터 저는 당신이 너무 좋았어요. 하루라도 안 보면 보고 싶을 정도지요. 하지만, 만일 당신이 날 아내로 삼고 싶어한다면 어떨지 모르겠어요. 결혼은 싫지만, 남남이 되어 안 보고 살면 그리워할 테니 한 마디로 말해 바람둥이죠. 아아, 무엇이 나를 이런 바람둥이로 만들었을까요? 삼대에 걸친 집안 내력이 낳은 못난 내 인생이에요. 우리 아버지는 슬픈 일생을 살았어요."

리키는 눈물을 글썽였다.

"아버지는 어떤 사람이었어?"

"아버지는 장인이었고, 할아버지는 한학을 공부한 사람이었어요. 요컨대 저처럼 평범하지 않은 사람이었던 할아버지는 세상에 별 도움이 되지 않는 비판적인 저술을 했다가, 출판금지라는 벌을 받았지요. 그리고 그것에 반발해 단식하다가 돌아가셨어요. 신분이 낮은 집에서 태어났지만, 열여섯 살부터 뜻한 바가 있어 한마음으로 수행에 힘썼다고 해요. 결국 예순이 넘도록 아무것도 이루지 못한 채 비웃음거리가 되어 인생을 마치셨죠. 지금은 할아버지의 이름조차 아는 사람이 없다고, 아버지가 늘 한탄하는 것을 들으며 자랐어요.

아버지는 세 살 때 툇마루에서 떨어져 한쪽 다리를 절게 되었어요. 그 때문인지 사람들과 어울리는 것을 싫어했고, 집에서 금속 세공 일을 했어요. 자존심이 강하고 사교성이 부족해 특별히 편을 들어주거나 돌봐주는 사람이 하나도 없었어요.

아, 일곱 살 겨울 일이에요. 한겨울에 식구 셋이 모두 낡은 유카타를 입고 있었어요. 아버지는 추위도 못 느끼는지 기둥에 기댄 채 열심히 장식품을 만들고 있었어요. 엄마는 달랑 구멍이 하나 있는 귀 떨어진 아궁이에 찌그러진 냄비를 올려놓고, 저에게 쌀을 사오라고 시켰어요. 저는 한 손엔 쌀 담을 소쿠리를, 다른 한 손엔 돈 몇 푼을 쥐고 쌀집 문까지 신이 나서 달려갔어요. 하지만 돌아가는 길엔 추위에 온몸이 떨려 손발도 곱아질 정도였지요. 집에서 대여섯 채 떨어진 곳까지 왔을 때였어요. 하수구 덮개에 낀 얼음에 미끄러져 넘어지고 말았어요. 그 바람에 소쿠리를 떨어뜨렸고, 쪼개진 하수구 덮개 틈으로 쌀이 줄줄 흘러들어갔지요. 아래는 더러운 시궁창 물이 흐르고 있었어요. 몇 번이나 들여다보았지만 그걸 어떻게 주울 수 있었겠어요. 그때 저는 일곱 살이었지만, 가난한 집안 분위기나 부모님 마음을 잘 알았기 때문에 '쌀을 쏟았어요'라며, 빈 소쿠리를 들고 집으로 돌아갈 수 없었어요. 그냥 서서 울고만 있었는데, 왜 우느냐고 묻는 사람도 없었고 물어본다 한들 쌀을 다시 사줄 사람도 없었을 거예요. 그때 근처 강이나 연못이 있었다면, 분명 몸을 던져버렸을 거예요.

말로는 그때의 괴로웠던 마음을 백분의 일밖에 전하지 못한 것 같아요. 난 그때부터 성격이 이상해지고 말았어요. 엄마가 찾으러 나온 뒤에야 겨우 집에 돌아가기는 했는데, 엄마도 아버지도 아무 말도 하지 않은 채 누구 하나 저를 야단치지 않았어요. 집 안은 쥐 죽은 듯 고요한 가운데, 가끔 한숨 소리만 새어 나왔어요. 살을 에는 듯 고통스러운 순간이었죠. '오늘은 하루 단식하자'라고 아버지가 한 마디 꺼낼 때까지는 숨 쉬는 것조차 참을 정도였어요."

리키는 더 이상 말을 잇지 못했다. 흐르는 눈물을 닦으려고 붉은 손수건을 얼굴에 눌렀다. 손수건 끝자락을 입에 물고 울음을 삼키며 아무 말도 하지 않았다. 그렇게 30분 정도가 지났다. 정적이 흘렀고, 술 향기에 끌려 날아드는 모기소리만 앵앵거렸다.

리키는 겨우 얼굴을 들고 뺨에 남은 눈물자국을 보이며, 어딘지 쓸쓸한 미소를 지었다.

"저는 그렇게 가난한 집안의 딸이고, 아버지로부터 물려받은 이상한 성격도 있어요. 오늘밤도 뭔지 모를 얘기만 해서, 당신에게 너무 폐를 끼친 것 같아요. 이제 얘기는 그만할래요. 기분이 상했다면 죄송해요. 누군가를 불러 즐겁게 놀아볼까요?"

"아니, 난 괜찮아. 아버지는 일찍 돌아가셨나?"

"네. 어머니가 폐결핵으로 돌아가시고 나서 일 년도 채 안 되어 따라가셨어요. 지금 살아 계셨어도 아직 오십이에요. 부모님이라 자랑하는 게 아니라, 세공의 명인이라고 해도 좋을 정도로 실력이 뛰어나셨어요. 하지만 아무리 그렇다 해도 우리 집안처럼 가난한 곳에 태어나면 아무것도 할 수 없어요. 지금 제 처지를 생각해보면 잘 알 수 있어요."

리키는 잠시 이런저런 생각에 말이 없었다.

"출세하고 싶은 거로구나."

갑자기 도모노스케가 한 마디 툭 던졌다.

"네에?"

깜짝 놀란 리키는 이내 "저 같은 처지에 출세한다고 해봤자 어차피 된장 소쿠리가 제격인 가난뱅이 아내밖에 더 되겠어요. 귀한 집에 시집 가는 것은 생각도 안 해요"라고 대꾸했다.

"거짓말도 상대를 봐가며 해야지. 처음부터 난 다 알고 있었어. 출세욕을 숨기는 건 촌스럽지 않아? 과감히 해봐."

"그렇게 부추기지 마세요. 어차피 이런 신세인데요."

리키는 풀이 죽어 또다시 말이 없어졌다.

밤이 꽤 깊어졌다. 1층 손님들은 어느새 돌아갔고 덧문을 닫으며 하루 장사를 정리할 시간이 되었다. 놀란 도모노스케가 돌아갈 준비를 했다. 리키는 "아무래도 오늘밤은 보내드리기 싫어요"라고 투정부리듯 말하더니, 어느새 게다를 감추게 했다. 유령도 아니니 신발을 신지 않고 문틈으로 슬쩍 빠져나갈 수는 없는 일. 도모노스케는 할 수 없이 그날 밤 기쿠노이에서 머물게 되었다.

한바탕 떠들썩하게 덧문 닫는 소리가 나고, 문틈으로 새어 나오던 불빛도 꺼졌다. 가게의 처마밑을 따라 야간 순찰을 도는 순경의 구두 소리만 간간이 울려 퍼졌다.

7

'생각해봤자 이제 와서 어쩌겠는가. 잊어버리자, 단념하자.'

139

몇 번이나 결심했지만 작년 오봉에 리키와 같이 유카타를 맞춰 입고 구라마에(藏前) 신사에 참배 갔던 일이 문득 떠올랐다. 오봉 기간에 들어서면서부터는 일하러 나갈 의욕도 사라져버렸다.

"당신 이러시면 안 돼요."

아내의 잔소리가 시끄럽기만 했다.

"에이, 아무 말도 하지 마. 입 다물고 있으라구" 하고 겐시치는 퉁명스럽게 한 마디 내뱉고는 누워버렸다.

"입 다물고 있으면 오늘 하루를 살 수가 없어요. 몸이 안 좋으면 약을 먹고, 병원에라도 가야지요. 하지만 당신은 몸이 아픈 것이 아니니 기력만 되찾으면 어디 나쁜 곳이 있겠어요. 제발 정신 좀 차리고 열심히 일을 하세요."

하쓰가 말했다.

"매일 똑같은 말만 하니 귀에 딱지가 앉아 기운이 나겠어? 술이라도 사와. 기분전환으로 마셔보게."

"술 살 정도로 돈이 있으면, 굳이 싫다는데 일하러 나가라고 부탁하지도 않아요. 집에서 아무리 부업을 해도 아침부터 밤까지 많이 벌어봤자 15전이에요. 세 식구가 죽도 마음대로 못 먹을 판에 잘도 술을 사오라고 하네요. 이제는 말도 안 되는 소리까지 하는군요. 오봉이라고는 해도 어제 아이에게 찹쌀 경단 하나 만들어 먹이지 못했어요. 조상님 모시는 불단도 제대로 꾸미지 못한 채 등불 하나를 바치고 사죄한 것도 누구 탓이라고 생각해요? 당신이 노는 데 정신이 팔려 리키 같은 계집에게 걸려든 탓 아닌가요? 이렇게 말하면 뭐하지만, 당신은 부모에게도 자식에게도 도리를 다하지 않는 사람이에요. 저 아이의 장래를 생각해서라도, 제발 성실한 인간이 되세요. 술을 마시고 기분이 좋아지는 것은 한순간일 뿐이에요. 마음을 완전히 고쳐먹지 않으면, 당신을 믿고 살 수 없어요.”

부인이 한탄해도 그는 대답 없이 이따금 한숨만 크게 쉴 뿐이었다. 꼼짝 않고 드러누워 있자니 마음은 괴롭기만 했다.

‘이리 망했는데도 리키를 못 잊다니. 10년이나 같이 살며, 아이까지 낳은 내게는 더할 수 없는 고생을 시키고, 자식한테는 누더기를 입히고, 집이라고 해봐야 코딱지만 한 개집 같은 방 하나가 전부야. 이러고 사니 사람들에게 무시당하고 따돌림당할 수밖에. 봄가을 히간*이 되어 이웃에게 떡과 경단을 돌릴 때에도 ‘겐시치네는 주지 않는 게 좋아. 어차피 답례도 못 할 텐데 부담만 되지’라며 생각해주는 척하지만, 열 칸짜리 나가야**에서 우리 집 한 칸만 쏙 빼놓아. 남자는 하루 종일 밖에 나가 일하니 못 느끼겠지만, 집 안에서 매일 이웃들과 마주치는 여자 마음은 비참하기 이를 데 없어 나도 모르게 어깨를 움츠리게 돼. 아침저녁으로 인사할 때도 주위 사람들 눈치를 살피니 내 처지가 너무 한심하다는 생각이 들 뿐이야. 그런데도 이 남자는 처자식은 안중에도 없고, 리키라

* 춘분과 추분의 전후 7일간.
** 서민들이 사는 공동주택.

는 계집 생각만 하고 지내. 그렇게 무정하게 대하는데도 그렇게 그리운 지. 대낮에도 그 여자 이름을 부르며 잠꼬대까지 하고. 마누라나 자식은 다 잊어버리고, 리키 한 사람에게 목숨이라도 바칠 작정인가. 생각할수록 한심하고 분해. 정말 지독한 사람이야.'

이렇게 생각만 하고 말은 못 하는 하쓰의 눈에 그렁그렁 눈물이 고였다.

아무도 말을 하지 않으니 좁은 집 안이 어쩐지 쓸쓸했고, 해 지는 하늘에 어둠이 내리자 집 안은 더욱 어둑어둑해졌다. 등잔에 불을 붙이고, 모깃불도 피웠다. 하쓰가 불안한 눈으로 문밖을 내다보고 있었다. 마침 총총걸음으로 돌아오는 다키치의 모습이 보였다. 뭔가 커다란 봉지를 양손 가득 안고 있었다.

"엄마, 엄마. 이거 받아왔어."

다키치가 싱긋 웃으며 뛰어들어와 보여준 것은 신개발지의 빵집 '히노데야'에서 파는 카스텔라였다.

"어머. 누가 이렇게 맛있는 빵을 사줬니? 고맙다고 인사는 잘 했어?"

"응. 인사 잘 했어. 기쿠노이의 귀신 누나가 사준 거야."

갑자기 하쓰의 안색이 바뀌었다.

"뻔뻔한 계집. 우리 식구를 이런 나락으로 떨어뜨려놓고, 아직 성에 차지 않은 거야? 자식을 이용해 애비 마음을 움직이려 드네. 그 계집이 무어라며 이걸 주든?"

"큰길에 사람들 많은 데서 노는데, 귀신 누나가 어떤 아저씨하고 같이 오더니 과자 사준다며 가자 그랬어. 난 싫다고 했는데, 빵집까지 안고 가서 사줬어. 먹으면 안 돼?"

다키치는 엄마의 기분을 정말이지 헤아리기 어려운 듯 얼굴을 들여다보며 망설였다.

"아, 아무리 나이가 어려도 그렇지, 너도 참 속이 없구나. 그 여자는 귀신 아니냐? 아버지를 게으름뱅이로 만든 귀신이잖냐. 네 옷이 없어지고, 우리 집이 없어진 것도 다 그 귀신 짓이야. 달려들어 물어도 시원치 않은데, 그런 계집에게 빵을 받아와서는 그걸 먹으면 안 되느냐고 묻는다고? 참으로 한심하구나. 이따위 더럽고 추잡스러운 빵이 집에 있는 것만으로도 화가 나니 갖다 버려라! 어서 버리래도! 넌 아까워서 못 버리겠냐? 바보 같은 놈."

하쓰는 큰 소리로 욕을 퍼부으며, 카스텔라가 든 봉투를 잡아채 집 뒤의 공터로 던져버렸다. 찢어진 봉투에서 굴러나온 카스텔라가 대나무 담장을 넘어 도랑 속으로 떨어진 듯했다.

겐시치가 벌떡 일어나 큰 소리로 "하쓰!" 하고 불렀다. 하쓰는 "왜요?"라고 한 마디 대꾸만 할 뿐 쳐다보지도 않았다. 겐시치가 그 옆모습을 쏘아보면서 고래고래 소리를 질러댔다.

"사람을 우습게 여겨도 분수가 있지. 가만히 있으니까 남편 무서운 줄 모르고 욕을 퍼붓는구나. 아는 사이에 과자 정도는 어린애한테 사줄 수 있는 거고, 그걸 받았다고 뭐가 잘못이냐? 바보 같은 놈이라니. 아들을 핑계 삼아 나한테 욕을 한 거냐? 자식한테 애비 욕을 하는 버릇은 어디서 배운 거냐? 리키가 귀신이라면, 넌 마왕이겠네. 술집 여자가 손님을 속여먹는 것은 뻔한 일이지만, 마누라 주제에 남편을 우습게 알고 할 말 안 할 말 다 해대니 무사할 줄 알아? 막노동을 하던 인력거를 끌던 가장은 가장으로서 권위가 있는 거야. 너처럼 꼴 보기 싫은 년을 집에 둘 순 없어. 썩 나가. 나가란 말이야. 나쁜 년."

"당신, 억지를 부리시는군요. 오해예요. 어째서 그게 당신 들으라고 한 말이에요? 다키치가 너무 말귀를 못 알아듣는 데다가, 리키의 밉살스러운 행동을 생각하니 참을 수가 없어 튀어나온 말이에요. 그런데 그 말을 핑계로 나를 내쫓으려 하다니 너무하는 거 아니에요? 이 집을 생각해서 하기 싫은 말도 하는 거라구요. 집을 나갈 만큼 싫었다면 이렇게 가난한 집구석에서 고생을 참고 살진 않았다구요."

하쓰가 울며 말했다.

"가난한 게 싫으면 네 마음대로 어디든 가버려. 네가 없다고 밥을 굶을 리도 없고, 다키치를 못 키울 것도 없으니까. 밤이나 낮이나 불만만 늘어놓고, 리키를 질투하며 들들 볶아대니 이제 정말 지긋지긋해. 어차피 아홉 자 두 칸짜리 집. 아까울 것도 없어. 네가 나가지 않으면 내가 애를 데리고 나가지. 그러면 너 혼자 실컷 떠들어대기에도 좋겠지. 자, 네가 나갈래? 아니면 내가 나갈까?"

겐시치가 심하게 몰아붙였다.

"당신은 그럼 정말 나와 인연을 끊을 생각이세요?"

"물론이지."

평소의 겐시치와는 완전히 다른 모습이었다.

하쓰는 분하고 슬프고 비참한 나머지 한동안 아무 말도 못 하고 솟구치는 눈물을 삼켰다.

"이번엔 제가 잘못했어요. 용서해주세요. 리키가 친절하게 보내준 선물을 버린 건 너무 심했어요. 그런 리키를 귀신이라고 한 저는 당신 말대로 마왕이에요. 이제 더 이상 아무 말도 안 할게요. 절대 리키에 대해선 어떤 험담도 하지 않을 테니 부부의 인연을 끊겠다는 말만은 하지 말아줘요. 당신도 알다시피 난 부모도 없고, 형제도 없어요. 양부모처럼 지내온 숙부가 중매를 서 결혼한 몸이고, 이혼당하면 갈 곳도 없어요. 제발 용서하고 이 집에 있게 해주세요. 내가 밉더라도, 다키치를 봐서라도 용서해주세요. 잘못했어요."

하쓰는 두 손을 땅에 짚고 엎드려 울면서 빌었다.

"안 돼. 꼴도 보기 싫어."

겐시치는 딱 잘라 말하며 벽을 보고 앉았다. 그러고는 하쓰의 말은 들은 척도 하지 않았다.

'이 정도로 인정머리 없는 사람이 아니었는데…'

하쓰는 어이가 없었다.

'여자한테 혼을 빼앗기면 이렇게나 한심스러워지는 것일까. 아내를 울리는 것도 모자라 불쌍한 자식마저 굶겨죽일 사람이야. 이런 남자에겐 용서를 빌어도 소용없어.'

하쓰는 마음을 단단히 먹었다.

"다키치. 다키치."

하쓰는 아이를 자기 옆으로 불렀다.

"너는 아버지와 엄마 중 누가 좋니? 말해봐."

"난 아버지 싫어. 아무것도 안 사줘."

다키치가 솔직하게 말했다.

"그럼 엄마가 가는 곳 어디든 함께 갈 거지?"

"응. 갈 거야."

하쓰는 천진난만하게 말하는 아이를 바라보며 "당신 들었죠? 다키치가 나를 따라가겠다네요. 사내아이라 곁에 두고 싶겠지만, 이 애를 당신 손에 맡길 수는 없어요. 어디든 내가 데리고 갈 거예요. 알았죠?"라고 단호히 말했다.

"맘대로 해. 자식이든 뭐든 다 필요 없어. 집도 살림살이도 아무것도 필요 없으니, 맘대로 하라구!"

겐시치는 등을 돌리고 드러누운 채 하쓰 쪽을 쳐다보려고도 하지 않았다.

"변변한 집이나 살림살이도 없는 주제에 무얼 마음대로 하라는 거예요. 당신 이제부터는 혼자니까 뭐든 하고 싶은 대로 하면서 살면 되겠네요. 나중에 아무리 후회해도 아이는 못 돌려줘요. 절대 돌려주지 않을 테니 그리 알아요."

하쓰는 단단히 다짐한 뒤, 벽장을 뒤져 무언가 든 작은 보퉁이 하나를 꺼냈다.

146

"아이 잠옷과 배두렁이*에, 오비만 가져가요. 어차피 지금 술에 취해 헛소리하는 것도 아니니, 깨고 나서 다시 생각할 일도 없겠지만, 한 번만 더 잘 생각해보세요. 아무리 가난해도 부모가 함께 키우는 아이는 부자처럼 행복하다고 하잖아요. 헤어지면 홀어미 아래서 자라게 되는데, 누구보다 다키치가 가엽다는 생각이 안 드세요? 아아, 정신이 썩어빠진 사람이니 자식이 불쌍한 줄이나 알겠어요. 이제 그만 헤어집시다."

하쓰는 보통이를 들고 밖으로 나갔다. 겐시치는 "빨리 나가. 나가란 말이야"라고 내쫓을 뿐, 돌아오라는 말은 하지 않았다.

8

오봉이 끝나고 며칠 후, 축제 때 쓰던 초롱불이 아직 쓸쓸하게 켜져 있을 무렵이었다. 관 두 개가 신개발지를 빠져나갔다. 하나는 상여에 실렸고, 다른 하나는 사람들이 어깨에 멨다. 상여에 실린 관은 기쿠노이의 살림집에서 조용히 빠져나갔다. 큰길에서 이를 지켜보는 사람들이 소곤거리는 얘기를 들어보니 이러했다.

"저 아이 정말 운도 없지. 어쩌다 한심한 놈에게 걸려들어 불쌍한 신세가 됐어."

"아냐. 서로 좋아서 저지른 일이라던데. 그날 해질 무렵 절 뒷산에서

---

* 가슴과 배만 겨우 가리는 윗옷.

147

두 사람이 얘기 나누는 것을 본 사람이 있다잖아. 여자도 푹 빠져 있던 남자라 의리상 같이 죽은 거겠지."

"무슨 소리야. 저런 계집에게 의리가 어디 있어. 목욕탕에서 돌아오는 길에 남자를 만났는데, 단번에 뿌리치고 도망치지는 못하고, 같이 걸으며 얘기 정도야 나누었겠지. 칼에 베인 상처가 등 뒤에 비스듬히 났고, 뺨에 쓸린 곳도 있고, 목덜미에도 찔린 상처가 여러 군데 있었대. 도망치다가 남자한테 붙들린 게 틀림없어. 그에 비해 남자는 멋지게 할복했다는군. 이불가게를 할 때는 그런 남자라고 생각지도 않았는데, 그야말로 멋지게 죽는 게 뭔지를 보여줬어."

사람들은 저마다 떠도는 소문을 퍼날랐다.

"어쨌든 기쿠노이는 손해가 이만저만이 아니겠어. 저 여자한테 상당한 손님들이 딸려 있을 텐데, 놓쳐버렸으니 어쩌나."

남의 슬픔을 농담거리로 삼는 사람도 있었다.

워낙 여러 가지 소문이 무성해 무엇이 진실인지 알 수는 없었다. 하지만, 죽은 자의 원통한 영혼은 오래도록 남는 법. 사람의 혼인지 뭔지 알 수 없는 빛이 가끔 절 뒷산 위로 선을 그리며 날아가는 것이 보였다고 한다.

열사흘밤

.

상

　보통은 위세 좋게 옻칠한 인력거 소리가 집 앞에서 멈추면, 딸이 아닌
가 싶어 부모님이 나와본다. 그런데 오늘밤 세키(關)는 급히 잡아 타고
온 인력거마저 사거리에서 돌려보내고, 풀이 죽어 격자문 밖에 서 있다.
집 안에서는 아버지가 여전히 큰 목소리로 이야기하고 있다.

　"그러고 보면 나도 복 많은 사람 축에 들 거야. 애들이 모두 순해 기를
때 고생도 안 하고, 남들에게 칭찬 들었지. 분수에 넘치는 욕심만 안 부
리면 더 이상 바랄 것도 없어. 이거 정말 고마운 일이라고 만족할 수밖
에."

　분명 어머니에게 하는 이야기이다.

　'아, 아무것도 모르고 저렇게 기뻐하시는구나. 어떻게 남편에게 이혼
장을 받아달라는 말을 꺼낼 수 있을까. 틀림없이 야단치실 거야. 아이를

두고 집을 뛰쳐나오기까지 수많은 고민을 한 뒤 마음을 정했어. 하지만 이제 와서 늙은 부모님을 놀래키고, 지금까지 드렸던 기쁨을 물거품으로 만드는 괴로움이라니… 차라리 그냥 돌아갈까? 돌아가서 다로(太郎) 엄마라 불리며, 그냥 하라다(原田)의 사모님으로 살까? 부모님은 주임관* 사위를 자랑할 수 있고, 나만 절약하면 가끔 입에 맞는 음식이나 용돈도 드릴 수 있을 거야. 하지만 생각대로 이혼하면 다로는 계모 밑에서 고생해야 하고, 부모님은 지금까지 자랑스럽게 세우고 있던 콧대가 푹 꺾일 거야. 사람들이 어떻게 생각할지, 그리고 동생의 앞날은… 아아, 이 한몸 살겠다는 마음으로 그 애의 출세 길을 막아선 안 돼. 돌아갈까? 돌아가야겠지? 그 악마 같은 남편에게 돌아가야겠지? 그 마귀 같은 사람에게?'

'아, 싫어. 싫어' 하고 치를 떠는 순간, 몸이 비틀거려 격자문에 부딪혀 쿵 소리가 났다.

"누구냐?"

아버지가 큰 소리로 물었다. 당연히 지나가는 악동들의 장난이라고 여기는 듯했다.

"아버지, 나예요."

밖에서 서 있던 세키가 "호호" 웃으며 꽤나 사랑스러운 목소리로 말했다.

---

* 메이지 시대 내각이 천황에게 천거하여 임명한 관리.

"누구? 누구라고?"

아버지가 미닫이 문을 열고 나왔다,

"어이쿠, 세키냐? 왜 그러고 있냐? 그런 곳에 서서. 어째서 이리 밤늦게 온 것이냐? 인력거도 없이, 하녀도 데려오지 않은 게냐? 자, 어서 들어오너라. 들어와. 너무 갑작스러워 어리둥절하구나. 문은 내가 닫을 테니 어서 안으로 들어가 달이 비추는 쪽에 앉아라. 자, 방석 위에 앉아라. 방석 위에. 어찌나 다다미가 더러운지 집주인에게 말은 해두었는데, 기술자들한테 사정이 있다는구나. 사양할 필요 없다. 옷이 더러워질 테니 그걸 깔고 앉아라. 오호, 그건 그렇고 어째서 이렇게 늦게 집을 나선 게냐? 집에는 모두 별일 없는 게지?"

아버지가 변함없이 떠들썩하게 반기며, 귀부인 대접을 해주니 세키는 바늘방석에 앉은 기분이었다. 가만히 눈물을 삼키고 대답했다.

"네, 모두 잘 지내요. 너무 오랜만에 와서 죄송해요. 아버지도 어머니도 그동안 별고 없으셨지요?"

"그럼. 난 재채기 한 번 안 할 정도로 건강하다. 네 엄마도 가끔 그놈의 부인병을 앓기는 하지만, 그것도 이불 덮고 반나절 누워 있으면 멀쩡해지니까 괜찮다."

아버지는 기운차게 껄껄 웃었다.

"이노는 보이지 않는데, 오늘밤 어디 갔어요? 그 애도 여전히 열심히 하지요?"

세키가 묻자, 활짝 웃으며 차를 내온 어머니가 대답했다.

"이노는 이제 막 야학에 갔단다. 그 애도 네 덕에 요즘은 월급도 오르고 과장이 잘해주니 얼마나 마음이 든든한지. 이것 역시 네 남편 줄이 있어서라고, 우리는 매일 얘기하며 지내. 세키 네가 알아서 잘하겠지만 앞으로 남편 기분을 더 잘 맞춰줘라. 이노는 너도 알지만 입이 무거워 만나더라도 새퉁맞은 인사나 겨우 한 마디 할 테니, 아무쪼록 네가 중간에서 우리 마음이 잘 전해지도록 해주렴. 이노스케 앞일을 잘 부탁한다고 말이다.

환절기라 날씨가 변덕스럽구나. 다로는 늘 장난이 심하지? 오늘밤엔 왜 안 데리고 왔니? 할아버지도 보고 싶어하는데."

어머니가 별생각 없이 가볍게 불평하자, 세키는 새삼스럽게 더욱 슬퍼졌다.

"데려오려고 했는데, 그 아이가 오늘은 벌써 잠이 들어 두고 왔어요. 어찌나 장난이 심한지 말도 안 듣고, 밖에 나가면 천방지축 돌아다녀 뒤를 따라다니기 바쁘고, 집 안에선 반대로 내 옆에만 있으려고 해 정말 손이 많이 가요. 왜 그러는지 모르겠어요."

이렇게 말하고 나니, 다로를 생각하는 세키의 가슴속으로 눈물이 넘쳐흘렀다. 눈 딱 감고 혼자서 집을 나오기는 했지만, 지금쯤 일어나 "엄마, 엄마" 하고 찾으며 하녀들을 쩔쩔매게 만들 다로의 모습이 눈에 선했다. 하녀들은 전병이나 쌀 튀긴 과자를 주며 다로를 달래다가 효과가 없으면, 귀신이 잡아간다고 겁을 줄 것이다. 아, 가엾어라. 세키는 소리 내어 울고 싶었지만, 부모님이 너무도 좋아하는 것을 보고 나니 차마 그럴 수가 없었다. 마음을 달래려고 담배를 두세 모금 빨고, 마른기침을 콜록 콜록하며, 눈가로 비어져 나오는 눈물은 슬그머니 소매로 감추었다.

　"오늘은 열사흘밤*이라, 옛 관습이지만 달맞이 흉내를 내기 위해 둥근 경단을 만들어 달님께 바쳤구나. 이 경단은 너도 좋아하는 음식이니 조금이라도 갖다주라고 이노스케에게 일렀는데, 쑥스러운지 그런 건 그만두라고 하더라. 지난번 오봉 때도 못 보냈는데, 이번에만 보내면 반쪽 달맞이가 되어 안 좋다는 말도 있고 해서, 먹이고 싶어도 보내질 못했단다. 그런데 오늘밤 이렇게 와주다니 꿈만 같구나. 정말 마음이 통한 게지. 너희 집에선 단 음식을 얼마든지 먹겠지만, 부모가 해주는 것은 또 다르지. 오늘밤엔 귀부인이라는 것을 잊고, 예전의 세키가 되어 편하게 콩이든 밤이든 마음껏 먹는 걸 보고 싶구나. 언제나 아버지와 하는 말이다만, 네가 시집간 것은 출세나 다름없어. 하지만 남들 눈에 대단하게 보이는 만큼, 지체 높은 분들이나 귀부인들과 교제하며 하라다의 부인으로 불리려면 마음고생이 심할 게야. 하녀와 일꾼들 부리면서, 드나드는 사람들에게 일일이 신경써야 하는 것이 윗사람이고, 그만큼 고생도 많을 거야. 게다가 친정이 이런 처지이니 더더욱 사람들에게 무시당하지 않도록 조심해야겠지. 이런 것들을 하나하나 생각하다 보면, 아버지도 나도 손자든 딸이든 얼굴 한 번 보고 싶어도, 너무 자주 드나들면 안 된다는 생각에 참고 말지. 바로 너희 집 문 앞을 지나갈 일이 있어도

---

* 달맞이를 하고, 콩과 밤을 제단에 바치는 음력 9월 13일 밤.

목면 옷에 공단 양산 차림일 때는 2층 창문에 드리운 발만 쳐다보면서, 아, 세키는 지금 무얼 하고 있을까 하며 그냥 지나가고 말아. 친정이 좀 무언가 내세울 만하면 네 어깨도 펴지고, 숨도 쉴 만할 텐데… 말해 무엇하겠냐. 이 모양인걸. 달맞이 경단을 보내주고 싶어도 초라한 찬합이 부끄럽지 않을까 싶고, 정말 네 마음 씀씀이를 생각하면 기쁘지만, 생각대로 되는 일이 있어야지."

어머니의 푸념 속에는 신세한탄이 섞여 있었다.

"저는 정말 불효자식이에요. 부드러운 비단옷을 입고 인력거 탈 때는 대단해 보이지만, 아버지나 어머니에게 해드리고 싶은 게 있어도 안 되니 말이에요. 차라리 제 몸으로 삯일을 하더라도 부모님 곁에 사는 게 훨씬 낫겠어요."

세키가 말했다.

"바보 같은 소리. 그런 말은 장난으로라도 해선 안 된다. 시집간 몸으로 친정 부모에게 무얼 해주겠다는 것은 생각도 말아라. 시집가기 전엔 사이토의 딸이지만, 시집가선 하라다의 처가 아니더냐? 네 남편 마음에 들도록 살림을 잘 해나가면, 그것으로 되는 거야. 고생스럽더라도 그만큼 너는 운이 좋은 아이니 견디지 못할 일은 없을 게다.

여자들은 아무래도 불평이 많아. 네 엄마란 사람이 한심한 말을 하니 참 답답하구나. 아니, 그건 그렇고 네 엄마가 너한테 경단을 먹이지 못해 하루 종일 성화였는데, 꽤나 정성 들여 만들었으니 실컷 먹고 안심시켜드려라. 아주 맛있으니까."

154

세키는 아버지가 농담으로 분위기를 바꾸려 하자, 이혼 얘기는 꺼내지도 못했다. 어머니가 차려주신 밤과 콩을 고맙게 먹을 뿐이었다.

시집가서 7년 동안, 지금까지 밤에 친정을 찾아온 적이 한 번도 없는 세키였다. 선물도 없이 혼자 걸어온 것도 처음이었다. 그렇게 생각해서 그런지, 옷차림도 여느 때처럼 곱고 화사하지 않았다. 오랜만에 만나 기뻐하느라 그다지 신경쓰지는 않았지만, 딸을 통해 전하는 사위의 안부인사 한 마디 없고, 억지로 웃는 얼굴이 그늘져 보이니 무언가 사정이 있는 게 분명했다. 아버지가 책상 위 탁상시계를 바라보며 말했다.

"이런. 벌써 10시가 되어가는데, 세키는 자고 가도 되는 거냐? 갈 거라면 이제 가야지?"

아버지가 넌지시 딸의 마음을 떠보는 말을 했다. 딸은 새삼스럽게 아버지를 똑바로 바라보면서 입을 열었다.

"아버지. 드릴 말씀이 있어 왔어요. 좀 들어주세요."

세키는 두 손으로 다다미를 짚고, 처음으로 그동안 켜켜이 쌓인 설움을 털어놓으려 했다.

아버지는 안색이 바뀌는 것을 감추지 못하고, "무슨 일이냐?" 하며 다가앉았다.

"저는 오늘밤부터는 하라다 집안으로 돌아가지 않을 작정이에요. 남편이 허락해서 온 것도 아니고, 다로를 재운 뒤에 아이 얼굴을 다시 보지 않겠다는 결심으로 나왔어요. 아직 내 손이 더 필요한 나인데. 그런 아이를 재워놓고는 몰래 정신 나간 여자처럼 빠져나왔어요. 아버지, 어머니, 제 마음을 헤아려주세요. 지금까지는 한 번도 하라다에 대해 말한 적도 없고, 우리 부부 사이를 남한테 말한 적은 더욱 없어요. 백 번 천 번 다시 생각해보고, 2년이고 3년이고 울면서 오늘만큼은 이혼하겠다고 마음을 굳혔어요. 제발 이혼장을 받아다 주세요. 저는 이제부터 부업이든 뭐든 해서 이노스케에게 도움이 되려 해요. 평생 혼자 살게 해주세요."

세키는 와락 터지는 울음을 참으려고 옷소매를 입에 물었다. 옷에 눈물이 스며 대나무 무늬가 검보랏빛이 될 정도로 애처로운 모습이다.

"그게 무슨 소리냐?"

아버지도 어머니도 바짝 다가와 물었다.

"지금까지 말하지 못했지만, 우리 집에서 부부 사이를 반나절만 지켜보신다면, 대강 아시게 될 거예요. 일이 있어야만 말을 하고, 그것도 무뚝뚝하게 내뱉을 뿐이에요. 아침에 일어나 인사를 하면, 하라다는 갑자기 고개를 휙 돌려 정원의 화초를 일부러 칭찬해요. 하지만 남편이 하는 일이니 화가 나긴 해도 그저 참으며, 다툼이 생길 만한 말은 한 마디도 하지 않았어요. 그런데 그것뿐이 아니에요. 아침밥상에서부터 시작된 잔소리는 아랫사람들 앞에서도 끊이질 않고, 내가 모자라거나 서툰 것을 하나하나 들추는 거예요. 그런 것조차도 참을 수는 있어요. 더 힘든 건 말만 했다 하면 못 배운 것, 못 배운 것 하고 업신여겨요. 원래부터 화족 여학교를 다니지 않아 남편 동료들의 부인처럼 꽃꽂이, 다도, 시, 그림을 배우지 못했으니 그런 이야기를 들어도 뭐라 한 마디 할 수도 없어요. 못하는 것은 남모르게 배우게 해주면 그만일 텐데, 입버릇처럼 친정 흉을 보니 아랫사람들한테 얼굴을 들 수가 없어요.

시집가서 반년 정도는 '세키, 세키' 하며 무척이나 귀하게 대해주었지요. 하지만 아이가 생기자 마치 딴 사람이라도 된 것처럼 휙 변했어요. 생각만 해도 무서워요. 그때부터는 어두운 계곡에 떨어진 것처럼 따뜻한 햇살을 본 적 없는 생활이에요. 처음엔 장난으로 일부러 매정하게 대하는 줄 알았는데, 사실은 완전히 제게 싫증이 난 거예요. 내가 먼저 집을 나가거나 이혼하자는 말을 꺼내게 하려고 이렇게 저렇게 괴롭히고, 괴롭히고, 또 괴롭혀요. 아버지, 어머니도 저를 잘 아시잖아요. 남편이 기생한테 미쳐도, 첩을 두어도 그런 것에 질투할 성격이 아니잖아요. 하녀들한테 그런 소문도 듣긴 했지만, 밖에서 인정받는 남자인 만큼 있을 수 있는 일이라 생각했어요. 그래서 외출복에도 신경써 기분을 거스르지 않도록 애를 썼어요. 그런데, 내가 하는 일은 하나에서 열까지 싫어하고, 집에 와도 마누라 하는 짓이 형편없어서 재미가 없다고 사사건건 불평만 해요. 무엇이 잘못되었고, 무엇이 싫은지 말이라도 해주면 좋으련만… 무조건 '형편없는 년, 무식한 년, 도무지 말상대가 안 되는 년, 다로의 유모로나 두고 있는 거지'라며 비웃을 뿐이에요. 정말 남편이 아니라 괴물이에요.

자기 입으로 나가라고는 안 했지만, 그것도 언제 변할지 몰라요. 사랑스러운 다로를 생각해 잔소리를 들어도 어떻게든 가만히 참고 있으면, '오기도 생각도 없는 바보 같은 년. 그러니까 마음에 안 드는 거야'라고 해요. 그렇다고 조금이라도 내 생각을 말하려고 들면, 분명 말대꾸한다고 트집 잡아 내쫓을 거예요. 어머니. 저는 그 집을 나오는 것은 아무렇지도 않아요. 이름만 대단한 하라다 이사무에게 이혼당했다고 해서 꿈에도 미련은 없어요. 하지만 아무것도 모르는 다로가 편부 슬하에 크는 걸 생각하면 참을 수 없어 남편에게 사과하며 비위를 맞추고, 아무것도 아닌 일에도 겁내면서 오늘까지도 할 말도 못 하고 참았어요. 아버지, 어머니. 난 불행해요."

세키는 자신이 얼마나 억울하고 비통한지를 털어놓았다. 생각지도 않았던 이야기에 부모님은 얼굴을 마주보고 도대체 언제 그렇게 부부 사이가 냉랭해졌는지 놀라며 잠시 할 말을 잃었다.

어머니는 자식 편이니 세키가 한 마디 한 마디 할 때마다 몸서리치게 분하기도 했다.

"네 아버지는 어떻게 생각할지 모르겠지만, 처음부터 이쪽에서 매달려 결혼해달라고 한 것도 아닌데, 신분이 낮다느니 학교가 어떻다느니 잘도 지껄이는구나. 네 남편은 잊어버렸을지 몰라도 난 날짜까지 정확히 기억해. 네가 열일곱 살 되던 해 정월. 아직 문 앞에 가도마쓰*를 치우지도 않았던 7일 아침이다. 옛날 사루가쿠초에 살 때 집 앞에서 이웃집 여자아이와 오이바네**를 하며 놀았는데, 그 아이가 친 공이 지나가

---

*   정월에 대문 앞을 장식하려고 세우는 소나무.
**   오늘날 배드민턴과 비슷한 놀이.

던 하라다의 인력거 속으로 떨어졌잖아. 그걸 네가 주우러 갔을 때 처음 봤다며, 중매쟁이를 보내 너를 달라더라. 몇 번이나 거절했는데, 어찌나 끈질기던지. 신분도 기울고, 이쪽은 너무 어려 신부수업 같은 것도 하지 않았고, 결혼 준비도 제대로 할 형편이 못 된다고 거절했지. 그런데 여러 번 거절할 때마다 시부모 잔소리를 듣지 않아도 되는 집이고, 자기가 좋아 청하는 것이니 신분 따위는 따질 필요도 없고, 신부수업이야 데려가서 충분히 시킬 것이니 그런 걱정은 말라며, 주기만 하면 소중히 여기겠다고, 얼마나 혼자 달아올라 재촉을 하던지. 이쪽에서 조른 것도 아니라서 결혼 준비까지 그쪽에서 알아서 했지. 말하자면 자기가 좋아 사정해서 얻어간 아내가 너란다. 나나 네 아버지가 조심스럽게 출입을 안 한 것도 하라다의 지위를 두려워해서가 아니야. 첩으로 보낸 것도 아니고. 몇 번이나 정식으로 청혼을 받고 딸을 시집보낸 친정부모이니 위세당당하게 드나들어도 상관없지.

하지만 남자 집안이 아주 잘 사는데 이쪽은 변변치 못한 살림을 하고 있으니, 우리가 너를 이용해 사위 덕을 보려 한다고 사람들이 생각할까 싶더라. 그런 억울한 일을 당하기도 싫고, 오기라기보다는 처지에 맞게 지내려고 평상시 보고 싶은 딸 얼굴도 못 보고 지낸 거란다. 그런데 이게 무슨 말도 안 되는 일이냐. 부모 없는 자식을 데려가기라도 한 것처럼 요란하게 떠들어대는구나. 아내 노릇을 잘한다느니 못한다느니 그런 말을 하다니. 참고 살면 끝도 없다. 결국 버릇이 될 거다. 우선은 하녀들 앞에서 안주인의 위신이 떨어져 결국에는 아무도 네 말을 안 듣게 될

거고. 다로도 다 키워놓으면 엄마를 무시하게 될 거다. 할 말은 분명히
해라. 그리고 그게 나쁘다고 잔소리하면, '무슨 말이에요?' 하며 따지고
서 내게도 친정이 있다고 나오는 것이 좋지 않겠니? 정말 바보같이 그
런 일을 오늘까지 입 다물고 있었던 게냐? 네가 너무 온순하니 남편이
점점 더 제멋대로 구는 거야. 듣기만 해도 화가 나는구나. 더 이상 움츠
러들어선 안 돼. 신분이야 어떻든 아버지도 있고 어머니도 있고, 나이는
어리지만 이노스케라는 남동생도 있는데, 그런 불지옥 같은 데서 가만
히 참는 지경까지 가선 안 되지. 여보. 당신이 사위를 만나 한번 따끔히
야단치면 좋지 않겠어요?"

어머니는 화를 참지 못해 앞뒤를 가리지 않고 퍼부었다. 아버지는 조
금 전부터 팔짱을 낀 채 눈을 감고 있었다.

"아, 이 사람아. 말도 안 되는 소리 좀 그만해. 나도 처음 듣는 이야기
라 어찌해야 좋을지 생각 중이야. 세키가 여간 일로 이런 이야기를 할
리도 없고. 오죽하면 집을 나왔을까마는. 그래, 오늘밤 사위는 집에 없
느냐? 무슨 사건이라도 벌어져 이혼하자는 말을 듣고 집을 나온 것이
냐?"

아버지가 침착하게 물었다.

"남편은 그저께부터 들어오지 않고 있어요. 5, 6일 집을 비우는 것은
보통이에요. 그렇게 이상한 일도 아니에요. 외출할 때 옷을 챙겨주면 형
편없다고 하길래 잘못했다고 빌어도 들은 척도 안 해요. 벗어서 내던지
고 자기가 고른 옷으로 차려입어요. 그러고는 이렇게 내뱉고 나가버려

요. '야, 나처럼 불행한 사람도 없을 거야. 너 같은 마누라를 두다니'라고. 어찌나 어처구니없는 일인지요. 일 년 365일 서로 이야기 나눌 것도 없고, 어쩌다가 하는 말은 이런 매정한 말뿐이에요. 그래도 하라다의 처로 불리고 싶은 건지, 다로의 엄마로 태연한 척하며 아이 옆에 있고 싶은 건지… 저도 제가 얼마나 참고 살 수 있을지 잘 모르겠어요. 이제 더 이상, 더 이상, 더 이상은 못 하겠어요. 남편도 자식도 없는 결혼 전의 저라고 생각하면 그뿐이에요. 아무것도 모른 채 자고 있는 다로를 보면서 버려두고 올 만큼 이젠 더 이상 참을 수 없어요. 남편 곁에서 못 살겠어요. 부모가 없어도 아이는 자란다잖아요. 나처럼 불행한 엄마 손에 자라느니, 계모든 첩이든 남편 마음에 드는 사람 손에 크면, 조금이라도 더 아버지의 귀여움을 받을 테니 다로를 위해서도 좋을 거예요. 이제 오늘 밤부터는 그 집으로 돌아가지 않겠어요."

끊으려 해도 끊을 수 없는 자식에 대한 정 때문인지 차분히 말하는 세키의 목소리가 떨렸다.

아버지는 크게 한숨을 내쉬었다.

"네가 그러는 것도 무리는 아니구나. 그런 집에서 지내기가 얼마나 힘들었겠느냐. 둘 사이가 정말 곤란하게 되었구나."

아버지는 잠시 동안 세키의 얼굴을 바라보았다. 금속 장신구를 꽂아 큰 마루마게를 만들어 틀어올린 머리, 검은 비단으로 만든 하오리를 입은 자태가 내 딸이지만 어느새 빠질 데 없는 귀부인이 되어 있었다.

"보통 여자들처럼 머리를 묶고 투박한 옷을 입고 어깨띠를 두른 채

물일을 해내겠느냐. 아무리 힘들어도 참아야지. 다로도 있고, 잠깐의 화를 못 참아 백 년 만에 찾아온 행운을 날려 사람들의 웃음거리가 되고 싶은 게냐. 예전의 사이토 가즈에(斎藤主計)의 딸로 돌아오면, 좋든 싫든 다시는 다로의 어머니라 불릴 수 없을 게다. 남편에게는 미련이 없어도, 자식에 대한 사랑은 끊기 힘드니, 떨어져 있으면 더욱 보고 싶을 게다. 나중엔 힘들었던 지금 일을 그리워하며 살 날도 있을 게다. 예쁘게 태어난 게 불행인지, 맞지 않는 인연에 끌려 너무나 고생이 많구나."

아버지의 슬픔이 깊어지자, 세키는 "아니에요"라고 겨우 한 마디를 했다.

"이렇게 말하면 매정한 아버지라 할지 모르겠지만 절대 너를 야단치려는 건 아니다. 신분이 다르면 당연히 생각도 다른 법이니, 네가 진심으로 대해도 받아들이는 쪽에선 보잘것없어 보일 수도 있을 게다. 네 남편은 세상 돌아가는 이치를 아는 똑똑한 사람이고, 학식도 높은 사람이다. 그런 사람이 이유 없이 널 괴롭힐리야 없겠지만, 세상에서 칭찬하는 능력 있는 자들 중에는 무서울 정도로 제멋대로인 사람도 있는 법이다. 밖에서는 점잖은 얼굴로 다니면서, 직장에서 화나는 일까지 집에서 분풀이를 하지. 그 상대가 되는 건 정말 괴로운 일일 거다. 하지만 그 정도 성공한 남편을 둔 아내의 역할은 보통 아내들과 다른 법이다. 도시락을 싸가지고 다니는 말단 공무원이 아궁이에 불을 지피며 잘해주는 것과는 비교할 수가 없단다. 물론 따르기엔 까다롭고 어려운 일도 많을 게다. 하지만, 그걸 기분 좋게 맞춰나가는 것이 아내가 할 일이다. 겉으로 봐선 잘 모르는 것일 뿐, 세상에 사모님이란 사람들이 다들 그렇게 재미 있게 사는 것은 아니란다. 나 혼자만 이런 처지라 생각하면 원망도 생기 지만, 사실 그게 세상 돌아가는 이치란다.

특히 이 정도로 신분 차이가 나면, 남들보다 훨씬 고통이 있는 건 당 연한 일. 네 엄마가 큰소리는 쳤지만, 요즘 이노스케가 월급을 받으며 일하는 것도 분명 하라다의 입김 덕분이 아니겠느냐. 어쨌든 네 남편 덕 을 본다고밖에 할 수 없는 처지이니 괴롭겠지만, 우선은 부모를 위하 고, 동생을 위한다고 생각해봐라. 또 자식 다로를 생각해 오늘까지 참아 왔다면, 앞으로도 못할 건 없을 게다. 그래도 이혼장을 받아 집을 나오 는 게 좋겠느냐? 다로는 하라다의 자식이고, 너는 사이토의 딸이니 한 번 인연이 끊어지면 두 번 다시 얼굴을 보기 힘들 거다. 같은 불행으로 울어야 한다면, 하라다의 아내로서 울어라. 어떠냐? 세키 네 생각은? 내 말이 맞지 않느냐? 납득이 가면 모든 일을 가슴에 묻고, 오늘밤엔 아무 일도 없었던 얼굴로 돌아가서 지금까지처럼 조용히 살아라. 네가 말하 지 않아도 부모가 알아주고, 동생이 알아줄 거다. 너의 눈물은 우리 모 두 나누어 울어주마."

아버지가 차근차근 조리 있게 설득하며 눈물을 훔치자, 세키도 와락 소리내어 울고 말았다.

"철없이 이혼이란 말을 꺼냈어요. 정말로 다로와 헤어져 얼굴도 못 보게 되면 살아 있어도 아무런 의미가 없을 거예요. 단지 눈앞의 고통 을 피한다 한들 어떻게 될런지요. 정말 나 하나 죽었다 하고 살면, 주위에 풍파도 일지 않고, 더구나 아이도 저를 낳은 양친 밑에서 자랄 수 있는걸요. 쓸데없는 생각을 해 어머니, 아버지한테까지 좋지 않은 얘기를 하고 말았네요. 오늘밤부터 세키는 죽고 영혼만 남아 다로를 지킨다고 생각할게요. 그러면, 남편이 아무리 괴롭혀도 백 년이라도 참을 수 있을 것 같아요. 아버지 말씀은 잘 알겠어요. 더 이상 이런 이야기 하지 않을 테니, 걱정 마세요."

말을 마친 세키의 눈가엔 닦아도 닦아도 자꾸만 눈물이 고였다. 어머니가 "왜 우리 딸은 이리 불행한지"라고 소리 높여 또 한바탕 크게 울었다.

구름 한 점 어리지 않은 달도 그날따라 쓸쓸해 보였다. 동생 이노가 뒤쪽 제방에서 꺾어와 화병에 꽂아둔 억새엔 이삭이 달려 있다. 늘어진 모습이 손짓하여 부르는 듯하지만, 그마저도 애달프게 느껴지는 밤이다.

친정인 우에노(上野)의 신자카시타(新坂下)에서 하라다의 집 스루가다이(駿河台)로 가는 길은 양쪽으로 나무가 우거져 어둡고 외져 있다. 하지만, 오늘밤은 달이 밝아 큰길로 나서면 대낮같이 환하다. 단골로 부르는 인력거꾼이 없다보니, 창밖을 지나가는 인력거꾼을 기다렸다 불러세웠다.

"내 말이 납득이 되면 어쨌든 돌아가거라. 남편도 없는데 말없이 외출했으니 뭐라 하면 할 말이 없지 않느냐? 좀 늦은 시각이지만, 인력거로 가면 금방이니까. 얘기는 다시 들으러 가마. 일단 오늘밤은 돌아가거라."

부모님은 세키의 손을 잡아끌며 일을 크게 키우지 않으려 애를 썼다.

세키는 지금까지의 자신은 이제 사라졌다는 각오로 인사를 했다.

"아버지, 어머니. 오늘 같은 일은 이것으로 마지막이에요. 돌아가서 저는 하라다의 아내로서 살게요. 남편 험담을 하는 것은 도리가 아니니, 더 이상은 아무 말도 하지 않을게요. 저는 훌륭한 남편이 있으니까, 동생에게도 오른팔처럼 힘이 될 거예요. 이제 안심이라고 기뻐해주시면 더 이상 바랄 게 없어요. 절대로, 절대로 나쁜 생각은 하지 않을 테니 그런 걱정 마시고요. 오늘밤부터 내 몸은 하라다 이사무의 것이라 생각하고, 뭐든 그 사람이 하라는 대로 할게요. 그럼 이만 갈 테니, 이노스케가 돌아오면 안부 전해주세요. 아버지도 어머니도 잘 지내시고요. 다음번에는 웃으며 올게요."

세키는 어쩔 수 없다는 듯 자리에서 일어났다. 어머니는 돈도 거의 들어 있지 않은 지갑을 차고 나와 스루가다이까지 얼마냐고 문 앞에 선 인력거꾼에게 물었다.

"어머니, 그건 제가 낼게요. 고마워요."

세키는 얌전히 인사하고 몸을 구부려 격자문을 나왔다. 소매로 눈물을 감추고 인력거에 올라 떠나가니, 그 모습이 애처롭다. 집에서는 아버지가 헛기침을 하는데 이 소리 또한 듣는 이를 울먹거리게 만든다.

하

맑고 환한 달빛에 바람소리가 더해지고, 간간이 벌레가 구슬프게 울었다. 우에노로 들어서고 백 미터도 지나지 않았을 때였다. 어찌된 영문인지 갑자기 인력거가 멈췄다.

"정말 죄송하지만 여기까지만 가겠습니다. 요금은 필요 없으니까 내려주세요."

느닷없는 말에 세키는 가슴이 쿵 내려앉았다.

"이봐요. 그렇게 말하면 곤란하지요. 조금 급한 일이 있어 가는 중이에요. 요금은 더 낼 테니 수고 좀 해주세요. 이런 한적한 곳에선 갈아탈 인력거도 없잖아요. 그렇게 손님을 곤란하게 만들지 말고, 어서 서둘러서 가주세요."

세키는 조금 떨리는 목소리로 부탁하듯이 말했다.

"돈을 더 받으려는 게 아닙니다. 제 쪽에서 부탁드리니, 제발 내려주세요. 더 이상 인력거 끌기가 싫어졌습니다."

"그럼 몸이 안 좋아서 그러는 건가요? 갑자기 왜 그러는 건지요? 이곳까지 와서 싫다니, 그런 말 한 마디로 끝날 문제가 아니잖아요?"

세키는 목소리에 힘주어 꾸짖듯 말했다.

"죄송합니다. 아무튼 더 이상은 싫습니다."

인력거꾼은 초롱을 든 채로 옆으로 비켜섰다.

"이봐요. 정말 자기 마음대로 하시는군요. 정 사정이 그렇다면 끝까지 가달라고는 하지 않을게요. 다른 인력거를 잡아탈 만한 데까지라도 가주면 좋겠네요. 요금은 넉넉히 줄 테니, 제발 이 앞에 어디 큰길까지만이라도 가주세요."

세키는 상냥한 목소리로 인력거꾼에게 달래듯이 이야기했다.

"아무래도 젊은 여성 분을 이런 한적한 곳에 내려드리면 곤란하겠지요? 이거 제가 잘못했습니다. 타시죠. 모셔다드릴게요. 놀라셨겠어요."

인력거꾼은 나쁜 사람은 아닌 듯 등불을 고쳐들었다. 세키도 비로소 가슴을 쓸어내리고, 좀 편한 마음으로 인력거꾼의 얼굴을 보았다. 스물 대여섯 살 정도로 보이는 검고 깡마른 데다가 키가 작은 남자였다.

'아, 달빛을 등진 저 얼굴이 누구였더라? 누군가를 닮았는데.'

아는 이름이 세키의 입안에서 맴돌았다.

"설마 당신… 저 모르시겠어요?"

세키는 자기도 모르게 말을 걸었다.

"네?"

남자가 놀라서 뒤를 돌아보았다.

"어머, 당신은 그 사람 아닌가요? 나를 잊으신 건가요?"

세키는 인력거에서 미끄러지듯 내려와 남자를 꼼꼼히 살펴보았다.

"당신은 사이토 세키… 이런 모습으로 보다니 면목이 없군요. 등 뒤에 눈이 없어 못 알아보았다 해도 목소리만으로도 알아차렸어야 했는데, 너무나 둔한 사람이 되어버렸습니다."

남자가 고개를 떨구며 부끄러워했다. 세키는 머리끝에서 발끝까지 그를 살펴보았다.

"아뇨. 아뇨. 나야말로 길에서 우연히 만났다면 당신인 줄 몰랐을 거예요. 방금 전까지만 해도 모르는 인력거꾼이라고 생각했어요. 몰라본

게 당연해요. 아까는 저도 몰라보았으니 용서하세요. 그건 그렇고 언제부터 이 일을 했어요? 몸도 약한데 힘들지 않으세요? 큰어머니가 계신 시골로 가면서 오가와마치(小川町)에 있던 담배가게를 그만두었다는 소문을 다른 곳에서 들었어요. 하지만 나도 옛날의 내가 아니라 여러 가지 어려운 일이 많아서, 안부를 전하기는커녕 편지도 못 했어요.

지금은 어디 사세요? 부인도 잘 지내시죠? 아이는 있어요? 지금도 가끔 오가와마치 간코바(勸工場)의 상점에 구경 갈 때마다 옛날 담배가게 노토(能登)가 그대로인 것을 보고, 그 안을 들여다보곤 해요. 그러고는 '아, 고사카 로쿠노스케(高坂錄之助)가 어렸을 때 학교 오가는 길에 이곳에 들러 담뱃잎 부스러기를 받아 으스대며 피우곤 했는데, 지금은 어디서 무얼 하고 살까. 여린 사람인데, 이 험한 세상을 어찌 살아가는지.' 이런 생각을 하며, 친정에 갈 때마다 소식을 물었어요. 하지만, 친정도 사루가쿠초를 5년 전에 떠나왔고, 그 후론 예전 살던 곳의 소식을 물어볼 만한 사람도 없으니, 얼마나 그리웠는지요."

세키는 어느새 자신의 처지도 잊은 채 속마음을 이야기하고 있었다. 남자가 흐르는 땀을 수건으로 닦았다.

"남부끄러운 신세가 되어 지금은 집이라고 할 것도 없어요. 묵는 곳은 아사쿠사마치(淺草町)의 싸구려 여인숙, 무라타(村田) 2층이에요. 기분 내키면 오늘처럼 밤늦도록 인력거를 끌기도 하고, 싫으면 온종일 빈둥거리며 바람따라 날아가는 연기처럼 지내요. 당신은 여전히 아름다우시군요. 사모님이 되었다는 이야기를 들은 뒤, 한 번 만날 수는 있을까, 사는 동안 다시 이야기를 나눠볼 수는 있을까, 하고 꿈같은 소망을 품어봤지요.

오늘까지 필요 없는 목숨이라고 나 자신을 버릴 물건 취급했는데, 살아 있으니 이렇게 당신을 다시 만나는군요. 아, 나를 알아보고, 고사카 로쿠노스케라고 기억해주니 고맙습니다."

남자는 시선을 아래로 떨구며 말했다. 듣고 있는 세키의 눈에선 하염없이 눈물이 흘렀다.

"누구든 근심은 있어요. 세상에 나 혼자라고 생각하지 마세요. 그건 그렇고 부인은요?"

세키가 물었다.

"아실 겁니다. 우리 집과 비스듬히 마주보던 스기타(杉田) 집안의 딸. 피부가 뽀얗다느니 용모가 어떻다느니 하며 사람들이 너도나도 칭찬하던 여자였어요. 내가 너무 방탕한 생활을 하며 집에 붙어 있지 않는 것을 보고, 친척 중 아무것도 모르는 사람이 장가갈 나이에 장가를 못 가서 그런 거라고 한 마디 했지요. 그러자 어머니가 그 여자라면 좋겠다며 아내로 맞아라, 아내로 맞아라 하며 마구 밀어붙이니 정말 시끄럽고 귀찮았죠. 될 대로 되라, 멋대로 해라 하는 마음으로 결혼한 게 마침 당신이 아이를 가졌다고 들었을 때였어요. 일 년이 지나니 우리 집에도 사람들이 찾아와 축하 인사를 하며, 이누하리코*와 바람개비를 늘어놓았지

---

* 태어난 후 처음으로 신사에 참배할 때 아기에게 선물하는 완구이다.

요. 하지만 뭐 그런 일로 내가 방탕을 끝냈겠어요? 사람들은 예쁜 아내를 맞았으니 멈추지 않을까, 아이가 태어났으니 새롭게 마음먹지 않을까 생각했지만, 글쎄요. 비록 고마치*나 서시**의 손에 이끌려, 소토오리히메***가 추는 춤을 본다 해도, 어차피 방탕한 생활은 계속될 것인데 말이지요. 그런 마당에 젖내 나는 아기 얼굴을 보았다고 정신을 차리겠어요? 놀고, 또 놀고, 마시고, 또 마셨지요. 집도 생업도 나 몰라라 하니 젓가락 한짝 없이 거덜난 것이 재작년 일입니다. 어머니는 시골로 시집간 누나의 곁으로 갔고, 아내는 아이를 데리고 친정으로 간 뒤 서로 연락없이 지내게 되었지요. 아이는 딸이니 이별이 섭섭하다든가 뭐 그런 생각은 하지도 않았지만, 그 아이마저 작년 말 장티푸스에 걸려 죽었다고 들었어요. 여자아이는 조숙하니, 죽을 때는 분명 아빠라든가 아버지라든가 부르며 찾았겠지요. 살아 있으면 올해 다섯 살이 됩니다. 지금 무슨 이야기를 하는지 모르겠네요. 시시한 신세 한탄만 하고 말았습니다."

남자는 어딘지 쓸쓸한 얼굴에 미소를 지으며 말을 이었다.

"당신도 몰라보고 제멋대로 구는 잘못을 저질렀습니다. 자, 타세요. 모셔다드릴게요. 갑자기 멈추어 놀라셨죠? 인력거꾼이라는 것도 허울 뿐. 뭐가 재미있다고 인력거 채를 잡고, 무얼 바란다고 소나 말처럼 이런 일을 하는지요. 돈을 받으니 기쁜 건지 술을 마실 수 있어 기분이 좋

---

* 헤이안 시대 가인으로 일본의 대표적 미인.
** 중국 춘추 시대 월나라의 미인.
*** 고대 일본 역사에 전설적인 미인으로 전해져 오는 인물.

170

은 건지 생각해보면, 무엇이든 다 싫어질 뿐입니다. 손님을 인력거에 태웠든 그렇지 않았든 일하기 싫어지면, 무조건 싫은 겁니다. 질릴 정도로 제멋대로인 남자지요. 듣고 있으니, 정나미가 떨어지지 않습니까? 자, 타십시오. 모시겠습니다."

"어머, 몰랐을 때는 어쩔 수 없었지만 알고 나서 어떻게 이 차에 오를 수 있겠어요. 그렇다고 이런 한적한 곳을 혼자 걷는 것도 불안하니까 큰 길까지만 그냥 길동무가 되어주세요. 이야기나 나누며 걸어요."

세키는 옷자락을 조금 들어올리고 걷기 시작했다. 매끈하게 칠한 게다 소리 또한 타닥타닥 쓸쓸하기만 했다.

'옛날 친구들 중에서도 잊을 수 없는 인연인 사람, 오가와마치에 살았던 고사카 로쿠노스케… 작고 깔끔한 담배가게의 외아들이었는데, 지금은 이렇게 시커멓고 볼품없는 남자가 되었어. 하지만 그때만 해도 도잔*으로 만든 옷을 차려입은 재치 있는 사내였지. 남의 비위도 잘 맞추고, 붙임성도 있고, 철없는 행동 따위는 절대 하지 않았어. 부친이 할 때보다 가게가 더 번창한다는 평판을 들을 정도로 영리한 사람이었는데 정말 정말 많이 변했네. 내가 시집갔다는 소문을 듣고서부턴 자포자기하는 마음으로 요란하게 놀면서 밑바닥까지 간 걸까. 그때쯤 고사카 집안의 아들이 이상해져 귀신이 씌였는지 저주를 받았는지 아무래도 보통 일이 아니라는 소문을 들었어. 오늘밤 보니 너무 딱해 보이네. 싸구

---

* 노란 세로줄무늬가 들어간 감색 고급 직물.

려 여인숙에서 묵고 있다니, 생각지도 못한 일이야.

이 사람이 나를 연모해, 열두 살부터 열일곱 살까지 아침저녁으로 마주칠 때마다 언젠가 담배가게 그 자리에 앉아 신문을 보면서 장사하게 될 거라고 생각을 했었지. 그런데 뜻밖의 사람과 인연이 정해졌고, 부모님 말이라 어떤 거부도 못 했던 거지. 담배가게 로쿠노스케에게 시집가고 싶다 해도 그건 정말 어린아이의 마음일 뿐. 상대방은 아무 말도 없으니 더더욱 그랬지. 이룰 수 없는 꿈같은 사랑이었어. 단념해버리자, 단념해버리자, 하고 포기하는 마음으로, 지금의 하라다에게 시집을 가게 되었던 건데. 그때까지만 해도 눈물이 쏟아질 정도로 잊기 어려운 사람이었어. 내가 그리워한 만큼 이 사람도 나를 그리워했기 때문에, 스스로를 망가뜨린 것일지도 몰라. 그런데 이렇게 귀부인처럼 마루마게 머리를 하고, 얌전빼고 있는 내가 얼마나 보기 싫을까? 정작 나는 소녀적 꿈은 빛이 바래고, 행복한 몸이 아닌데 말이야.'

세키는 뒤돌아 로쿠노스케를 바라보았다. 무슨 생각을 하는지 멍하니 종잡을 수 없는 표정이었다. 오랜만에 세키를 만나고도 그렇게 기뻐하는 모습을 보이지 않았다.

큰길로 나오니 인력거가 있었다. 세키는 지갑에서 지폐를 몇 장 꺼내 작은 국화가 그려진 종이로 조심스럽게 쌌다.

"로쿠 상, 이건 정말 실례되는 줄 알지만 휴지라도 사는 데 쓰세요. 오래간만에 만나 할 말은 많지만, 입 밖에 내지 못하니 이해해주세요. 그럼 나는 가볼게요. 몸을 아껴 소중히 하시고, 어머니도 빨리 안심시켜드리구요. 멀리서지만 나도 기도할게요. 부디 예전의 로쿠 상이 되어 멋진 가게를 여는 모습을 보여주세요. 그럼 안녕히 가세요."

세키가 인사를 하자, 로쿠노스케는 종이 꾸러미를 받았다.

"거절하는 게 도리겠지만, 당신이 준 것이니 고맙게 받아 추억으로 간직하겠습니다. 헤어지는 것이 안타깝다고는 해도 꿈같은 인생살이라 어쩔 수 없는 일이지요. 자, 가세요. 저도 가겠습니다. 밤이 깊으니 길이 쓸쓸합니다."

로쿠노스케는 텅 빈 인력거를 끌고, 등을 돌렸다. 이제 한 사람은 동쪽으로, 한 사람은 남쪽으로 갈 것이다. 달빛 아래 큰길에는 버드나무 그림자가 흔들리고, 게다 소리가 힘없이 타닥거렸다. 무라타의 2층에도, 하라다의 안채에도 슬픔은 있고, 서로의 세상에는 그리운 일도 많구나.

가는 구름

.

상

사카오리노미야(酒折の宮), 야마나시노오카(山梨の岡), 시오야마(鹽山), 사케이시(裂石), 이런 지명은 도쿄 사람들 귀에는 익숙하지 않을 것이다. 고보토케(小佛)와 사사고(笹子)처럼 험한 고개를 넘어 사루하시(猿橋) 다리에서 내려다보니 반짝이며 흐르는 강물에 눈이 부셔 어지러울 지경이다. 쓰루세(鶴瀬), 고마카이(駒飼)에는 볼 만한 마을도 없고, 그나마 가쓰누마초(勝沼町)가 있다 해도, 도쿄에 비하면 변두리일 것이다. 고후(甲府)에는 누구나 감탄하는 대가집 전각이나 쓰쓰지가사키(躑躅が崎) 성의 유적 등 구경거리가 있다고는 한다. 하지만 기차가 편리하게 다닐 때면 몰라도, 일부러 마차나 인력거에 몸을 싣고 하루 밤낮을 흔들리며 이곳 에린지(惠林寺)로 벚꽃놀이를 가자는 사람은 없을 것이다.

해마다 여름이 되면 다른 사람들은 하코네(箱根)나 이카호(伊香保) 같

175

은 유명 관광지를 찾아 떠나간다. 하지만 그럴 때도 게이지는 야마나시 현의 높은 봉우리에 걸린 구름을 쫓아 혼자 그곳으로 돌아가야 했다. 단지 그곳이 고향이기 때문이다. 올 여름에도 고향에 가기 위해 하치오지 (八王子)*로 발걸음을 떼려니 지금까지 느낀 적 없었던 슬픔이 따라온다.

양아버지, 세이자에몬(淸左衛門)은 작년부터 몸이 안 좋아 종종 자리에 눕는다는 사정을 듣기는 했다. 하지만 평소 건강한 사람이라면 별일은 없을 것이라는 의사의 말을 들먹이며, 자신은 새의 깃털처럼 자유롭게 서생 신분으로 좀 더 놀아볼 생각이었다. 하지만 요전날 고향에서 온 소식에 이르기를…

"도련님이 떠나신 후 어르신 용체에 이렇다 할 일은 없지만, 점점 성격도 급해지고 고집도 세지니 무엇보다 나이 탓이겠지요. 그런데 주변 사람들이 어르신의 비위 맞추기가 너무 어려우니 큰 걱정입니다.

나처럼 산전수전 다 겪은 노인네야 적당히 얼버무리면서 하루하루 지낼 수 있지만, 전후 사정을 모르는 사람들에게 느닷없이 분부를 내리시고 닦달하실 때에는 모두 두 손을 들고 맙니다. 그리고 요즘은 자주 도련님을 수하로 불러들여 하루라도 빨리 집안 관리를 물려주고, 조용히 물러나 편히 지내고 싶어하십니다. 이는 당연한 일로 친척들도 모두 그렇게 하기로 동의했습니다. 저는 처음부터 도련님을 도쿄로 보내는 것은 마음에 들지 않았습니다. 말씀드리기 죄송하지만, 학문은 어찌

---

* 도쿄에서 야마나시 현으로 가려면 통과해야 하는 곳.

되든 별로 중요하지 않은 것이라 봅니다. 아카오노히코(赤尾の彦)의 아들처럼 공부하러 도시로 나갔다 미쳐서 돌아오는 경우도 보았습니다. 도련님은 워낙 똑똑한 분이라 그렇게 될 리 없겠지만, 도시의 방탕한 분위기에 물들기라도 하면 되돌리기 어렵지요. 지금 상황에서 이 댁의 아가씨와 혼인을 하셔서, 호주 자리를 물려받아도 이른 나이는 아닐 테니, 저도 친척들의 의견에 대찬성입니다.

분명 그곳 도쿄에서는 하시던 일도 있겠지요. 그런 것들은 좋게 정리하시길 바랍니다. 새도 떠난 자리를 더럽히지 않는다고 합니다. 오후지의 대자산가 아들이라는 노자와 게이지(野澤桂次)는 속이 시꺼면 녀석이라 남에게 책임을 떠맡기고 도망을 쳤다느니 하는 말을 듣지 않도록 우편환에 적혀 있는 대로 돈을 보내드립니다. 만약 부족하면 우에스기(上杉) 님께 대신 치루어달라고 부탁드려 모든 것을 깨끗이 하고 돌아오셔야 합니다. 돈 때문에 부끄러움을 남기시면 금고를 관리하는 저희들 면목이 없습니다. 방금 말씀드린 대로 어르신께서는 점점 성격이 급해져 자꾸 도련님을 찾으시며 애타게 기다리고 계십니다. 하루가 멀다 하고 주변 사람들을 재촉하시니 부디 그곳 일이 정리되는 대로 하루라도 빨리 돌아오시길 바랍니다."

출퇴근하며 지배인 일을 보는 로쿠조가 편지를 보내, 이렇게 사정하니 거절하기가 어렵다. 친아들이라면, 이런 편지가 열 번이고 스무 번이고 와도 결심하고 시작한 공부이니 일단은 학문을 닦겠다며, 불효의 죄를 용서해달라고 답장을 쓰면 고집이 통할 것이다. 하지만, 어려운 것이 양자의 처지이다. 게이지는 다른 사람들의 자유로운 모습을 보니 부러운 생각이 들고, 자신의 미래가 마치 사슬에 묶인 것만 같다.

본가의 가난에서 벗어나 노자와 집안에 양자로 보내진 것은 일곱 살 무렵부터였다. 만일 그러지 않았더라면 맨발에 엉덩이까지만 오는 한텐*을 입고 논밭으로 도시락을 나르며, 밤에는 소나무에 붙인 불을 등불 삼아 볏짚을 꼬아 짚신을 삼으면서 마부들의 노래나 흥얼거릴 몸이다. 그런데 지금은 죽고 없는 안주인이 게이지를 보고 어딘가 모르게 어려서 죽은 장남을 닮았다며 귀여워했고, 결국 대가집 어르신이라 부르며 존경했던 바깥주인을 아버지라고 부르게 되었으니, 복을 받은 일이다. 하지만 그런 중에도 자연스럽게 복이라고만 할 수 없는 일이 섞이는 법이다.

노자와 집안에는 게이지보다 여섯 살 어린 딸이 있다. 이름은 사쿠, 나이는 열일곱이다. 아무래도 게이지가 이 집안에 뿌리내리려면, 무지한 시골 아가씨 사쿠를 아내로 삼아야만 한다. 고향을 떠나오기 전까지는 그렇게까지 불운한 인연이라고 생각하지 않았는데, 요즘에는 보내오는 사진을 보기만 해도 울적해진다. 이 아이를 아내로 맞아 야마나시의 동쪽 시골 마을에 묻혀 살 몸인가 싶어, 남들이 부러워하는 양조업자의 큰 재산도 별 가치가 없어 보인다.

설령 양아버지의 대를 이어 호주가 된다 해도 친척들이 엄하게 간섭

---

* 주로 일꾼들이 입는 옷.

하기 때문에 한 푼도 마음대로 쓸 수 없는 신세다. 말하자면 금고 관리인으로 일생을 마칠 운명인 데다가, 마음에 들지 않은 아내는 점점 더 무거운 짐으로 느껴진다. 덧없는 세상에 의리라는 울타리만 없으면, 창고의 재산을 주인에게 돌려주고, 인생이란 먼 길에 짐이 될 아내도 다른 사람에게 양보한 뒤, 이곳 도쿄를 10년이고 20년이고 절대 떠나고 싶지 않은 게 지금의 마음이다. 그러는 이유가 뭐냐고 묻는 사람이 있어 시원하게 대답해야 한다면, 더할 나위 없이 좋은 이곳 도쿄에 두고 가기 아깝고도 아까운 아가씨가 있기 때문이라 할 것이다. 이 아가씨와 헤어져 얼굴도 보기 어려워질 앞날을 생각하면, 벌써부터 가슴 한구석에 응어리가 생겨 절로 마음이 우울해진다.

게이지는 지금 양아버지의 친척 집에 머물고 있다. 큰아버지, 큰어머니 뻘 되는 사람들이 사는 이곳에 처음 온 것은 열여덟 되던 해 봄의 일이다. 처음엔 게이지가 입은 시골풍 줄무늬 기모노에 어깨에 각을 잡아 바느질한 모양새가 촌스럽다고 웃음을 샀다. 기모노의 겨드랑이 아래쪽을 꿰매지 않고 터놓았던 부분을 막으니 그제야 어른스러운 차림새가 되었다. 그때부터 스물둘이 되는 오늘날까지 대충 절반은 하숙집에서 지냈다 해도 3년 동안 신세를 지고 있다.

큰아버지 가쓰요시는 성격이 까다로워 아무에게나 쓸데없는 고집을 부리지만, 이상하게도 오직 마누라한테만은 부드럽다는 것을 알게 되었고, 또 큰어머니는 말만 앞설 뿐 누구한테도 진심으로 친절하게 대하지 않는 사람이다. 자신의 이익에 맞지 않으면, 웃기 시작하던 입도 꾹

다무는 계산적인 성격이라는 것도 여러 번 겪으며 대강 알게 되었다. 그러니 이 집에서 잘 지내려면, 돈을 아끼지 말아야 한다. 절대로 손해를 끼치지 않으면서, 겉으로는 시골 서생이 신세를 지는 것처럼 해두어야 무엇보다 큰어머니의 비위를 맞출 수 있다.

큰어머니는 우에스기라는 성을 자랑하며, 자신의 집안은 다이묘*의 분가라고 영리하게 허세를 부린다. 하인들에게는 자신을 마님이라 부르게 했고, 늘 길게 옷자락을 끌고 다니는 차림으로 지내면서, 볼일을 보고 나면 어깨가 뻐근하다고 입버릇처럼 말한다.

30엔 월급을 받는 회사원의 아내가 이처럼 멋을 부리고 이리저리 돈을 변통하며 집안 살림을 꾸려나가는 것을 보면, 모두 여자의 재물 감각 하나 덕분이다. 그것으로 남편의 관록이 빛이 날지는 모르겠지만, 노자와 게이지라는 멀쩡한 이름이 있는 남자를 뒤로 돌아서는 우리 집 서생이라고 업신여기듯 부르니 무례하고, 마치 문지기 대하듯 하니 어이가 없다. 이것만으로도 가까이 하지 않을 이유야 충분하지만, 그렇다고 이 집을 완전히 떠나기는 어렵다. 마음이 상해 하숙집에서 지내겠다고 결심했다가도 2주 정도 지나면 이상하게도 다시 찾아오고 만다.

10년 정도 전에 죽은 전처가 낳은 누히는 지금 안주인에게는 의붓딸이다. 게이지가 처음 보았을 때 열서너 살이었는데, 도진마게**로 묶어

---

* 넓은 영지를 가진 무사 집안.

** 메이지 시대에 소녀들 사이에서 유행한 머리 묶는 방법.

올린 머리를 빨간 끈으로 장식해 어려 보였지만, 계모 손에 자라는 아이라 어딘지 어른스러운 데도 있어 안쓰러웠다. 게이지 역시 어릴 때 부모 품을 떠나 다른 사람 손에 자랐기 때문에 자기도 모르게 동정을 한 듯하다. 누히는 무슨 일에든 어머니 눈치를 보고, 아버지 마음까지 살피다보니 자연히 말이 없고, 얼핏 부드럽고 온순해 보인다. 특별히 똑똑하거나 성격이 있어 보이지도 않는다.

아버지도 어머니도 모두 살아 있어서 집 안에만 틀어박혀 지내도 좋을 아가씨가 사람들 눈에 띌 정도로 재원이란 말을 듣는 경우가 있다. 이것은 아마도 여자아이가 말괄량이에 어디서나 튀기를 좋아하며, 응석받이로 자라 제멋대로인 데다가, 조심성 없이 거만하기 때문에 얻은 평판일 것이다. 만일 매사에 꺼리고 조심하면, 열 가지 중 일곱만 보여 삼분의 일 정도는 손해를 보기 마련이다. 게이지는 고향에 있는 사쿠까지 떠올려 비교하며, 누히를 딱하게 여긴다. 큰어머니가 거만하게 구는 꼴은 정말 싫지만, 그런 큰어머니 밑에서 온순한 성격으로 아무 일도 없는 듯이 지내며 마음 고생할 것을 생각하니, 가까이에서 누히의 기분을 헤아리며 위로가 되어주고 싶다. 그래서 다른 사람이 알면 우습게 여길 이상한 자부심으로 누히를 도와주며, 그녀의 일이라면 내 일처럼 기뻐하기도 하고 화내기도 하며 지낸다. 그런데 그런 누히를 버려두고 이제 고향으로 돌아가버리면 남은 사람은 얼마나 외로울까 싶다. 슬프기 그지없는 의붓딸의 신세. 그리고 한심한 것은 양자 신분인 나. 게이지는 새삼 세상살이가 생각대로 되지 않으며, 덧없음을 깨닫는다.

중

누구든 말하기를 계모가 키우면, 특히 여자아이는 순수하게 자라기가 어렵다고 한다. 아이가 조금 평범하고 은근히 따돌림당하는 느린 성격이라면, 심성이 나쁘고 고집도 세다는 말을 듣기 쉽다. 만일 영리한 아이라면, 자라면서 교활한 근성이 생겨 가면을 쓴 대단한 사람이 되기도 한다. 한편, 차분하고 품성이 정직한 아이라면, 오히려 비뚤어진 아이로 오해받아 평생을 손해 보며 살기도 한다.

우에스기 집안에서 계모 아래 자라는 누히는 게이지가 빠져들 만큼 용모도 보통 이상으로 아름답고, 읽기, 쓰기, 주판 같은 것은 소학교에서 배운 만큼은 할 줄 알며, 자기 이름과 관련 있는* 바느질 솜씨도 좋아 하카마** 정도는 척척 지어낸다.

열 살 무렵까지는 나이에 걸맞게 장난도 심해, "여자아이가 저래서야…" 하며 돌아가신 어머니의 미간을 찌푸리게 만들었고 잔소리도 많이 들었다. 지금의 어머니는 아버지에게 상사라 할 수 있는 사람이 숨겨 둔 아내인지 첩인지, 여러 가지로 복잡한 사정이 있는 여자다. 아버지가 어쩔 수 없이 의리 때문에 이 여자를 아내로 맞이한 것인지, 아니면 스스로 원해서 받아들인 것인지 그에 대해선 확실치 않다. 어쨌든 여자의

---

* 누히를 뜻하는 한자는 '縫(꿰맬 봉)'이다.
** 아랫도리에 입는 일본 전통 옷.

입김이 강해 집안은 마누라 천하라 할 수 있다. 의붓자식인 누히가 이런 상황에서 울며 지내는 것은 당연한 일이다. 누히가 무슨 말이라도 하려 들면 노려보고, 웃으면 화를 내고, 똑똑하게 굴면 교활하다고 비웃고, 조용하고 얌전히 있으면 둔하다고 꾸짖는다. 이제 막 싹을 틔운 떡잎에 눈과 서리가 내려 이래도 자랄까보냐고 누르는 듯한 모습이니, 이를 견디고 똑바로 자라기란 사람의 힘으로 해내기 어려운 일이다. 울고, 울고, 울다 지쳐 억울하고 슬픈 마음을 털어놓고도 싶지만, 아버지는 쇳덩이처럼 차가워 미지근한 물 한 잔도 주지 않는 매정한 사람이다. 피를 나눈 아버지가 이러하니 다른 누구에게 하소연을 할 수 있겠는가?

누히는 매달 초열흘에 야나카(谷中)의 절에 있는 어머니의 무덤을 찾는 게 유일한 낙이다. 사람들이 붓순나무 선향을 바치기도 전에 "어머니, 어머니. 저를 데려가주세요"라며, 석탑을 안고 뜨거운 눈물을 흘리니, 무덤의 이끼 아래 어머니가 들으면 돌비석이라도 흔들 일이다.

죽고 싶어 우물 가장자리를 잡고 물속을 들여다본 일도 서너 번에 이른다. 하지만 곰곰이 생각해보니 무정하기는 해도 아버지는 아버지다. 내가 죽어 사람들 사이에 좋지 않은 이름을 남기면, 남은 수치는 누가 감당할 것인가. 함부로 죽을 수 없는 몸이라는 것을 깨닫고 누히는 마음속으로 사죄한다.

이래저래 죽지 못하는 세상을 살아서 눈을 뜨고 지내려니, 누구 못지않게 고통스럽고 괴로운 일을 참기가 어렵다. 누히는 평생 50년 차라리 장님처럼 살다 가면 되겠지 싶었다. 그때부터는 오로지 어머니의 비위를 맞추고 아버지의 마음에 들고자 내 몸 같은 것은 없는 셈치고, 열심히 일을 하자고 마음먹는다. 그렇게 되면 집안에 바람도 일지 않고, 처마 근처 소나무에 학이 찾아와 둥지를 트는 평화가 깃들지 않을까? 누히는 그렇게 스스로를 위로하며 지낸다. 그런데 세상 사람들은 이 집 일을 어떤 눈으로 바라볼까 하니, 어머니란 사람은 입에 발린 말을 잘해 사람들로부터 외면당하지 않고 잘 지낸다. 자기 한 몸을 없는 듯 살며 어둠 속을 헤매는 의붓딸보다는 한 수 위라서, 평판이 그리 나쁘지 않아 보인다.

누히는 아직 어린 나이라, 게이지의 친절이 기쁘지 않은 것도 아니다. 부모조차 버리다시피 한 나 같은 것을 마음에 두고 귀여워해주다니, 하는 마음으로 황송한 일이라 생각한다. 하지만 게이지가 누히를 생각하는 마음에 비해, 훨씬 더 침착하고 냉정한 것이 그녀의 마음이다.

"누히. 내가 드디어 고향으로 내려간다면, 너는 기분이 어떨 것 같아? 아침저녁으로 수고가 줄고, 귀찮은 일도 줄어 편해져 기쁠까? 아니면 가끔 그 사람, 떠들기 좋아하는 수다쟁이가 없어져 쓸쓸하다는 정도로 생각해줄까? 자, 어떤 마음이지?"

게이지가 묻는다.

"그야 말할 필요도 없죠. 집안이 너무나 쓸쓸해지겠죠. 도쿄에 와서도 한 달이나 하숙집으로 나가 계실 무렵엔 일요일을 기다리고 또 기다려, 아침에 문을 열면 발소리가 들리지 않을까 생각했지요. 고향으로 돌아가시면 도쿄에 오시는 것도 쉽지 않을 테니 이제 언제나 만나게 될까요? 그래도 철도가 다니게 되면 종종 놀러 오시겠어요? 그러면 기쁘겠지요."

누히가 답한다.

"나도 가고 싶어서 가는 게 아니야. 이곳에 있을 수만 있다면 가고 싶지 않아. 돌아올 수 있는 형편이 되면, 다시 와서 지금처럼 신세를 지며 지낼 거야. 될 수 있으면 잠깐 있다가 곧 도쿄로 돌아오고 싶어."

게이지가 가볍게 말한다.

"그래도 당신은 일가의 주인이 되어서 집안일을 이끌어가야 하잖아요. 지금까지처럼 편안하게 처신할 수는 없을 테니 참으세요. 정말이지 큰일을 감당하시겠네요."

"내가 양자로 들어간 집은 오후지무라(大藤村)의 나카하기와라(中萩原)에 있어. 둘러보면 덴모쿠 산(天目山) 봉우리들이 울타리를 만들고, 서남쪽으로 우뚝 솟은 하얀 후지 산(富士山) 봉우리는 그 얼굴을 잘 보여주지도 않는 곳이야. 겨울엔 눈보라가 사정없이 몸을 에일 듯 몰아치고, 생선이라면 고후(甲府)까지 50리 길을 가야 겨우 다랑어 회를 먹을 정도야. 네가 잘 모르면 아버님께 물어봐. 그곳은 아주 불편하고 더러운 곳이라 여름에 도쿄에서 돌아가 머물다보면 참기 힘들 때도 있어. 그런 곳에 꼭 묶여서 재미없는 일에 쫓기며, 만나고 싶은 사람도 못 만나고, 가보고 싶은 땅도 밟기 어려운 세월을 보낼 생각을 하니 울적해지기만 해. 적어도 너만이라도 나를 좀 불쌍히 여겨줘."

게이지는 자신이 가엽지도 않냐는 듯이 말한다.

"당신은 그렇게 말씀하지만, 어머니나 다른 사람들은 부러운 신분이라 하셨어요."

누히가 말한다.

"도대체 왜 나 같은 신분이 부럽다는 거지? 이곳에서 가만히 내게 행복은 무얼까 생각해보니, 고향으로 돌아가기에 전에 사쿠가 급사라도 하면, 외동딸의 일이니 아버지도 깜짝 놀라 양자를 들이고, 상속하는 일 따위는 그만둘 거야. 조금 시끄러울 정도로 재산이 있으니 생판 남인 내게 그것을 넘기기 아까울 테니까. 친척 중 욕심이 있는 사람들도 그냥 있지 않고 움직일 것이 뻔해. 그렇게 되면 무언가 조금만 잘못되어도 나는 대번에 인연이 끊어져 들판에 홀로 선 삼나무처럼 될 테지. 그러면 비로소 자유로운 몸이니 그때 가서 행복이라는 말을 해줘."

게이지가 웃으며 말하니, 누히는 기가 막힌다.

"그 말 제정신으로 하는 것이에요? 평소 친절하고 좋은 분이라 생각했는데, 사쿠에게 급사하라니요. 아무리 뒤에서 농담으로 하는 말이라도 너무하네요."

누히는 불쌍한 마음에 눈물을 글썽이며 사쿠를 감쌌다.

"네가 당사자를 보지 않았기 때문에 불쌍하다고 생각하는 걸지도 몰라. 사쿠보다는 나를 불쌍히 여기는 게 좋을 거야. 보이지 않는 줄에 묶여 끌려다니는 내 신세에 대해선 넌 조금도 진심으로 생각도 해주지 않아. 마음대로 하라는 식으로 내 사정 따위는 전혀 살펴주질 않지. 지금도 내가 없으면 쓸쓸할 것이라고 말은 하지만, 다 말뿐이야. 저런 사람

빨리 나가버리라며, 소금을 뿌리게 될지도 모르지. 나 혼자 좋아하며 폐를 끼치고, 오래 눌러앉아 신세 졌으니 미안하군. 참기 어려울 정도로 싫은 시골로 돌아가야 하고, 정이 들었다고 생각한 너도 이렇게 날 버리니, 세상이 재미없기 이를 데 없어. 이제 내 멋대로 살 거야."

게이지는 삐진 척하며 뚱한 표정을 짓는다.

"노자와 상. 정말 장난으로 하는 말이지요? 뭐가 마음에 거슬렸나요?"

누히는 게이지의 마음을 헤아리기 어려운 듯 미간을 찡그린다.

"그야 물론 정상인의 눈으로 보면 이상해 보이겠지. 내가 봐도 좀 미쳤다는 생각은 들지만, 미치는 것도 이유 없이 그러는 경우는 없어. 여러 가지 일이 겹쳐 머릿속에서 뒤얽히면 일어나는 일이지. 내가 미친 것인지 열병을 앓는 것인지는 모르겠지만, 제정신인 당신 같은 사람은 도저히 생각지도 못할 일을 생각하며 남모르게 울기도 하고 웃기도 해. 누군가 어렸을 때 찍은 것이라며 준 천진난만한 사진을 받아, 그것을 밤낮으로 꺼내보기도 하고, 얼굴을 맞대고는 하지 못할 말을 중얼거리기도 해. 또, 그것을 책상 서랍에 소중히 넣어두고 보면서 헛소리를 하거나 꿈을 꾸기도 하지. 평생을 이렇게 지내면 사람들은 분명 대단히 바보 같은 사람이라 생각할 거야. 그런데 그런 바보가 될 정도로 그리워하는 마음이 통하지 않고 인연이 닿지 않는다면, 말이라도 좋게 해서 괴로움을 덜어주면 좋을 텐데, 넌 아무것도 모르는 얼굴로 매정한 말만 해. '오지 않으면 쓸쓸하겠지요'라고, 그 정도 말만 하다니 너무한 거 아니냐? 제

정신인 너는 어떻게 생각할지 모르겠지만, 나처럼 제정신이 아닌 사람이 보기엔 너란 사람은 정도 없고 다부지기만 하니 원망스럽구나. 여자라면 좀 더 상냥해도 좋을 것을."

게이지가 내친김에 쉬지도 않고 이야기를 풀어놓자, 누히는 무어라 답을 해야 할지 몰라 당황한다.

"내가 무슨 말을 하면 좋을지요. 말이 서툴러 대답도 생각나지 않고, 그저 마음만 불안 불안해요."

누히가 몸을 움츠리며 물러서자, 김이 빠진 게이지는 머리가 점점 무거워진다.

우에스기 가옥의 옆집은 무슨 종파인가에 속한 절이다. 넓은 마당에 복숭아나무와 벚나무를 비롯해 여러 가지 나무와 꽃이 자라고 있다. 2층에서 내다보니, 멀리 구름이 엷게 깔려 층을 이루며 하늘에 떠다니는 모습이 마치 천상계를 닮았다. 정원에는 꽃잎이 팔랑팔랑 떨어져, 검은 승복을 입은 관음상의 비에 젖은 어깨와 허리에 내려앉기도 하고, 그 앞에 바친 붓순나무 가지 위에 쌓이니 퍽이나 운치 있다. 꽃잎은 아래를 지나가는 아이 보는 이의 머리띠 위에도 잠시 머무니, 그렇게 봄이 가는가 싶은데, 어느새 하늘하늘 춤추며 다시 떨어지고 있다. 봄밤에 달빛이 어슴푸레 비추니 사람의 얼굴에도 흐릿한 달그림자가 진다.

바람이 살랑거리는 절 안의 꽃들은 게이지가 작년에도, 재작년에도, 그 전 해에도 보았던 것이다. 우에스기 가옥에 묵는 동안 자주 찾아와 천천히 거닐던 곳이니, 올해라고 더 특별할 것도 없다. 하지만 올봄이

지나면 다시 돌아와 밟기 어려운 땅이라는 생각으로 찾아왔더니, 비에 젖은 불상에도 많은 추억이 남은 듯하다. 저녁을 먹은 뒤 초저녁부터 이곳을 거닐던 게이지는 기특하게도 관음상 앞에 손을 모아 연인의 앞날을 지켜달라고 빌어본다. 가슴속에 품은 이 마음이 언제까지나 사라지지 않으면 좋으련만.

하

자기 혼자서만 빠져들다보니 이명 현상이라도 나는 것일까. 게이지는 열이 심하게 오른다. 하지만 누히는 목석같은 사람이라 우에스기 집안이 연애 사건으로 시끄러워지는 일은 없고, 덕분에 오후지무라에 있는 사쿠의 꿈자리도 조용하고 편안하다.

4월 15일로 귀향 날짜가 잡히자, 게이지는 선물을 준비한다. 때가 때인지라 청일전쟁을 그린 그림, 대승리 기념 보따리, 하오리의 끈, 화장용 분가루, 비녀, 고급 기름을 사고, 친척이 많은 집안이니 고루고루 나눠주기 위해 향수나 비누 등 폼나는 기념품도 산다. 장차 게이지의 아내가 될 사람에게 주라면서, 누히가 하얀 모란꽃 무늬가 옷깃에 새겨진 연보라색 주반을 건넨다. 나중에 하녀 다케가 말하기를, 이를 받아든 게이지의 표정이 안쓰러울 정도였다고 한다.

게이지에게 보내온 사쿠의 사진이 있다는데, 몰래 숨겨 남들에게는 보여주지는 않는 것인지, 아니면 남모르게 화로에 던져 태워버렸는지,

본인만 알고 있다. 지난번 엽서에 용건을 적은 말투나 내용을 보면 대강 남자가 쓴 것 같고, 보낸 이의 이름도 로쿠조로 되어 있었다. 하지만 이 편지는 나날이 글씨체가 좋아지는 딸의 솜씨를 자랑하려는 아버지가 사쿠에게 쓰도록 시킨 것이 틀림없다며, 이곳 사모님은 엽서에 적힌 글씨를 못된 눈으로 노려보며 무언가를 알아내려 한다. 그런데 필적을 보고 글쓴이의 얼굴을 상상하는 것은, 이름을 듣고 착한 사람인지 나쁜 사람인지를 맞히는 것과 같다. 달필이라 해서, 모두 아리와라 나리히라(在原業平)*처럼 인물이 빼어나다고는 할 수 없다. 글씨 쓰는 사람의 마음에 따라 악필이라도 보란 듯이 쓰는 사람도 있고, 마치 달필인 것처럼 이유 없이 휘갈겨 쓰지만 글씨를 알아보기 어려워 참 쓸데없다는 생각이 드는 사람도 있다. 글씨를 조금밖에 볼 수 없어 그 솜씨를 잘 모르겠지만, 이곳 사모님의 눈앞에 떠오른 사쿠의 모습은 이러했다. 넙데데하고 짧은 얼굴에 이목구비의 생김새는 나쁘지 않으며, 머리숱이 적고, 목선이 뚜렷하지 않으며, 다리가 긴 여자라는 것이다. 그리고 글씨에 덧붙이는 점을 길게 끌며 찍은 모양을 보고 우스워했다.

게이지는 도쿄의 미남들과 비교해도 못생긴 편은 아니고, 오후지무라에서는 히카루 겐지(光源氏)**로 통했다. 그가 고향으로 돌아가면 베짜는 시골 여자들이 너도나도 얼굴에 분칠을 하게 될 것이라고, 다들 말

* 헤이안 시대 천황의 손자로, 미남의 대명사.
** 일본 고전 『겐지 이야기』의 주인공으로, 너무나 아름다워 빛나는 왕자로 불렸다.

이 많다. 심지어 빈농의 아들이 큰 부자의 대를 잇는 신분으로 뛰어오르려면, 못생긴 아내쯤은 참아야 한다고, 친가까지 들추며 수군거린다. 큰아버지와 큰어머니도 뒤에서 함께 수군거리며 조롱하는 말이 게이지의 귀에 들어가지 않은 것은 다행이다. 오직 누히 한 사람만이 게이지가 딱하다고 생각한다.

짐을 먼저 부치고 몸만 남아 가벼워진 게이지, 오늘도 내일도 친구들을 만나러 다니니 무언가 볼일이 있는 듯하다. 잠깐 사람들 눈이 없는 틈을 타서는 누히의 옷소매를 잡아끈다.

"나는 네가 싫어서 이별하는 거야. 하지만 꿈에서조차 널 조금도 원망하지 않을 테야. 너는 자연스럽게 네 본래 운명을 찾아가 시마다마게*를 마루마게**로 바꾸게 될 것이고, 귀여운 아기에게 아름답게 젖을 물릴 날도 찾아오겠지. 나는 오직 네 행복과 건강만을 빌 테니까. 이 긴 인생에서 사람 노릇을 다하며 살아가기 위해 부모님께 충분히 효도하길 바라. 어머니의 심술에 맞서는 행동 따위는 너로선 하지 않을 테지만 이것을 제일 조심해야 해.

할 말도 많고 생각도 많아. 그래서 난 이 세상이 끝날 때까지 네게 편지를 쓸 생각이야. 그러니 너도 열 통 중 한 번 정도는 답장을 해줘. 잠 못 이루는 가을밤에 그것을 가슴에 품고, 너의 환영이라도 보고 싶어."

---

* 결혼하지 않은 처녀들이 머리 묶는 모양.
** 부인들이 머리 틀어올린 모양.

191

게이지는 이 말 저 말 늘어놓다가 사나이의 격정에 못 이겨 울고 만다. 흐르는 눈물을 숨기려 얼굴을 위로 쳐들고 손수건으로 닦으니 마음이 약한 듯하지만, 누구나 다 이러는 법이다. 지금은 돌아가려는 고향의 일, 양자로 들어간 집안의 일, 자기 신변의 일, 사쿠의 일, 이 모든 것을 잊고, 세상에 단 한 사람 누히밖에 없는 것처럼 머릿속이 온통 그녀 생각이라 잠시 분별이 없는 것뿐이다. 이런 경우 덧없는 여자의 마음에 끌려 평생 사라지지 않을 그림자를 가슴에 새기는 사람도 있는데, 목석같은 누히는 무슨 생각을 하는지 눈물만 펑펑 흘리며 한 마디 말이 없다.

봄밤의 꿈에서 본 다리처럼 산봉우리에 걸려 끊어진 구름을 보니 떠나온 도쿄가 생각났다. 들를 곳이 있다 하니 신주쿠(新宿)까지는 인력거가 좋다 해서 인력거를 탔고, 하치오지까지는 기차를 탔다. 기차를 내려서는 마차에 흔들리며 고보토게(八王子) 언덕도 넘고, 우에노하라(上野原), 쓰루카와(つる川), 노다지리(野田尻), 이누메(犬目), 도리사와(鳥澤)를 지났다. 그날 밤 게이지는 사루하시 다리 근처에서 묵어야 했다.

하카후(巴峽)[*]에서 외치는 소리는 들리지 않아도, 후에후키가와(笛吹川)[**]의 세찬 물소리에 꿈을 꾸며 근심하니 그 소리가 애간장을 녹이는 듯하다. 그즈음, 가쓰누마초에서 엽서가 한 장 왔다. 4일째는 나나사토(七里)의 소인이 찍힌 편지가 두 통 오니, 그중 내용이 긴 한 통은 누히

---

[*] 깊은 골짜기의 대명사인 중국 삼협 중 하나이다.
[**] 일본에서 물살이 세기로 유명한 후지가와(富士川)의 지류 중 하나.

에게 쓴 것이다. 이렇게 해서 게이지는 완전히 도쿄를 떠나 오후지무라의 사람이 되었다.

세상에 의지하면 안 되는 것이 남자의 마음이다. 마치 가을날 지는 해가 갑자기 흐려져 비가 쏟아지는 꼴이다. 우산도 없이 가는 들길에 양쪽으로 물보라가 일어나니 만나는 사람마다 모두 난처하단다. 하지만, 이런 일도 모두 그때뿐이다. 파도가 송산(松山)을 부수지 못하듯 무너지지 않는 사랑을 약속한 적도 없고, 몸을 파는 남자도 아닌 사람이 헛된 눈물을 흘려봐야 무슨 소용 있으랴. 어제 가엽게 여긴 것은 어제의 가련함이요, 오늘 내 몸을 위한 산더미 같은 일은 잊을래야 잊을 수 없지만, 어제의 일은 잊혀진다. 인생은 꿈같고, 이슬 같은 세상이라, 눈시울이 뜨거워져도 덧없고 덧없다.

생각해보니 남자는 머리를 올린 아내가 있는 몸, 싫다고 해도 이 사람이 세상의 의리를 저버리는 일을 해낼 수 있을까? 별일 없이 '다카사고'*를 부르니 새로운 한 쌍의 부부가 생기고, 결국 아버지라 불려야 할 몸이 되니, 모든 인연이 이로부터 생겨나 끊기 어려운 관계가 점점 늘어난다. 이제 일개 한 사람의 노자와 게이지가 아니다. 운 좋게 1만 엔 하던 재산이 10만 엔으로 늘어나니 야마나시 현의 다액납세자로 이름을 새겼다는 소문도 들린다.

---

* 다정한 노부부의 전설을 다룬 일본 전통 노래로, 결혼식에서 많이 불린다.

약속의 말은 항구에 남고, 배는 흐르는 물을 따라가는데, 세상에 이끌려 떠난 사람은 1천 리, 2천 리, 1만 리를 간다. 이곳에서 겨우 30리 떨어져 있지만, 마음이 닿는 거리로 치면 자욱한 안개 속에 감추인 겹겹 산봉우리처럼 멀기만 하다.

꽃이 지고 녹음이 짙어질 무렵까지 누히 앞으로 온 편지는 모두 세 통이다. 자세한 이야기를 조근조근 들려주니 좋고, 5월 장마에 처마 끝 개일 틈 없어 사람이 그리울 때 추억을 돌아보니 기쁘다. 그 뒤로는 한 달에 한두 번 편지가 오니, 처음에는 서너 번이나 되던 것이 나중에는 한 번뿐이라고 원망을 한다. 가을 누에를 잠박에서 쓸어 옮길 무렵부터는 두 달에 한 번, 세 달에 한 번이 되더니 어느새 반년이 지나고, 일 년이 지나도록 연하장과 더위를 묻는 안부 인사뿐이다. 편지 쓰기가 번거로우면 엽서라도 좋을 텐데, 그것 참 이상하다고, 처마끝 벚꽃은 올해도 웃는다. 옆집 절의 관음상도 손을 무릎에 올리고 온화하게 미소 지으며, 한창때의 뜨거운 마음을 가엾게 여긴다.

이쯤 되면 차가운 누히도 뺨에 보조개를 지으며 살게 될 날이 오지 않을까? 늘 아버지의 심기를 헤아리고 어머니의 기분을 살피며, 자기는 없는 듯이 우에스기 가의 평안을 꾀하고 있는데… 겨우 꿰매놓은 그 마음이 터지는 날이면, 다시는 고치기 어려울 것이다.

해질녘 보랏빛

.

노을 지는 가게 앞에 우체부가 던지고 간 우아한 필체의 편지 한 통. 아내는 고타쓰 방에 켜둔 램프 아래서 편지를 읽고는 둘둘 말아 오비 사이로 집어넣었다. 행동이 머뭇머뭇하고 걱정이 보통은 아닌 듯 절로 얼굴에 드러나니, 사람 좋은 남편이 "왜 그래?" 하고 물었다.

"아니, 별일은 아닌 것 같지만 나카마치(仲町)에 사는 언니가 무슨 걱정거리가 있나 봐요. '내가 가면 좋겠지만, 잔소리 심한 네 형부가 마침 휴가라서 털끝만큼도 집을 못 비우게 하니 곤란하네. 오늘 밤중에라도 돌아갈 수 있게 보내줄 테니 제부한테 이야기 잘 해서 잠깐 다녀갈 수 있겠니? 기다리고 있을게'라고 편지를 보냈어요. 또 의붓딸과 싸운 걸까요? 마음이 약해 할 말도 못하고 가슴앓이만 하는 언니 성격은 정말 골칫덩이예요."

아내는 일부러 대단한 일이 아니라는 듯 소리 내어 웃었다.

"거참, 딱하군."

남편은 굵은 눈썹을 찌푸리며 말을 이었다.

"당신한테 하나뿐인 자매야. 잘잘못을 따지며 이야기를 들어주는 역할을 그렇게 웃어넘길 건 아니지. 무슨 얘기인지 가서 들어보고 괜찮은지 살펴보는 게 어때? 여자들이란 마음이 좁은 법이야. 기다린다고 했으니 한시도 30년 같을 텐데, 당신이 이렇게 꾸물거리면 처형은 나 때문이라고 생각할 거야. 그런 원망을 사봤자 내게 덕이 될 것은 없지. 밤에는 특별한 일도 없으니, 얼른 가서 얘기를 들어주는 것이 좋겠어."

사랑스러운 아내가 언니의 일을 이야기하니, 남편은 인정 어린 말로 외출을 허락했다. 이제 소원이 풀렸으니 아내는 뛸 듯이 기뻤다. 하지만 일부러 얼굴에 드러내지 않고, "그럼 갔다 올까요?"라고 내키지 않는 듯 마지못해 장롱에 손을 댔다.

"인정 없는 말 그만하고 얼른 가. 처형이 얼마나 기다리겠나 생각해봐."

아무것도 모르는 정 많은 남편이 오히려 재촉하자, 아내의 마음속에 숨어 있는 도깨비의 얼굴이 절로 붉어지고 가슴은 두근두근 요동쳤다.

질긴 명주로 지은 코소데*를 겹쳐 입고, 그 위에 고급 비단 하오리를 걸친 뒤 방한용 두건으로 얼굴을 가렸다. 키가 큰 사람이 밤바람을 막기 위해 각진 소매의 긴 외투를 걸치고 나서니 자태가 꽤나 멋졌다.

* 통소매로 된 평상복.

"그럼 다녀올게요" 하며, 아내는 고마게타*를 가게 입구에 나란히 놓도록 시켰다. 그리고 사환 아이의 등을 엄지손가락으로 콕콕 찌르면서, "다키치, 다키치" 하고 불렀다.

"앉아서 꾸벅꾸벅 졸지 말고, 가게 물건 도둑맞지 않게 정신 차려라. 내가 늦더라도 상관하지 말고 문을 닫고, 담요 덮은 화롯불을 계속 잠자리 속에 넣어두면 안 돼. 그리고 식모아이 너는 부엌의 불기 있는 곳을 조심해야 해. 주인어른의 베개 맡에는 늘 하던 대로 자리끼와 담배함을 두어 불편하지 않도록 하고. 되도록 빨리 돌아오기는 하겠지만."

아내가 상점 유리문을 열고 나오려는데 남편이 말을 걸었다.

"인력거를 부르라고 하지 않은 건가? 아무래도 걸어선 못 갈 텐데."

자상한 말투였다.

"아녜요. 상인 마누라가 가게 앞으로 인력거를 불러 타고 가면 사치스럽다고 소문날걸요. 저쪽 길모퉁이로 나가 적당히 값을 깎아 탈게요. 이래 봬도 제가 셈은 잘 하잖아요."

아내가 애교 있게 말하며 웃자, 남편은 "알뜰한 살림꾼이야" 하며 은근히 좋아하는 얼굴이었다. 아내는 그 모습을 못 본 척하고 문밖으로 나섰다.

넓은 하늘을 올려다보며 후유 한숨을 쉬자, 흐려지는 듯한 아내의 얼굴에는 그림자가 더욱 짙어졌다.

---

* 나무를 통으로 깎아 만든 나막신.

'언니한테 편지가 왔다는 새빨간 거짓말을…'이라 생각하며, 아내는 집 쪽을 돌아보았다. '아무것도 모르는 기분 좋은 얼굴로 보내주니 미안하네. 저렇게 악의 없고, 의심이라고는 이슬만큼도 품지 않는 마음씨 고운 사람을 뻔뻔스럽게 세 치 혀로 속이며, 도리를 벗어나 내 맘 가는 대로 굴다니. 이것이 남편 있는 여자가 할 짓일까.

아아, 나는 얼마나 나쁜 사람인가. 아니 인간도 아니야. 법도 도리도 모르는 짐승 같은 마음으로 이러는 거지. 못된 짐승 같은 나를 알아보지 못하고, 천지에 둘도 없는 사람인 양 사랑해주며, 내 말이라면 몸을 바쳐 들어주는 남편의 마음이 고맙고, 기쁘고, 또 두렵구나. 너무 미안해서 눈물이 흐르네. 저런 남편을 두고, 무엇이 모자라 칼날 위를 걷는 듯한 위험한 계교를 꾸미는 것일까. 가엾게도 사람 좋은 나카마치의 언니까지 끌어들여 사방팔방 거짓말로 둘러대고, 도대체 나의 두 다리는 어디를 향하고 있는 걸까. 생각해보면 난 악당이고, 추잡하고, 의리를 모르는 인간이야. 그래. 사람의 도리를 벗어나고 말았어.'

아내는 사거리에 선 채로 발길을 떼지 못했다. 골목길 모퉁이를 두 번 돌아왔기 때문에 이제 자신의 집 처마는 보이지 않았다. 뒤돌아보는 얼굴에는 뜨거운 눈물이 뚝뚝 흘러내렸다.

남편의 이름은 고마쓰바라 도지로(小松原東二郎). 서양 잡화점은 이름뿐이고, 남아도는 재산을 곳간에 쌓아둔 채 살아가는 정말로 세상물정 모르는 남자였다. 그가 사랑하는 아내 리쓰는 행동이 재빠른 데다가 집 안에서나 가게에서나 일처리가 능수능란했다. 아름다운 눈빛으로는 남편의 노여움을 스르르 녹였고, 사랑스러운 입으로는 손님을 기쁘게 하는 말을 술술 해냈다. 나이도 젊은데 참 영리한 안주인이라며 사람들의 칭찬이 자자한 것도 당연했다.

하지만 이런 아내 속에는 부정한 마음이 살고 있었다. 남들은 모르겠지 하며 속이고 있지만, 다정한 남편의 마음씀씀이가 오늘따라 계속 떠올라 길가에 못 박히듯 서고 말았다.

'가지 말까. 가지 말까. 그냥 눈 딱 감고 가지 말까. 오늘까지의 죄는 오늘까지일 뿐. 지금부터 내 마음을 고쳐먹으면 그분도 그렇게 미련을 보이시지는 않을 거야. 서로 깨끗이 사귀었고, 이제 남들이 모르고 있을 때 관계를 정리하면, 앞으로 그분을 위해서나 나를 위해서나 좋을 텐데…

애태우며 매달려봤자 떳떳하게 부부로 함께 살 수 있는 사이는 아니잖아. 사랑하는 그분에게 간통이라는 불명예를 남기고, 이 일이 조금이라도 세상에 알려지면 어쩌지. 나야 어떻게 되든 그분이 출세하기도 전에 일생을 암흑 속에 빠뜨려놓고서… 그래도 나는 괜찮을까. 아, 정말 싫고 두렵구나. 도대체 무슨 생각으로 그분을 만나러 온 것일까. 설령 편지가 천 통이 와도 내가 가지만 않으면 서로 상처 입지 않을 텐데. 이제 결단을 내리고 집으로 돌아가자. 돌아가자. 돌아가자. 그래, 이제 난 마음을 정했어.'

아내는 가던 길을 되돌아섰다. 그런데 공교롭게도 밤바람이 불어 차갑게 온몸을 스쳤고, 한바탕 꿈같던 생각들은 또다시 바람에 날리듯 사라졌다.

'아니야, 그처럼 마음 약한 쪽으로 끌려가선 안 돼. 처음 그 집에 시집 갈 때부터 도지로를 남편으로 생각하지 않았어. 몸은 가지만 마음은 절대 주지 않으리라 결심했잖아. 그런데 이제 와서 새삼스레 무슨 의리를 찾는 걸까. 악인이 되든 도리에 어긋난 여자가 되든 상관없어. 이런 내가 싫다면 버리라지. 그게 결국 내가 바라던 것이잖아. 왜 그런 아둔한 사람을 남편으로 받들고, 요시오카(吉岡) 상을 버릴 생각을 잠깐이라도 했을까? 살아 있는 한 끝까지 만나요. 우리 인연을 끊을 수야 없지요. 남편을 가지든, 아내가 생기든 이 약속을 깨지 말아요. 이렇게 말해놓고선… 누가 아무리 다정하게 대해주든, 고마운 말을 해주든 내 남편은 요시오카 상밖에 없는 것을. 이제는 아무것도 생각하지 말자. 생각하지 말자.'

아내는 두건 위로 귀를 누르며 걸음을 재촉했다. 대여섯 보를 뛰기 시작하자 두근거리는 가슴이 가라앉아 어느새 마음은 고요히 맑아졌다. 핏기 없는 입술에는 차가운 미소마저 띠고 있었다.

(이하 미완성)

달과 꽃과 먼지의 일기

.

1891년 4월 15일

비가 조금 내리다.

오늘은 노노미야 기쿠코(野々宮菊子)가 전부터 소개해주려 애썼던 나카라이 도스이(半井桃水) 선생님을 처음 뵌 날이다. 점심때가 조금 지나 집을 나섰다. 선생님 댁은 바다가 가까운 시바(芝) 근처의 미나미사쿠마초(南佐久間町)에 있다. 예전에 그 집에 사는 쓰루타(鶴田)*라는 사람에게 일이 있어 가본 적이 있기 때문에 대충 어디쯤인지는 알고 있었다.

---

* 이치요는 동생 구니코를 통해 기쿠코를 알게 되었고, 기쿠코는 이치요가 쓰루타에게 바느질 일감을 받아가도록 소개해준 적이 있었다. 쓰루타는 도스이의 여동생인 사치코의 학급 친구인데, 고향을 떠나 도스이의 집에 머무는 중이었다. 사치코는 노노미야 기쿠코의 고등여학교 친구이기도 했다. 한편, 이치요의 동생 구니코는 노노미야 기쿠코와 같은 재봉학교에 다니고 있었다.

아타고노시타(愛宕ノ下)의 길을 따라 늘어선 기괴한 돌을 지나 걸어가면 막다른 곳이 나온다. 그곳에서 왼쪽으로 꺾어지면 바로 선생님 댁이다.

허리를 구부려 대문에 들어가 인사를 했더니 "어서 오세요"라고 맞으며 도스이 선생님의 여동생이 나왔다. 그녀가 "이쪽으로"라고 말하면서 왼쪽 복도를 가리켰다. 나를 데리고 간 곳은 응접실이었다.

"오빠는 아직 안 왔으니 여기서 기다려주세요."

아사히 신문 기자인 도스이 선생님은 사회면 기사를 쓰랴 소설을 쓰랴 정말 바쁘시겠다는 생각이 들었다. 그렇게 꼬리를 무는 생각에 빠져 있는데 문밖에서 인력거 멈추는 소리가 들렸다. 드디어 선생님이 돌아오셨다.

선생님은 편한 옷으로 갈아입고 나오셔서 첫인사를 다정하고 공손하게 해주셨다. 나는 아직 이런 일에 익숙하지 않아 귓볼이 빨갛게 달아오르고 입이 바싹 말랐다. 할 말도 하지 못하고, 드려야 할 인사말도 건네지 못한 채 그저 고개만 숙여 인사했다. 옆에서 볼 때 얼마나 바보 같았을지를 생각하면 부끄러울 뿐이다.

선생님의 나이는 서른 살 정도이지 않을까?[*]

감히 선생님의 외모에 대해 이러쿵저러쿵하는 것은 무례하지만, 생각나는 대로 몇 자 적어볼까 한다. 선생님은 혈색 좋고 하얀 얼굴에 온화한 미소를 머금고 있어 세 살짜리 어린애라도 따르고 싶어질 것 같았

---

[*] 1860년생인 도스이는 이 당시 32세였다.

다. 키는 보통 사람보다 크고 체격도 좋은 편이어서 한참 올려다보아야 할 정도였다.

선생님이 처음에 천천히 들려주신 이야기는 요즘 소설가들을 중심으로 문단이 돌아가는 이야기였다.

"내가 생각한 대로 소설을 쓰면, 사람들은 안 좋아해요. 사람들이 안 좋아하니 세상에서 인기가 있을 리 없지요. 일본 독자의 눈은 유치해서 신문 소설이라면 흔하디흔한 간신이나 반역자의 전기를 좋아하고, 간악하고 음탕한 여자 이야기 같은 것만 즐겨서 읽지요. 지금 내가 쓰는 소설도 대부분 이런 분위기에 물들어 순수하다고 할 수 없어요. 그래서 학자라 불리는 이름 있는 지식인들이 비난을 해도 맞설 수가 없지요.

난 지금 명예를 위해 소설을 쓰는 게 아니라, 부모 형제를 먹여 살리기 위해 소설을 쓸 뿐입니다. 그래서 가족을 위해 받는 비난이라 생각하고 받아들이고 있어요. 만일 내 마음을 담아 제대로 쓴 소설에 그런 비난을 한다면, 결코 그냥 있지 않을 겁니다."

선생님은 말을 마치고 크게 웃으셨다. '과연 그러고도 남을 분이겠구나' 하고 생각하며 조용히 있자 선생님의 이야기는 계속되었다.

"소설을 쓰려 한다는 말을 노노미야 양에게 잘 들었어요. 고생하며 지내는 것도 알고 있지만, 그 정도는 참아내야지요. 나야 선생이라 불릴 정도로 능력은 없지만 언제라도 의논 상대는 되어줄게요."

'신경쓰지 말고 언제든 오라'는 말을 듣자 한없이 기뻐 덜컥 눈물이 핑 돌았다. 이야기를 좀 더 나누고 있는데, "저녁 드세요" 하며 여러 가지를 차린 상이 나왔다. 하지만 처음 인사드리는 어려운 자리라 사양했다.

"우리 집에선 시골 사람들 습관이 남아 있어요. 오랜 친구나 새로운 친구나 가리지 않아요. 그리고 맛있는 음식이 없어도 한 숟가락이라도 들도록 합니다. 즐겁게 드셔주시면 오히려 기쁘지요. 나도 같이 먹을 테니까요."

선생님이 몇 번이나 권하셨기 때문에 거절도 못 하고 함께 식사를 마쳤다. 그 사이에 빗소리가 점점 거세졌고, 날도 차츰 어두워졌다. 이제 그만 가보겠다고 말씀드렸더니 인력거를 불러두었으니 타고 가라고 하셨다. 돌아가기 전에 가지고 있던 일회분 소설 초고를 드리자, 선생님은 자신이 쓴 소설 네다섯 권을 빌려주셨다. 선생님의 배려가 느껴지는 인력거를 타고 여덟 시쯤 집에 도착했다.

1891년 4월 25일

비가 오다.

아침 일찍 부지런히 고이시카와(小石川)*에 갔다. 점심 무렵에는 구름 한 점 없이 하늘이 개어 햇빛이 화창하게 내리쬐었다. 오늘은 어쩐지 일이 손에 잡히지 않는데, 왜 그런지는 모르겠다. 해질녘에 돌아왔다.

---

* 도쿄도 분쿄구의 지명. 이치요가 일본 전통 정형시 와카(和歌)를 배우는 하기노야가 있는 곳.

밤에 나카라이 선생님에게서 소식이 왔다. 소설에 대해서 할 말도 있고, 지난번에 소개해주기로 한 소쿠신 거사(即真居士)*도 오기로 했으니 별일 없으면 내일 오전 중 간다(神田)의 오모테진보초(表神保町)에 있는 하숙집, 다와라야(俵屋)로 와주었으면 좋겠다고 하셨다.

어머니에게 물어보았더니 "가보거라"라고 하셨다. 오늘밤은 가슴이 벅차올라 잠이 안 올 것 같다.

1891년 4월 26일

아침 일찍 일어나보니 하늘엔 어느새 먹구름이 잔뜩 끼어 있었다. 오늘은 분명 비가 내릴 것 같아 안타까워하자, 어머니는 "비 올 것 같으니 나가지 말고 집에 있어라" 하셨다. 하지만 나를 위해 마련한 자리인데 선생님을 쓸데없이 기다리게 하면 너무 미안한 일이다. 큰 비가 아니면 꼭 가야 한다는 생각에 준비를 하고 있으려니 구름이 걷히기 시작했다.

기뻐하며 집을 나섰다. 하지만 다마치(田町) 부근을 지날 때쯤 다시 먹구름이 밀려오더니 갑자기 비가 퍼붓기 시작했다. 이제 와서 돌아갈 수도 없었다. 어차피 옷이 젖을 거라면 차라리 가려던 곳으로 가야겠다고 생각하며 이곳에서부터 인력거를 탔다.

---

* 나카라이 도스이와 같은 신문사에 다니는 고미야마(小宮山)의 불교식 이름.

오가와마치의 간코바* 물산 진열관의 남쪽 신개발지에 있는 하숙집이었다. 이 나이가 되도록 남의 하숙집에 가본 적이 없었기 때문에, 왠지 기가 죽어 들어가기 어려웠다. 그렇기는 해도 마음을 다잡고 "나카라이 선생님. 계신지요?" 하고 불렀다. 미심쩍은 얼굴로 나온 가정부가 "누구신지요?" 하고 물었다. 내 이름을 말하자 "이리로 오세요" 하며 안으로 안내해주었다.

작은 방을 몇 개인가 지나갔다. 선생님의 방은 1층 다다미 방이었다. 방 두 개가 붙어 있었고 서랍장도 보였다. '잘 정돈되었구나'라고 생각하며 자리에 앉았다.

편지를 쓰고 계시던 선생님은 "잠깐 실례할게요" 하시더니, 조금 있다가 쓰기를 마치셨다. 오늘은 양복을 입고 계셨다. 늘 그렇듯이 부드러운 어조로 말씀을 시작하셨다.

"어제 날씨가 너무 좋아 오늘 비가 올 줄은 생각도 못 하고 편지를 보내 미안합니다. 게다가 고미야마 군도 갑자기 두통이 심해져 오늘 아침 일찍 가마쿠라 쪽으로 쉬러 떠났습니다."

선생님은 아주 미안해하면서 소설에 대해 친절하게 가르쳐주셨다.

"다음에는 이런 소설을 한번 써보세요. 내가 전부터 쓰려고 벼르던 내용인데, 시간이 나질 않아 그냥 내버려두고 있었어요. 구상을 이렇게 하면 정말 재미있을 거예요."

* 오모테진보초 지역에 있던 상점 건물. 오늘날 백화점의 전신.

이렇게 말씀하시더니 한 마디 덧붙이셨다.

"그보다도 오늘은 꼭 하고 싶은 얘기가 있습니다."

무슨 일인가 싶어 물었더니, 이렇게 말씀하셨다.

"뭐, 그리 대단한 일은 아니지만 난 아직 중년이라 할 만큼 늙지 않았고 게다가 당신은 아직 젊은 여성입니다. 그래서 이렇게 서로 만나는 게 많이 난처합니다."

선생님은 정말 입장이 곤란하신 것처럼 보였다. 이미 나도 마음에 걸리던 문제에 대해 말씀하셨기 때문에 얼굴이 불타오르듯 빨개졌고, 몸 둘 바를 모를 정도로 한없이 부끄러웠다. 선생님은 다시 말씀을 시작하셨다.

"한 가지 생각이 있습니다. 난 지금부터 당신을 오랜 친구들 중 한 사람인 청년으로 볼까 해요. 그러니 당신도 나를 남자로 보지 말고 여자 친구들 중 한 사람으로 여겨 생각한 바를 스스럼없이 이야기해주세요."

선생님은 말씀하시는 내내 환하게 미소 지으셨다. 또 우리 집의 가난을 알고 계시기 때문에 "만일 어려운 일이 있으면 뭐든지 말해요. 힘닿는 한 도와줄 테니"라고 덧붙이셨다.

선생님은 이제까지 가난하게 살아온 이야기도 숨김없이 들려주셨는데, 정말 여러 가지 생각을 하게 되었다. 또다시 함께 점심을 먹고 돌아왔다. 선생님의 말씀을 듣고 있으면 우리 집의 가난은 아직 가난한 축에도 못 드는 것 같다. 선생님이 겪은 가난은 지금 우리 집보다 훨씬 심했다는 생각이 든다.

1892년 2월 4일

아침부터 하늘이 잔뜩 찌푸려 있었다. 다들 눈이 올 것 같다고 했다.

열 시쯤부터 비가 섞인 눈이 내리기 시작했다. 잠깐 개었다가 다시 팔랑팔랑 눈발이 날리는 사이에 점심때가 되었다.

'좋아. 눈이 내릴 테면 내리라지.'

왠지 눈이 와도 괜찮다는 기분이 들어 집을 나섰다. 마사고초(真砂町) 부근에 가자 눈발이 잘게 찢은 솜뭉치처럼 제법 굵어지더니, 작은 눈송이까지 섞여 펑펑 내리기 시작했다. 이키도노자카(壱岐殿坂)부터는 인력거를 탔다. 번거로워서 인력거 앞에 달린 덮개를 치지 않았더니 바람에 휘몰아쳐 날아드는 눈송이를 감당하기 어려웠다. 우산으로 앞을 가리면서 가려니 여간 힘들지 않았다. 구단자카(九段坂) 언덕길을 오를 즈음에는 온 세상이 하얗게 보이기 시작했다.

히라카와초(平川町)*에 도착한 것은 열두 시가 지날 즈음이었다. 선생님 댁 문 앞에서 "계신지요?" 하고 불렀지만, 아무런 인기척이 없었다. 이상하게 몇 번이나 불러도 마찬가지였다. 아무래도 안 계신 것 같아 잠시 기다리려고 현관 쪽마루에 걸터앉았다. 눈은 하늘에서 그저 퍼붓듯이 쏟아져 내렸고, 격자문 틈으로 찬바람까지 밀려들었다. 살갗을 파고드는 추위를 참기 어려워 미닫이문을 살짝 열고, 현관에 달린 다다미 두

---

* 나카라이 도스이의 살림집이 있는 마을.

장 정도의 방으로 들어갔다. 그곳에는 아사히 신문과 국회 신문이 배달된 채로 있었고, 조선의 부산에서 온 편지도 한 통 있었다.

얇은 장지문 건너편이 선생님이 거처하는 방이었다. 문을 열어보면 계시는지 안 계시는지 확인할 수 있을 텐데, 평소 내 성격으로 그런 일을 하기는 어려웠다. 장지문에 귀를 대고 들어보니 선생님은 아직 주무시고 계시는 듯 희미하게 코 고는 소리가 들렸다.

어떻게 해야 할지 곤란해하는데 오다 상이 보냈다면서 심부름하는 여자아이가 편지를 들고 왔다. 요즘 선생님은 자신의 거처를 사람들에게 알리지 않으려고 주소를 오다 상 집으로 해놓아 친척이나 멀리서 소식 전하는 사람들이 모두 그 집으로 편지를 보내고 있었다. 아이는 편지를 들고 머뭇거리다가 선생님을 깨우지 못한 채, 잘 부탁한다며 편지를 두고 돌아갔다.

시계 종이 어느새 한 시를 알렸다. 나는 마음이 불안해진 나머지 일부러 헛기침을 몇 번씩이나 했다. 그 소리가 들렸는지 곧이어 급히 자리에서 일어나는 소리가 나더니 장지문이 열렸다. 선생님은 "이거 실례했습니다"라고 하시며 흐트러진 잠옷 차림을 부끄러워하셨다. 그리고 당황해하며 서둘러 소매가 넓은 하오리*를 걸치셨다.

"어젯밤에 사람들 권유로 가부키 극장에서 놀다가 새벽 한 시쯤 들어왔어요. 그때부터 오늘분 소설을 쓰고 잠들었는데, 생각 없이 늦잠을 잤

---

* 넓적다리까지 내려오는 일본의 전통 겉옷.

네요. 아직 열두 시경일 줄 알았는데 벌써 두 시가 다 되었군요. 깨우지도 않고 기다렸다니, 나를 너무 배려해주었어요."

선생님은 크게 웃으시며 덧문을 활짝 여셨다.

"어, 이렇게 눈이 내리는데 오느라 정말 힘들었겠어요."

세수라도 하시려는 듯 부엌 쪽으로 가셨다. 혼자 살면 마음은 편하겠지만, 일어나자마자 도르래로 우물 물을 퍼올리는 모습은 어딘지 쓸쓸해 보였다. 잠시 후 선생님은 부삽에 숯을 담고, 그 위에 잘게 자른 나뭇조각들을 얹어서 가지고 오셨다. 화로에 불을 붙이고, 데울 물을 가져오시는 모습을 옆에서 지켜보자니 왠지 미안하기도 하고 딱한 생각도 들었다.

"제가 뭐라도 도울까요? 하시기 어려운 부엌 일 있으면 말씀해주세요. 우선 이불부터 갤게요."

이불을 개려고 하자, 선생님이 급히 말리셨다.

"아니요. 아니요. 아무것도 할 것 없어요. 그건 그냥 두세요."

선생님이 그렇게 곤란해하시니 어쩔 수 없었다. 베개 맡에는 가부키자의 공연 안내 인쇄물과 지갑 같은 것들이 흩어져 있고, 도코노마*에는 하오리용 천으로 지은 소매가 넓은 평상복이 걸려 있어 어수선해 보였다.

"어제 편지를 보낸 것은 이번에 젊은 친구들하고… 이렇게 말하니까 내가 마치 대가인 척하는 것 같지만, 이제 소설을 쓰기 시작한 젊은 사

* 방바닥 가장자리 일부를 한층 높게 만들어 족자를 걸거나 꽃 같은 장식물을 두어 꾸미는 곳.

람들의 작품을 모아《무사시노(武藏野)》라는 잡지를 발행해볼까 해요. 대가로 인정받는 사람들은 한 명도 넣지 않고, 능력껏, 힘껏 해보고 쓰러져도 멈추지 않는다는 결연한 각오로 만들어볼까 합니다. 그저께 밤 회의를 하면서, 원고료는 없어도 좋고 대신 도모할 것은 작가로서의 명예라고 의견을 모았지요. 이 일은 반드시 이루어질 거라고 생각하기 때문에 당신도 꼭 참여할 수 있도록 말해두었어요. 그러니 15일까지 단편 하나 써주지 않을래요? 무엇보다 처음 1, 2회는 원고료가 없다는 것을 감안해주었으면 해요. 하지만 이 잡지가 조금씩 세상에 알려지면 누구보다 먼저 당신에게 배당을 주도록 할게요."

선생님은 부탁하듯이 말씀하셨다.

"하지만 저처럼 아직 부족한 사람의 글이 창간호에 실리면, 잡지에 오히려 해가 되지 않을까요?"

나는 사양했다.

"무슨 말이에요. 그럴 리가 있나요. 이제 와서 그렇게 말하면 중간에서 내가 곤란해져요. 저쪽에선 이미 당신 작품을 기대하고 있을 테니까요."

선생님은 애써 듣기 좋은 말을 해주셨다.

"그러시다면, 아무쪼록 잘 부탁드립니다. 실은 오늘도 글 한 편을 가지고 왔어요. 요즘 쓴 것인데, 아직 완성한 것은 아니지만요."

선생님이 가지고 간 원고를 보시더니, "좋아요. 이걸 내면 되겠어요"라고 하셨다. 그리고 "지난번에 이야기했던 것을 한 편의 글로 썼으면

하는 생각도 했어요"라고 몇·마디 말씀을 더 하셨다.

조금 있다가 선생님은 옆집에 냄비를 빌리러 가셨다. 젊은 부인이 "나카라이 상. 손님 왔어요? 재미있는 시간 보내시겠어요. 부러워요"라고 하는 말이 담장 너머로 잘 들렸다.

"아니, 그렇게 기대할 만한 일은 아닌데요."

선생님의 대답이었다.

"지난번에 말씀하신 분이세요?"

젊은 부인이 물었다.

"네."

그렇게 몇 마디 나눈 선생님은 뛰어서 돌아오셨다.

"눈이 오지 않았으면 당연히 맛있는 요리로 대접했을 텐데요. 하지만 이렇게 눈이 많이 오니 계획대로 되지 않네요."

선생님은 직접 새알심을 넣은 단팥죽을 끓여 그릇에 담아주셨다.

"미안해요. 쟁반을 구석에 넣어둔 터라 꺼내기 어려워요. 젓가락도 이걸로 해야겠어요."

선생님이 내어주신 것은 떡을 구울 때 쓰는 젓가락이었다. 여러 이야기가 이어졌고, 잘 나온 자신의 사진도 보여주셨다. 어느새 시간이 꽤 흘러서 잠시 틈을 보아 집에 돌아가겠다고 말씀드렸다.

"눈이 점점 너무 많이 오네요. 오늘밤은 집에 전보를 치고 여기서 묵어요. 아무쪼록 그렇게 해요."

선생님이 말씀하셨다.

"허락받지 않고 남의 집에 묵으면 어머니께 심한 꾸중을 들을 거예요."

내가 정색을 하고 이야기하자, 선생님은 크게 웃으셨다.

"그렇게 무서워하지 말아요. 나는 오다 군 집에 가서 자고 올 거예요. 당신 혼자 여기 묵는 거라 아무 문제 없을 거예요."

하지만 나는 고개를 저으며 그렇게 하지 않겠다고 했다. 선생님은 "그렇다면…" 하시면서 동생인 시게타 군을 시켜 인력거를 불러주셨다.

나카라이 선생님 댁을 나선 게 네 시경인가? 온 세상이 희디흰 눈으로 덮여 있었다. 살을 엘 듯한 추위를 느끼며 집으로 돌아왔다. 눈 내리는 길을 달리는 것은 꽤나 재미있지만, 구단자카 근처 도랑가를 지날 때에는 휘몰아치는 눈발에 얼굴을 들 수가 없었다. 어깨에 걸쳤던 숄을 두건 위로 올려 덮어 얼굴을 가리고 눈만 내놓으니, 그 모습이 우스웠다. 여러 감정이 가슴속에 가득 차올랐다. 문득 '눈 내리는 날'이란 제목으로 소설 한 편을 써야겠다는 생각이 들었고, 초고를 대충 머릿속으로 그려보았다.

집에 도착하니 다섯 시. 어머니, 동생과 나눈 이야기는 많았지만, 일일이 쓰지는 않겠다.

1892년 12월 27일

오늘은 큰오빠 센타로(泉太郎)의 기일이다. 소금간을 해 찻물로 밥을 짓고, 구보키 언니를 불렀다. 시바에 있는 작은오빠도 당연히 올 거라고 생각했는데, 어쩐 일인지 오지 않았다. 마침 우에노에 사는 후지모리(藤森) 상과 오쿠다(奧田) 어르신*이 오셔서 이 음식을 대접했다.

금항당(金港堂)**에서는 아직도 연락이 없다. 그러고 보니 내일이 28일이라 떡을 준비해야 한다는 생각이 들어 2엔어치를 주문했다. 오쿠다 어르신에게 갚아야 할 이자를 떡에 쓰고 말았는데 오늘밤 마침 이 노인이 와서, 며칠 기다려달라고 말하기가 괴로웠다. 수중에 있는 돈을 전부 긁어모아 2엔을 갚았다. 그래도 아직 2엔 50전을 더 갚아야 한다. 이것은 이자가 아니라 원금이다. 좀 더 시간을 달라고 부탁하려고 이자부터 갚았다. 그나저나 내일 오카노(岡埜)***에서 맞춤떡을 가져오면 뭐라고 해야 하나. 하이바라(榛原)****에 주문한 술과 간장도 내일 올 것이다. 그 값은 또 어찌 치를지… 가족이 서로 얼굴을 마주 보고 고민하며 한숨을 쉬는 것도 괴롭다. 오쿠다 어르신이 가야겠다고 일어섰을 때 우편물이

---

* 부친의 지인으로 히구치 이치요 집안에 돈을 빌려준 사람.
** 메이지 시대에 창업한 출판사. 현재는 서점업을 주로 하고 있다.
*** 메이지 시대부터 지금까지 떡과 화과자를 만들어 팔고 있는 전통과 역사를 자랑하는 업체 오카노에이센(岡埜栄泉)의 줄임말.
**** 술, 간장, 기름을 팔던 상점.

도착했다. 서둘러 열어보니 후지모토 도인(藤本藤陰)* 상이 보낸 것으로, 내일 오전 중에 편집실로 나와 「새벽달(曉月夜)」의 원고료를 받아가라고 했다. 자연이란 이렇게 원활하게 돌아가는 것이구나.

1892년 12년 28일

어젯밤부터 집에 노노미야가 묵고 있는데, 아침이 되어서도 돌아가지 않았다. 어머니는 설날 음식과 단팥죽을 준비하느라 부엌 일로 바빴다. 나도 오카노에서 떡 배달이 오기 전에 금항당으로 가서 원고료를 받아와야 했다.

열 시에 집을 나왔다. 노노미야도 같이 나서겠다며 마사고초까지 함께 걸었다. 그런데 이토 나쓰코(伊東夏子)** 상에게도 빌린 돈이 있었다. 언제까지라고는 하지 않았지만 갚아야 할 입장에선 어떻게 해야 할지… 마침 지나는 길이라 스루가다이에 있는 그녀의 집에 들러 그런 이야기를 했다. 그녀도 하고 싶은 이야기가 많다고 했다. 어쩌면 나보다 할 말이 많은 것 같았지만, 다음에 또 얘기하자며 헤어졌다.

그곳에서부터 인력거를 타고 혼료가에초(本両替町)에 있는 출판사로

---

* 금항당에 소속되어 일하던 편집자.
** 하기노야에서 함께 공부한 친구.

갔다. 곧바로 후지모토 상을 만나 「새벽달」 38매의 원고료 11엔 40전을 받았다.

열여섯 살 무렵이었던가. 규쥬고(九十五) 은행에 볼 일이 있어 금항당 앞을 지나간 적이 있었다. 마침 양복을 잘 차려입은 젊은 남자가 멋진 인력거를 타고 이 앞에 도착한 것을 봤다.

'빛이 날 정도로 멋지구나. 한창 활동 중인 신진 소설가일 거야. 자기 글을 출판하려고 이곳에 드나드는가봐.'

그때는 붓 한 자루로 멋진 글을 지어내 풍류를 즐기고, 사람들에게 존경도 받고, 좋은 옷도 걸치니 이보다 더 좋은 직업이 또 있을까라는 생각을 했다. 어리석었다! 내 경우에도 자가용 인력거가 아니라 거리에서 잡은 인력거를 타기는 했지만, 이 사실을 누가 알까. 멋진 모피로 된 무릎 덮개에 카타카나로 새겨넣은 성씨가 내 것인지 아닌지 누가 알까. 오래되긴 했어도 비단으로 된 옷을 차려입었고, 염색집에서 주문해 새로 꾸민 머릿수건을 손에 들었다. 시간이 촉박해서 안 된다는 것을 겨우 설득해 마련한 것이라 펴서 말릴 시간도 없어 집에서 인두질했다. 이렇게 추운 날에 머릿수건도 없으면 초라해 보인다고 생각한 어머니가 겨우 마련했다는 사실을 사람들은 모를 것이다. 예전의 나로서는 상상도 못했던, 얼마나 비참한 문학가의 생활인가.

집에 돌아와보니 떡도 와 있고, 술도 와 있고, 간장도 한 통 와 있었다. 다행히 돈을 치를 수 있어서 온 집안 분위기가 훈훈해졌다. 하지만 왠지 덧없다는 생각이 들었다.

오후에 나카지마 선생님 댁에 세모 인사를 드리러 갔다. 나카무라(中村)* 상이 오비아게**용 지리멘을 나에게 세모 선물로 보내온 것을 건네받았다. 선생님은 가는 길에 고이데(小出) 상에게 세모 선물을 전해드리라고 부탁하셨다.

「새벽달」의 원고료가 10엔 정도일 거라고 생각했는데 예상 외로 많았기 때문에 돌아오는 길에 이나바(稲葉) 언니를 찾아가보기로 했다. 지금은 가세가 기울어 가련한 처지에 빠진 이나바 언니는 한때 사이좋게 함께 자란 사이고, 앞으로도 사이가 나쁘거나 원수지간은 되지 않을 것이다. 세상 이치로 말하자면 친자매는 아니지만, 같은 젖을 먹고 자랐으니 언니나 마찬가지이다.*** 그래서 기쁨을 함께 나누고 싶었다. 야나기초(柳町) 뒷길에 있는 이나바 언니의 가난하고 낡은 집에 들러 세모 선물로 돈을 조금 주었다. 예전엔 삼천석 부잣집 아가씨로 불리며, 하얀 피부에 비단옷만 입고 살았던 사람이 이젠 숱이 옅어진 머리카락마저 마른 억새처럼 뻣뻣했고, 묶은 머리에 기름기도 전혀 없었다. 소매 없는 초라한 하오리를 입고 나를 보기가 부끄러운지 고개를 숙였다. 이렇게 누추한 곳에서 차를 대접할 수 없다며 무례함을 용서해달라고 사과하는 얼굴엔 눈물이 흐르고 있었다.

방에 깔린 여섯 장 정도 다다미는 여기저기 뜯겨 당장이라도 내다 버

---

* 하기노야에서 함께 공부한 동기.
** 일본 여자 옷에서 허리에 두른 띠가 흘러내리지 않도록 뒤에서 앞으로 돌려 매는 헝겊 끈.
*** 히구치 이치요의 어머니는 이나바의 유모였다.

려야 할 것 같았고, 문에 바른 장지도 성한 곳이 없었다. 예전에 잘살던 모습은 티끌만큼도 남아 있지 않아 밤에 덮고 잘 이불조차 없어 보였다. 가재도구도 거의 없었고 나무를 파서 만든 볼품없는 화로 위에 질주전 자가 걸려 있을 뿐이었다.

통소매 핫피*를 입은 이나바 언니의 남편은 지금부터 일하러 나가야 한다고 했다. 추위를 이기려고 안카**를 껴안은 채 저녁상 앞에 앉은 모 습이 딱해 보였다.

쇼사쿠(正朔)***가 내가 가져간 선물을 마음에 들어하며 단풍잎 같은 손으로 쥐고 잠시도 놓지 않았다. 그런데 먼저 부처님 앞에 올리라는 엄 마의 말을 듣고서는 그대로 불단에 가져다 놓았다.

"다 시간이 약이에요. 계절이 바뀌면 봄은 다시 찾아오잖아요. 쇼사 쿠만 잘 자란다면 결코 낙담하지 말아요. 몸도 약한데 너무 마음 아파해 병이라도 나면, 그야말로 돌이킬 수 없잖아요."

나는 위로의 말을 건네고 한마디 덧붙였다.

"들어봐요. 쇼사쿠가 육군 대장이 되어 은행에서 얼마든지 돈을 가져 와 아버지, 어머니 모두 편안하게 해주겠다고 당당하게 말할걸요."

이런 이야기를 하다보니 기분이 꽤 즐거워져 미소를 짓게 되었다. 집 으로 돌아오는데 저녁 바람에 옷소매가 나부꼈고, 큰길에는 어둠이 내

* 직공 등이 입는 일본 전통 겉옷.
** 구멍이 있는 그릇에 숯을 피워 담고 담요를 덮은 작은 화로.
*** 이나바 부부의 외동아들.

리고 있었다.

1893년 7월 15일

집을 보러 다녔다.

아침 해가 뜰 무렵부터 이즈미초(和泉町), 니조초(二長町), 아사쿠사 (淺草)를 거쳐 도리고에초(鳥越町), 야나기하라초(柳原町), 구라마에초(藏 前町) 부근까지 갔다. 집을 나서기 전부터 생각하고 있던 것은 가게를 내기 좋다든가, 평소 바라던 장소라서 좋다든가 하는 문제가 아니었다. 일단 집세가 싸고 사람들 눈에 잘 띄지 않는 곳으로 정하려 애썼다. 그러다 보니 작은 집을 찾게 되었고, 더러운 동네만 돌아다녔다. 낡고 오래되어 보잘것없는 곳에서 아는 사람도 없이 살게 된 이상 제대로 된 문이나 격자문은 반드시 있고, 뜰에는 나무가, 집 안에는 도코노마가 있는 정도라면 된다고 생각했다. 하지만 오늘 본 집들은 천장이 대부분 검게 그을어 올려다보는 것만으로도 우울해졌다. 집기둥은 휘고 마루는 낮았으며, 처마들이 옆집과 서로 붙어 있었고, 부엌도 나란히 늘어서 있었다. 대부분 다다미도 미닫이 장지문도 없었다. 그냥 집이라는 이름만 붙은 곳이었다.

처음에는 질려서 문밖에서 들여다보기만 하고 들어가 물어보려 하지 않았다. 하지만 그래서는 아무리 다녀도 끝이 보이지 않을 것 같아 어쨌든 이웃에게 물어보기로 했다. 친절하게 이것저것 이야기해주는 사람도 있었지만, 싫은 내색을 하며 관리인에게 물어보라는 사람도 있었다. 관리인은 머리가 벗겨진 마흔 살가량 남자인데, 격자 너머에 앉아 주판알을 튕기고 있었다. 뒤쪽에는 주겐(中元)* 선물로 받은 듯한 자잘한 설탕 봉지와 소면 묶음들이 빼곡히 늘어서 있었다. 자신이 대단한 존재라도 되는 것처럼 거드름을 피우며 대꾸하는 모습이 밉살스러웠다.

미쿠라바시(三倉橋)와 이즈미바시(和泉橋) 사이에 있는 집 한 채가 눈에 들어왔다. 다다미 넉 장 반과 두 장짜리 방이 있고, 가게는 다다미 석 장짜리 마룻바닥으로 되어 있었다. 이 집은 다다미도 창문도 갖추었을 뿐만 아니라, 나가야인데도 그다지 지저분하지 않았다. 보증금이 3엔이고, 한 달 집세가 1엔 80전이었다. 이런저런 조건들이 다 좋았는데, 다만 한 가지 아쉬운 것은 마당이 전혀 없다는 점이었다. 집 뒤쪽은 곧바로 뒷길의 다른 나가야들의 지붕과 붙어 있어 나무숲 같은 것은 꿈도 꾸지 못할 것 같았다. 결점이 이 정도라면 어머니가 보고 좋다고 하실 경우 이 집으로 해도 좋을 것 같기는 했다.

구니코가 몹시 지쳐 걷는 모습이 너무 안쓰러워 오늘은 이쯤에서 그만두기로 했다. 돌아오며 오늘 본 집에 대해 구니코와 이야기를 좀 더 나누어보았다. 그런데 몇 번이나 다시 생각해도 평지의 번화가에 사는 것은 그다지 내키지 않은 일이었다.

---

* 음력 7월 15일, 이날을 전후로 신세 진 사람에게 선물하는 풍습이 있다.

오후에 고지대 주택가 쪽을 다시 돌아보기로 했다. 마당이 있는 집에 살고 싶어서이다. 고마고메(駒込), 스가모(巣鴨), 고이시카와(小石川) 부근은 어디나 조용하고 좋다. 하지만 유명인들의 별장이 많아 이곳에서 우리처럼 값싼 물건으로 장사를 하면 사줄 사람이 없을 것 같았다. 그렇게 되면 이사 가는 보람이 없다. 그래서 우시고메(牛込) 쪽으로 가보니 가구라자카(神楽坂) 근처가 좋을 것 같았는데, 아는 사람 집이 가까운 것이 싫었다. 이런저런 이유로 집을 정하지 못하고 돌아오고 말았다.

이이다바시(飯田橋)에서 오차노미즈(御茶の水)로 왔다. 오늘은 강놀이가 시작되는 날이라 불꽃을 쏘아 올리려고 띄워놓은 작은 배들이 손님을 끌고 있었다. 강둑에는 마차가 덜컹거리며 바쁘게 달렸고, 그 옆으로 지나는 사람들도 멋지게 차려입은 것을 뽐내는 듯했다.

돌아보니 얼마나 지쳤는지 구니코가 발을 질질 끌며 땀에 흠뻑 젖은 채 따라오고 있었다. 그 모습이 정말 딱해 보였다. 구니코는 어려서 아버지와 오빠를 잃고 여느 아이들처럼 즐겁게 놀아보지도 못한 채 쓸쓸하게 지내는 사이에 점점 보통 아이들과는 다른 모습이 되어갔다. 봄에 꽃이 활짝 피어도 기쁨을 느낄 줄 모를 정도다. 그런 마당에 이제부터 겪을 비참함을 생각하니, 이 아이 때문에도 어머니 때문에도 슬픔으로 가슴이 미어진다. 앞으로 어디로 나아가야 할지 모르겠다. 그렇다고 해서 뒤로 물러설 수도 없고… 불안하다는 것은 이런 경우를 두고 하는 말이다.

1893년 7월 20일

약간 흐린 날이다.

옛집에선 열 시쯤 짐을 모두 뺐다. 이때 일은 자세히 쓰지 않겠다.

새로운 집은 시타야(下谷)에서 요시와라로 가는 유일한 큰길에 있다. 저녁 무렵부터 거리에 울려 퍼지는 인력거 소리와 날아다니듯 오가는 제등의 불빛 등은 이루 말할 수 없을 정도로 보기가 드문 정경이다. 나가는 인력거는 새벽 한 시까지도 끊이지 않았고, 돌아오는 인력거는 세 시부터 바퀴를 울려댔다.

큰길에서 깊이 들어간 혼고(本鄉)의 조용한 집을 떠나 이 집에서 처음으로 잠을 자게 되었다. 낯선 기분을 어찌해야 할까. 태어나서 아직 이런 기분을 느껴본 적이 없었다. 이 집은 두 채가 연결된 나가야의 일부인데 벽 하나 건너편에 인력거를 끄는 남자들이 묵고 있다. 장사를 하게 되면 어쨌든 이 사람들도 모두 손님이 될 터이니 기분을 거스르지 않도록 애써야겠다. 유곽이 가까워 인심도 사납고 말도 많은 곳이라 남자가 없는 집이라고 무시당할 일도 생길 것이고, 억울하고 분한 일에도 얽히게 될 것이다. 무슨 일이 생겨도 나 혼자라면 괜찮지만, 어머니는 늙으셨고 구니코는 아직 세상물정을 잘 모른다. 둘이 걱정하는 모습을 보고 있자니 애처롭기만 하다. 장사를 어떻게 시작해야 할지 오만가지 생각을 하다보니 막막해졌다.

모기가 많은 곳이라 해질 무렵이 되면 특히 각다귀가 많이 날아다녔

222

다. 앵앵거리며 달려드는 기세가 무서울 정도다. 사람들이 그러는데 솜옷을 입을 때가 되어야 이 모기가 나타나지 않는다고 한다. 겨울까지 이렇게 지내야 하니 우울하다. 우물은 수질이 좋은 편이었으나 너무 깊었다. 그래도 뭐든 익숙해지면 괜찮을 테니 너무 불안해하지는 말아야겠다. 아는 사람도 만들고, 장사에도 능숙해져볼 일이다. 한탄을 하려면 끝도 없다. 다만 이런 누추한 곳에서 벗어나지 못하고 일생을 마쳐버리면, 선생님의 얼굴을 다시는 보지 못하고 잊혀지고, 또 잊혀질 것이다. 결국 나의 사랑도 흘러가는 구름처럼 저 하늘로 사라지고 말겠지.

어제까지 살았던 집에는 그분의 발길이 멈추었던 때도 있었다. 가끔은 아주 드물게라도 무슨 일을 하시다가 그 집에 살았던 사람을 떠올리며 나를 그리워해주신다면, 세상에 태어난 보람이 있다고도 할 수 있겠다.

그런데 어디로 갔는지 알 수도 없게 자취를 감추어 끝내 이런 티끌 속으로 사라져버리면, 설사 무슨 일이 있어 나를 떠올린다 해도 불쌍하고 가련하게 여기는 마음이 아닐 것이다. 한 세상을 깨끗하게 살지도 못하고 혼탁하게 살다간 여자라고 업신여기는 마음이 들어 두 번 다시 떠올리고 싶지 않을 것이다.

이렇게 생각에 생각이 꼬리를 물어 잠들지 못하는 사이에 새벽을 알리며 지저귀는 새 소리가 들렸다. 지난밤은 천둥소리가 요란했고, 번개가 무섭게 번쩍거렸다.

1893년 8월 10일

하늘이 맑게 개다.

아침 일찍 어머니와 함께 모리시타(森下)에 가서 과자 상자를 샀다. 돌아오는 길에 어머니는 이사부로(伊三郎) 아저씨[*] 집에 들르셨다. 아저씨의 아내[**]가 어제 아침에 도망갔다는 이야기를 들었다. 너무 놀라서 곧바로 야마나시(山利)에 있는 친척에게 편지를 썼다. 그리고 기타가와(北川)[***]에게도 내일 과자를 사러 가겠다고 엽서를 보냈다.

나는 일곱 살 때부터 구사조지(草双紙)[****]가 좋아 데마리(手鞠)[*****]나 오이바네(追羽根)[******] 같은 것은 던져두고 책만 읽었다. 그중에서도 영웅호걸들이 강자에 맞서고 약자를 돕는 이야기가 제일 좋았다. 까닭 없이 끌렸고 생생하게 와닿았다. 이야기 속 영웅들의 용감하고 멋진 모습이 내 마음을 흡족하게 했다.

아홉 살 때에는 일생이 평범하게 끝나버리는 게 싫어 한 가지라도 남들보다 뛰어났으면 하고 매일 생각했다. 하지만 세상을 제대로 볼 줄 아는 눈이 없었기 때문에 구름을 밟고 올라가 하늘에 다다르기를 바란 것

[*]   이치요 어머니의 사촌 형제.
[**]   이사부로와 내연 관계인 여자.
[***]   과자 도매상의 딸로, 동생 구니코의 친구이다.
[****]   에도 시대 중반부터 출판된 그림이 들어간 이야기책.
[*****]   공으로 땅 치기를 하는 놀이.
[******]   나무 열매에 새의 깃털을 붙여 놀이기구로 사용. 오늘날의 배드민턴 공과 비슷하다.

같다. 사람들은 나를 보고 어른스럽다거나 기억력이 좋고 이해력이 빠른 아이라고 칭찬했는데, 그때마다 아버지는 자랑스러워하셨다. 우타코 선생님도 다른 제자들을 제쳐두고 나를 제일 소중하게 대해주셨다. 어린 마음에 스스로를 돌아보지 못하니 하늘 아래 겁날 것이 없었고, 원하는 바를 쉽게 이룰 수 있을 것이라 생각했다. 세상에서 무슨 일을 하며 살아갈지를 아직 마음 깊이 정하지는 않았지만, 다만 사사로운 욕심을 채우려고 내달리는 세상 사람들이 천박하게만 보여 싫었다. 왠지 '이 사람들은 제정신이 아니구나' 하는 생각이 들었고, 그런 마음으로 바라보니 돈이라는 게 쓰레기나 먼지처럼 느껴졌다.

열두 살 때 학교를 그만두었던 것은 어머니의 뜻이었다. 여자는 길게 공부시켜봤자 앞으로 살아가는 데 도움이 되지 않으니 바느질이라도 배워 가사에 익숙해지는 게 낫다고 하셨다. 하지만 아버지는 아직 좀 더 공부를 시켜야 한다고 생각했기 때문에 어머니와 사소한 말다툼도 있었다. 그때 아버지가 내게 '어떻게 생각하느냐?'라고 물어보셨는데, 타고나길 마음이 약한지라 자신이 하고 싶은 바를 분명히 말하지 못했다. 이제 와 생각하니 죽고 싶을 정도로 슬픈 일이로다. 학교는 그렇게 그만두게 되었다.

그때부터 열다섯 살이 될 때까지 집안일을 돕고, 봉제를 배우면서 세월을 보냈다. 하지만 밤이면 밤마다 책상을 향해 앉았다. 아버지는 이 모습을 지켜보시다가 나를 위해 와카 책을 사 오셨고, 마침내 어떤 장애가 있더라도 다시 공부시키기로 마음먹으셨다.

그 무렵 도다 초안(遠田登庵)이라는 사람이 아버지와 친해 우리 집에 드나들고 있었다. 그에게 나의 일을 상의하며, 선생님으로 누가 좋을지를 물어보셨다.

"성은 모르지만, 우타코(歌子)라는 사람이 좋을 것 같습니다. 하지만 나는 이 사람의 성도, 사는 곳도 모르니. 하지만 나는 오기노(荻野)* 군에게 물어보세요."

이렇게 물어물어 선생님을 소개받았다.

"그런 사람이라면 시모다 우타코(下田歌子)를 이야기하는 것 같습니다. 부녀자로서 학자라 할 만한 사람은 이분 외에는 없지 싶어요."

시모다 선생님의 대답은 이러했다.

"저는 지금 화족 여학교 학감이라 틈을 내기 어렵습니다. 개인적으로 제자를 둘 수 없으니 저희 학교를 다니게 하세요."

나 같은 가난한 서민이 신분이 높은 사람들 무리에 들어가 기가 죽을 일을 생각하니 내키지 않는 일이었다. 그 후 며칠이 지나 아버지는 혹시 하는 마음에 도다 상에게 시모다 선생님에게 배우지 않기로 한 이야기를 했다가 뜻밖의 대답을 들었다.

"제가 우타코라고 말씀드린 사람을 알아봤더니 시모다가 아닌 나카지마 우타코(中島歌子)입니다. 그 댁은 고이시카와에 있고, 와카는 가가와(香川) 류를 따르고, 바탕이 되는 서체는 가토(加藤) 류를 따르고 있어

---

* 이치요의 부친과 함께 시를 짓고 논하던 문학 친구.

요. 우타코라는 이름이 같아도 시모다는 오가와(小川) 류를 따르는 사람입니다. 그런데 나카지마는 가가와 류의 뿌리를 지키고 있다고 할 수 있지요."

도다 상은 입학과 관련된 일이라면 자신이 알아볼 테니 미루거나 망설이지 말고 나를 보내라고 강력하게 이야기했다.

내가 처음으로 나카지마 우타코 선생님에게 배우러 간 날은 메이지 19년 8월 20일이었다.

1894년 2월 23일

정오를 조금 지날 때였다. 귀에 익은 두부 장수 목소리가 들려와 생각해보니 기쿠자카(菊坂)*에서 살 때 종종 두부를 샀던 그 사람이었다. 기쿠자카에서 아부미 언덕길을 올라가면 조용한 동네가 나왔다. 마사고초 32번지라는 주소와 이름을 가지고 어느 하숙집을 돌아나갔다. 그리고 큰길로부터 조금 들어가니 검은 칠이 된 담을 따라 떡갈나무를 심어놓은 집이 있었다. 이 집으로 들어가는 좁은 길목에 안내판이 세워져 있었는데, 비와 이슬을 맞아 희미해진 글씨로 '천계현진술회(千啓顯眞術会) 본부'라고 씌어 있었다. '여기구나'라는 생각이 들자 가슴이 두근거

* 장사를 하기 위해 이사 오기 전에 살았던 동네.

렸다.

현관에 들어서며 인사를 하자, '예' 하는 거친 대답소리가 났다. 서생으로 보이는 열일고여덟 살 정도의 남자가 두 칸짜리 장지문을 조금 열고 내다보았다.

"시다야에서 온 사람입니다. 구사가(九佐賀) 선생님*께 자세히 상담받고 싶은 것이 있어서요. 사람이 없을 때 뵙고 싶은데 몇 시가 좋은지 알 수 있을까요?"

"점을 보실 건지요?"

"아니요. 점을 볼 건 아닙니다."

"그렇다면 상담이군요. 성함은?"

"처음이라 이름을 대도 모르실 거예요. 아키즈키(秋月)라고 말씀드려주세요."

내 대답을 듣고 남자는 안으로 들어가더니 금방 다시 나왔다.

"어떤 상담인지요? 스승님은 지금이라도 괜찮다고 하시는데요."

이 말을 듣자 마음이 편해져 우선은 기뻤다.

"그럼 실례하겠습니다."

남자에게 안내를 받아간 곳은 한 겹 장지문 너머의 상담실이었다. 바

---

* 구사가 요시타카(九佐賀義孝)는 조선, 중국, 미국 등을 돌아다닌 뒤 25세에 귀국해 도쿄에 '현진술회'를 창설했다. 회원이 3만 명가량 되었으며 운세, 장사하는 법, 투자 등에 대한 상담을 했다. 투자 상담을 하러 찾아온 히구치 이치요에게 경제적인 원조를 해주고 첩으로 만들고자 하였다.

닥에 깔아놓은 직물이 보기 흉하지 않은 다다미 열 장 정도 크기의 방이었다. 책장, 선반, 검은 장식장 등이 있었는데, 어떤 부유한 집안에서 보내온 것인지 보기에 눈부실 정도였다. 족자가 두 개 걸려 있었는데, 하나에는 정심관(靜心館), 또 하나에는 기억나지 않지만 무어라 쓰여 있다. 도코노마에는 두 폭짜리 비단에 그린 그림도 한 쌍 걸려 있었다. 이 그림들을 배경으로 커다란 책상에 한 남자가 화로의 재를 뒤적이며 앉아 있었다. 나이는 사십 정도로 보였고, 작은 몸집에 목소리는 조용하고 낮았다. 책상 앞에 큰 화로가 있었고, 화로 앞에는 방석이 깔려 있었다. 남자가 나더러 자꾸만 거기에 앉으라고 권했다.

나도 남자도 한동안 아무 말이 없었다.

"자, 말씀해보시죠. 어떤 상담인가요?"

남자가 먼저 입을 열어 물어왔다.

『도연초(徒然草)』*에는 이름만 들어도 모습을 그려볼 수는 있지만 실제 만나게 되면 상상 그대로인 사람은 거의 없다고 나온다. 정말 맞는 말이다. 그래서인지 막상 만나서는 원래 하지 않으려 했던 이야기를 그대로 말해버리는 경우가 있다. 심지어 평소 마음속에 품고만 있던 생각을 말해버리고 마는 경우도 있다.

"우선 먼저 말씀드려야 할 것이 있습니다. 이렇게 불쑥 찾아온 죄가 가볍지 않습니다. 젊은 여자의 몸으로 누구의 소개도 없이 혼자 대담하

---

* 14세기 요시다 겐코(吉田兼好)가 쓴 수필집.

게 찾아온 제 행동은 사회에서 정한 바를 벗어난 것이지요. 이제부터 제 이야기를 들으시고 이상한 사람이라고 생각하지는 말아주세요. 그럴 만한 이유가 있으니까요. 그러니 천지간을 살피시는 넓은 마음으로 저의 어리석은 말씨로 내뱉는 하찮은 이야기라 해도 버리지 말고 들어주세요. 사랑과 미움이 뒤엉키는 이 티끌 같은 세상 언저리에 묻혀 살면서도 한결같이 지키려는 저의 진실된 마음을 들어보시고, 관심을 가져주시면 그보다 기쁜 일이 또 있을까요.

저는 지금 궁지에 몰려 사냥꾼의 품으로 뛰어드는 새와도 같지만, 천지간에 숨을 곳 없이 헤매는 신세입니다. 하지만 선생님의 넓은 마음은 이런 제가 머물 수 있는 나무가 되어주실 것 같습니다. 우선 제 이야기를 들어주시겠습니까?"

"그래요. 흥미롭네요. 어떤 사연인지 들어봅시다."

구사가가 내 쪽으로 몸을 기울였다.

"저는 아버지를 잃고 올해로 6년째입니다. 세상의 거친 풍파에 떠밀려 어제는 동쪽으로, 오늘은 서쪽으로 떠돌지요. 때로는 구름 위에서 달과 꽃을 노래하지만, 때로는 세상 먼지에 휩쓸리며 살아가고 있답니다. 늙은 어머니와 세상물정 모르는 여동생을 부양하면서 작년까지는 평범한 다른 여자들처럼 지냈어요.

그런데 선생님. 속된 세상 사람들에겐 인정 따위는 없는데도 저는 마음을 다해 의지할 만한 사람을 찾으려고 했어요. 그리고 그런 사람을 몹시 의지하며 세상을 좋은 곳이라 생각하고 살아왔지요. 스스로에게 속아 진심을 다했던 것입니다. 하지만 어느 날 아침 천지간에 혼자서 헤매고 있다는 사실을 깨달은 뒤부터 남모를 괴로움이 늘 끊이지 않고 있습니다. 지금은 세상을 덧없고 허무하고 하찮은 것으로 여기며, 시다야의 한구석에서 장사라는 말에도 어울리지 않는 작은 가게를 차려 거기에 의지하며 살아가고 있어요. 하지만 어찌 된 일일까요. 이 속된 세상의 괴로움을 면할 수가 없어요. 늙은 어머니에게 변변치 못한 식사조차 제대로 해드리기 어려운 처지라는 것을 동생과 함께 한탄하고 있을 뿐이지요. 이미 이 세상엔 희망이 사라졌습니다. 이런 처지로 무엇을 이룰 수 있을까요. 그래도 세상 일을 애석해하고 안타까워하는 것은 어머니 때문입니다. 이제는 나 자신을 바쳐서라도 단 한 번에 모든 운을 거는 위험을 무릅쓴다 해도 주식 투자를 해보고 싶어요.

하지만 가난하다보니 1전의 여유도 없고, 혼자 힘으로 헤쳐나가기가 너무 어렵습니다. 그래서 생각해낸 것이 선생님을 찾아뵙는 일이지요. 궁지에 몰려 사냥꾼의 품으로 뛰어든 새는 결코 잡지 않는다는 말이 있습니다. 천지가 돌아가는 바를 밝히시고, 널리 자선을 베푸는 마음으로 사람들의 괴로움을 치료해주려는 선생님의 바람에 비추어 떠오르는 생각이 있다면 가르쳐주시길 바랍니다. 어떻게 하면 좋을까요? 미칠 듯한 제 마음을 알아주신다면 얼마나 좋을까요."

구사가는 몇 번이나 내 얼굴을 흘깃 보더니 작게 한숨을 쉬며 물었다.

"그런데 나이는 몇인지? 무슨 띠?"

"원숭이 해에 태어났습니다. 스물셋이고, 3월 25일생이지요."

"더할 나위 없이 좋은 운을 타고났어요. 당신이 잘하는 분야에서 노력하면 재능도 있고, 지혜도 있고, 교묘한 재주까지 있군요. 불법의 진리를 깨우치는 데도 인연이 있어요. 하지만 애석하게도 바라는 게 너무 커서 오히려 그 꿈이 깨질 수도 있을 것처럼 보이네요. 당신은 복록은 충분하지만 금전운이 아니라 하늘이 준 기품을 타고났어요. 그러니 이것에 기대어 살아야 합니다. 무엇이든 상(商)이란 글자가 붙은 일은 도움이 안 돼요. 그런데도 주식이란 승부의 세계에서 싸워보겠다니 말릴 수밖에요. 가슴속의 욕망을 모두 내려놓고 안심입명(安心立命)에 모든 것을 거세요. 이것이 하늘로부터 받은 당신의 타고난 기질이기 때문에 그런 것입니다."

"이상하네요. 안심입명이라면 지금도 따르고 있습니다. 욕망이 너무 커서 깨진다는 것은 무슨 말씀이신지요? 오온(五蘊)이 하늘로 돌아갈 때라면 누구든 자신을 이루는 사대원소*가 깨지고 흩어질 텐데요. 모든 바람도 소원도 그때까지만 있는 것이지요. 내 인생이 깨지고 깨져 마지막엔 길거리에 엎드려 구걸하는 거지가 되는 것도 두렵지 않습니다. 그건 그렇다 치고 구걸하는 처지에 이르기까지 여정을 어떻게 만들어야 할지를 아침저녁으로 몸부림치며 고민하고 있습니다. 어차피 깨어져 사라질 인생이라면 일생 동안 달도 되어보려 애쓰고, 꽃도 되어본 뒤 사라지고 싶어요. 이 이상 더 나빠질 것도 없으니 깨져야 한다면 깨질 수

---

* 불교에서 만물을 생성하는 요소로 보는 지수화풍(地水火風)을 가리킨다.

밖에요. 결국 모든 것을 할 수 있는 데까지 해보고 나서 삶을 끝내기에 좋은 길을 알고 싶습니다.

구사가 선생님. 그런 길이 있다면 가르쳐주세요. 세상에서 살아가는 길에 있는 여러 가지 것들은 번거롭기만 합니다. 재미있고, 화려하고, 유쾌한 사업거리가 있다면 가르쳐주지 않으시렵니까?"

나는 신이라도 난 사람처럼 웃으며 이야기했다.

"그건 그렇지요!"

구사가도 몇 번이나 손뼉을 치며 대꾸했다.

"하지만 원만하게 사는 것이야말로 속된 세상을 살아가며 배워야 할 이치입니다. 그리고 사람들이 그렇게 살 수 있도록 노력하는 게 내 일이구요. 깨지고 망하며 사는 것을 아무렇지도 않게 이야기해버리고 말 일은 아니지요. 도대체 당신은 무엇을 큰 즐거움이라 여기며 사는 거요? 그걸 좀 알고 싶소."

"화려한 옷을 겹쳐 입는 영화로운 생활이 무슨 재미가 있겠어요? 자연의 진실된 이치를 마주하고, 말 없는 달과 꽃이랑 대화하는 것이야말로 속된 세상의 일을 잊고, 조물주의 품에 안겨 춤추는 것과 같지요. 이런 순간이 가장 즐겁답니다."

내가 대답했다.

"그럼 자연의 경지를 인간에 비추어 보시오. 비로소 자신의 본성이 우연히 생겨난 것이 아니란 사실이 깨달아지지 않습니까? 붓꽃이나 패랭이꽃도 각각의 본성을 받아 그에 따라 각각 꽃을 피웁니다. 이게 바로 세상이 돌아가는 이치입니다. 풀이나 나무는 각각 심는 시기가 다르다는 것을 알면서 사람이 사업을 시작할 때도 시기가 있다는 생각을 못 한다면 어리석은 일이지요. 모든 일에는 먼 원인과 가까운 원인이 있어요. 단순하지가 않아요. 사람들은 그저 괴로움만 알고, 그것을 만드는 근원적인 병에 대해선 알지 못합니다. 그렇다 보니 번민하며 고통스러워해 봤자 모든 것이 허무할 뿐이고, 뿌리부터 고칠 수가 없습니다. 사람이 한창 운이 좋을 때에는 하늘도 어쩔 수 없게 됩니다. 그럴 때는 내가 할 일도 딱히 없습니다.

나는 정신병원 같은 존재입니다. 마음이 아픈 사람의 고통을 위로해 주지요. 또 가끔은 인생의 넝마주이가 되기도 합니다. 넝마주이가 쓰레기 더미에서 넝마, 백지, 연습장을 가려내듯 사람을 가려내 각자 처지에 맞게 살도록 만들지요. 넝마나 버려진 천조각도 적절하게 녹여 다시 활용하면 쓸 만한 새로운 종이가 되어 귀한 사람들 앞에 내놓아도 손색없게 됩니다. 낡은 것을 새롭게 고치고, 찢어진 곳을 다시 붙여 쓸 수 있게 만드는 것이 내가 할 일입니다.

당신이 이야기하는 바와 나도 생각이 같고, 당신의 본성은 내가 항상 마음에 품어온 소원에 들어맞습니다. 달과 꽃을 사랑하는 진실된 마음을 근본에 두고 있으면, 그 외의 것들은 하찮게 여겨질 테지요. 그런데도 작은 걱정거리들 때문에 크게 부담을 느끼는 것은 하루하루 삶을 운용하는 데 능숙하지 못하기 때문입니다.

그런 운용의 비결을 이곳에서 얻어갈 수 있고, 사실은 아주 쉬운 것입니다. 세상 돌아가는 근본 원리를 깨달으면, 그 후 하루하루를 운용하는 것은 아무 일도 아니지요. 그런데 사람이란 남의 일은 잘 보지만, 정작 자신의 일은 전혀 못 보기도 합니다. 근본 뿌리는 잘 알고 있지만 잔가지들을 돌아보는 일에 헤매는 것도 무리는 아니지요.

내가 이끄는 회원은 전국에 3만 명이 넘습니다. 각양각색의 사람들이 모여 있어서 똑같은 사람은 단 한 명도 없지요. 그중에는 하는 일에 따라서 나보다 더 뛰어나고, 오히려 스승이라 부를 만한 분도 계십니다. 하지만, 과거, 현재, 미래, 삼세를 아울러 내다보며 현재의 일을 점치고 예언하는 일은 또 다른 경우이지요."

구사가는 점점 더 말이 많아졌다. 회원들 얘기며 점을 치거나 상담을 하러 오가는 사람들의 얘기가 멈추지 않았고, 한 마디 한 마디에 바람이 이는 것 같았다. 나도 그도 얼핏 보기엔 오래전부터 아는 사이 같았을 것이다. 이야기는 네 시간에 걸쳐 이어졌다. 그러는 사이에 회원 한 사람이 질문하러 왔고, 오사카의 쌀 경매 가격에 관련된 전화가 걸려오는 등 소란해졌다. 어느새 해질녘이 되어 저녁이 가까워지고 있었다. 나는 조금 생각해봐야 할 이야기를 들었으니 오늘은 이만 가보겠다며 일어섰다.

1894년 3월 ?일

결심한 것을 몇 자 적어본다.

파헤쳐 갈아줄 사람조차 없는 시키시마(敷島)* 우타(歌)**의 황

폐한 밭은 거칠고 또 거칠어…***

황폐해진 것이 일본의 와카뿐일까. 도덕은 무너지고 인정은 종잇장
처럼 얇아졌다. 관리든 백성이든 모두 사리사욕만 추구하고, 국가가 나
아갈 길을 논하는 사람이 없는 이 세상은 어떻게 될까? 힘없는 여자가
무슨 일에든 뜻을 세워봤자 아무런 영향도 끼치지 못한다는 사실은 잘
알고 있다. 하지만 나는 하루의 편안함을 탐내느라 백 년 후를 근심하지
않는 그런 사람이 아니다. 이룬 것이 미약하다 할지라도 오직 한마음을
지닌 자가 모든 욕심을 남김없이 쏟아부어 죽음을 무릅쓰고 천지 자연
의 법칙에 따라 움직인다면, 대장부든 어리석은 사람이든 남자든 여자
든 무슨 차이가 있겠는가.

비웃을 사람은 비웃어라. 욕할 사람은 욕하라. 내 마음은 이미 천지
자연과 하나가 되었다. 내가 마음에서 뜻을 세운 바는 국가의 근본을 염
두에 두고 있다. 쓰러진 내 시체가 들판에 버려져 굶주린 개의 먹이가
될지라도 괜찮다. 아무리 힘들어도 보수를 바라지 않으며, 애쓰는 것을
남들이 보아주기를 바라지도 않는다. 세상은 앞뒤로 좁지 않고, 좌우로
도 트여 있다. 그렇다면 지금처럼 작은 이익을 위해 다투며 장사하는 일

---

* 일본의 다른 이름.
** 일본 전통시(詩) 와카(和歌)를 말한다.
*** 에도 시대 시인 가가와 가게키(香川景樹)의 와카.

에 얽매이지 말아야 한다. 사람이 머물고 움직이는 것은 바람 앞의 티끌과도 같다. 마음을 고통스럽게만 만드는 일이지 싶어 결국 가게의 문을 닫기로 했다.

구니코는 참고 견디어내는 기상이 부족하다. 작은 이익을 얻으려는 장사에는 완전히 질려서 앞뒤도 살피지 않고 가게를 그만두자고 계속 조른다. 어머니도 이런 먼지 속에 묻혀 지내기보다는 작아도 대문이 있는 집에서 부드러운 천으로 지은 옷을 걸치며 살고 싶으실 것이다. 그래서인지 두 사람은 내 깊은 마음을 아는지 모르는지 가게를 닫으려고만 한다.

하지만 이미 몇 년 전부터 집에 있는 물건 중 돈이 될 만한 것은 모두 팔았고, 빌릴 만한 곳에선 모두 돈을 빌렸다. 그런데 이제 가게를 정리하면 어디에서든 한 푼의 돈도 들어오지 않을 테니 충분히 생각해야 할 것이다.

고민하고 고민한 끝에 우선 어떻게 해야 할지를 생각해냈다. 우선 이시카와 긴지로(石川銀次郎) 상 댁에 가서 50엔을 구해봐야겠다. 이 사람은 아버지가 살아계실 때 늘 우리 집에 2, 3백 엔은 빚을 지던 사람이다. 장사도 크게 하며 신용으로 거래하는 사람이니 처음으로 하는 부탁을 매몰차게 거절하지는 않을 것이라는 생각이 들었다. 그런데 금액이 그리 많지 않다 해도 앞일이 늘 불안해 걱정이 많은 처지이기 때문에 이런 일도 갑자기 결정하기가 어렵다. 다음달 꽃구경이 시작될 무렵 장사가 어찌 되는지를 보고 확실히 정하기로 했다.

1894년 3월 26일

나카라이 도스이 선생님을 찾아뵈었다. 이제부터 소설에 더욱 집중해 폭을 넓히려고 마음먹은 참이었는데, 어머니가 마침 선생님의 도움이 있으면 훨씬 좋을 거라고 말씀하셨기 때문이다. 어머니의 말 한 마디로 요 몇 년 사이에 마음을 찌푸리게 했던 뜬구름이 적어도 식구들 사이에서는 활짝 갰다. 이제 선생님을 드러내놓고 간간이 다시 찾아뵐 수 있게 되어 기쁘다. 우선 편지를 보내 댁에 계신지를 물어보았다.

병으로 자리에 누워 있지만, 그래도 괜찮다면 오라는 답장이 왔다. 이 날 날씨는 안 좋았지만, 쏜살같이 날아가고 싶은 마음을 잠시 진정시켜야 했다. 오후가 되자 집을 나섰다.

도스이 선생님은 안색에 푸른 빛이 돌고 심하게 여위셨다. 그래도 예전의 모습만큼은 어딘가에 남아 있음에 틀림없었다.

"당신과 헤어진 뒤 한 달이 넘게 계속 앓았더니 이렇게 되었어요."

선생님이 말씀하셨다.

그런 모습을 뵈니 안타깝고 슬펐다. 이야기를 나누는 것도 힘들어하시고 아파서 고통스러워하시는 듯해 오래 머물지 않고 돌아왔다.

1895년 5월 17일

하루 종일 비가 내리다.

머리가 많이 아프고 잠이 쏟아져서 온종일 누워 있었다. 저녁녘에야 일어나보니, 나카지마 선생님이 보낸 엽서가 와 있었다. 내일은 특별 행사가 있어 하기노야의 수업을 일요일로 연기한다는 내용이었다.

호시노(星野) 상으로부터 《문학계(文學界)》에 실을 원고를 꼭 써달라고 부탁받은 것이 지난 14일이다. 그런데 아직 붓을 들 마음이 내키지 않아 일회분 원고조차 쓰지 못했다. 20일까지는 써야겠다고 생각하는데 점점 머리가 아팠다.

이제는 정말 초여름 날씨다. 여름옷으로 갈아입어야 하는데, 유카타 같은 것들이 거의 전당포의 창고에 들어가 있다. 해가 지면 모기도 앵앵거리며 나올 터이다. 그나마 모기장 정도는 집에 남아 있어서 안심이다. 하지만 다음달에는 월초부터 하기노야의 월례회가 있으니, 여름용 홑겹옷 정도는 있어야 한다. 어머니의 여름 하오리도 급하지만, 생활에 필요한 자잘한 것들을 어떻게 마련해야 할지. 손에 쥔 돈은 1엔도 채 안 되는데, 만약에 손님이 오면 생선이라도 사야 할 것이다. 그리고 그 후에는 또 어찌해야 할지 모르니 어머니와 구니코가 나를 책망하지 않을 수 없을 것이다.

조용히 전후사정을 생각하면, 머리 아픈 일이 한두 가지가 아니다. 하지만 이런 괴로움은 작년 여름까지 히구치 나쓰코*를 괴롭히던 것일 뿐이고, 오늘의 히구치 이치요는 세상의 괴로움을 괴로움으로 여기지 않기로 했다. 쌓아놓은 재산이나 안정된 일거리가 없다 해도 살아갈 각오는 되어 있으니까. 처마 끝에 떨어지는 빗소리에 찾아오는 사람도 없어 마침 좋은 때인지라 마음속 이야기를 붓 가는 대로 적어 가난의 괴로움을 잊어보려 했다. 5월 장마가 지붕을 때리고 작은 집에 비가 새니 눈물에 소매가 젖을 뿐이다.

1896년 2월 20일

처마 끝에서 떨어지는 장맛비와 까마귀가 한동안 계속 울어대는 소리에 책상에 엎드려 자던 선잠의 꿈에서 깼다. 손가락으로 세어 오늘은 2월 20일이라고 알아내는 사이에 겨우 정신이 들어 내 이름이며 나이가 생각났다. 오늘은 목요일이니 사람들이 수업을 받으러 오는 날이다. 봄눈이 너무 많이 내려 길이 엉망이라 모두 오느라 고생하겠다는 생각이 들었다.

방금 꾸었던 꿈속에서는 내 생각을 그대로 이야기할 수 있었고, 사람들이 그것을 그대로 이해해주어 기뻤다. 꿈을 깨니 다시 이 세상의 나로 돌아와 있었다. 이곳에선 입 밖에 내면 안 될 일과 이야기하기 어려운

---

* 나쓰코(奈子)는 히구치 이치요가 작가로 활동하기 전에 쓰던 본명이다.

사연이 꽤나 많다.

책상에 턱을 괴고 앉아 곰곰이 생각해보니 어차피 나는 한 사람의 여자에 지나지 않는다. 내가 무슨 생각을 한다 해도 그대로 행동하기는 어려울 것이다. 나에게 자연을 벗 삼아 시를 읊으며 살고 싶은 마음이 있는지 없는지는 잘 모르겠다. 물론 이 티끌 같은 세상을 버리고 깊은 산속으로 들어갈 마음이 있는 것도 아니다. 그런데도 나를 염세주의자라고 하는 사람들이 있다. 그것은 어떤 이유 때문일까?

하찮은 글을 세상에 내놓으면 이 시대의 뛰어난 소설가라고 온갖 말로 칭찬하고는 내일이면 그 입으로 모르는 체를 하니, 입 끝에 올리는 공손한 칭찬 따위가 어찌 쓸쓸하고 허무하지 않겠는가.

이처럼 불안한 신세로 살아가니 매일 만나는 사람들 중 그 누구도 친구라 할 사람이 없다. 누구도 나를 제대로 이해해주지 않는다고 생각하니 쓸쓸하기만 하고, 혼자서 이 세상에 태어난 듯한 기분도 든다. 어차피 나는 여자인 것을. 아무리 생각한 바가 있다 해도 그것을 세상에서 행할 수 없지 않은가.

1896년 5월 2일

밤에 도쿠보쿠(히라타 도쿠보쿠; 平田禿木), 슈코츠(도가와 슈코츠; 戶川秋骨) 두 사람이 찾아왔다. 잠시 몇 마디 인사말을 나누고서, 둘이 함께 웃으면서 말했다.

"오늘밤은 대접 좀 받아야겠다고 벼르고 왔어요. 어떻게 차리실 겁니까? 이거 대충 넘어가면 안 될 텐데요."

"무슨 일인데요?"

내가 물었다.

도가와가 호주머니에서 잡지를 꺼내더니 "낭독해볼까?"라고 히라타에게 물었다. 그것은《메사마시구사(めざまし草)》* 제4권이었다. 그저께 발행된 것으로,《문예구락부(文芸倶楽部)》에 연재하는 「키 재기」에 대한 비평문을 실었다는 신문광고를 보았다. 아마도 그 비평문을 읽으려는 듯했다. 나는 서둘러 들으려 하지 않고 웃고만 있었다.

"어찌 되었든 한턱내셔야 해요. 오늘 우에다 빈(上田敏)** 상이 이 책을 강의실로 가져와서 좀 보라며 내밀더군요. 뭔가 하고 받아서 보니… 자, 이걸 좀 봐요. 오가이(森鴎外)와 로한(幸田露伴)이 여차저차하게 비평문을 썼어요. '우리 시대의 명작'을 이 작품으로 정했다고 합니다. 기뻐서 가슴이 벅차 아무 말도 할 수 없었지요. 대신 강의실에서 소리 높여 이 비평문을 낭독하기 시작했어요. 그런데도 지독한 기쁨을 표현할 길이 없어 학교를 나와 이 책을 발행한 곳으로 뛰어가 한 권을 사서 곧장 도쿠보쿠의 하숙집으로 쳐들어갔어요. '너, 이거 읽어봐'라면서 던져

---

* 메이지29년에 창간된 문예 잡지.
** 당시 도쿄제국대학 영문과 학생.

주었는데, 이 친구는 한번 훑어보더니 얼굴도 들지 못하고 울더군요. 이러고 있을 때가 아니라 빨리 이걸 이치요 상에게 보여주고 기뻐하든 시샘을 하든 해야겠다는 생각으로 둘이 같이 달려온 거예요. 어쨌든 한번 읽어보세요. 내가 읽을까요? 히라타한테 읽으라고 할까요?"

슈코츠의 빠른 말투에는 감추지 못한 기쁨이 넘치고 있었다. 읽어보니 문단의 신이라 불리는 오가이가 이렇게 말하고 있었다.

"우리가 설령 세상 사람들로부터 이치요를 숭배한다고 비웃음을 살지라도 진정한 시인이라는 이름을 이 작가에게 붙여주는 데 주저하지 않을 것이다. 또한 작품 속 대여섯 자를 뽑아 이 시대의 비평가나 작가들에게 문장 능력이 향상되는 부적으로서 삼키게 하고 싶을 정도다."

글을 쓰는 사람이 이런 비평은 듣는다면 죽어도 여한이 없을 것이라면서, 두 사람은 내 기쁨이 얼마나 크겠느냐고 부러워했다. 그리고 자기 일처럼 열렬하게 기뻐해주고서 돌아갔다.

여러 신문과 잡지에 떠들썩하고 요란하게 이 비평에 대한 기사가 실렸다. 일본 신문 등에는 '단 한 줄을 읽고서 경탄했고, 두 줄을 읽고선 탄성을 내질렀다'라는 평도 실렸다고, 구니코가 사람들에게 들은 말을 전해주었다.

한심할 정도로 쏟아지는 비평에 나는 기쁘면서도 슬펐다. 아무리 화려한 꽃도 때가 되면 지듯이 모든 영화로움은 덧없다는 것을 알기 때문이다. '국민문학'*이 유행하고 있어 나의 사소한 글 하나하나가 일본 전국 어디로나 퍼져가니 들리는 소문도 가지가지이고, 좋지 않은 염문도 점점 더 심해진다. 「키 재기」가 실렸던 《문예구락부》에 나와 가와카미 비잔(川上眉山)**의 사이가 수상하다는 기사가 실리기도 했다. 이 기사의 근거는 지바(千葉) 부근서 날아온 투서라고 한다. 사람들은 이런 것들을 좋은 이유로 삼아 나를 질투하고 시기한다.

원래부터 달리 뛰어날 것도 없는 나인지라 한탄할 것은 그 무엇도 없다. 하지만 애초부터 나란 사람은 세상에 나쁜 평판을 남기고 싶지 않았고, 그저 평범한 사람들처럼 살다 가지 않겠다는 생각만 하고 있었다. 그런데 이런 좋지 못한 소문이 돌고 있으니 너무도 괴롭다. 모두 내가 부덕해서 생긴 일인가 하고 한탄할 뿐이다.

나를 찾아오는 사람 열 명 중 아홉은 내가 여자인 것을 기뻐하고, 희귀하게 여기며 모여든다. 그래서 휴지조각 같은 글을 내놓아도 우리 시대의 세이 쇼나곤(清少納言)이라는 둥 무라사키 시키부(紫式部)라는 둥*** 치켜세운다. 사실은 진심에서 우러나 그런 말을 하는 것이 아님을 알고 있다. 그들은 내가 마음속 깊은 곳에 어떤 생각을 품고 있는지 모르면서 단지 여성 작가라는 사실에 흥미 있어 한다. 때문에 그들의 비평에서 취할 것은 없다. 결점이 있어도 보지 못하고, 좋은 점이 있어도 찾아내지 못한다. 그저 이치요는 잘 쓴다, 뛰어나다고 하면서 추켜올리고, 다른

---

* 청일전쟁 후 국민의 의식을 높이기 위한 일본 정부의 정책 아래 나타난 것이다.
** 메이지 시대에 활동한 소설가.
*** 일본 수필 문학의 효시인 「마쿠라노소시」를 쓴 세이 쇼나곤, 장편소설 「겐지 이야기」로 널리 알려진 무라사키 시키부는 헤이안 시대의 대표적인 여성 작가.

여성 작가들은 물론이고, 대부분 남성 작가들도 고개를 숙여야 할 기량을 갖추고 있다면서, 또다시 잘 쓴다, 뛰어나다고만 한다. 그 외에는 할 말이 없는 것인가. 아니면 딱히 지적할 결점을 찾지 못한 것인가. 몹시 의심스러울 뿐이다.

옮긴이의 말

일본 메이지 시대를 살았던 한 여성이 있습니다. 열여섯 살 나이에 집안의 호주가 되었습니다. 이듬해 아버지가 세상을 떠났고, 약혼자로부터 파혼당했습니다. 그 후 어머니와 동생의 생계를 책임지며 가난한 살림을 이어가다 스물네 살의 나이에 폐결핵에 걸려 세상을 떠나고 맙니다.

일본 근대 문학을 대표하는 작가이자, 고액 지폐 5천 엔을 장식하는 히구치 이치요(1872~1896)의 삶입니다. 불행과 가난에 시달리며 겨우 24년의 짧은 생을 살다 간 이치요는 어떻게 일본 최고의 작가로서 「키재기」나 「흐린 강」 같은 작품을 쓸 수 있었을까요?

일본에서 메이지 시대(1868~1912)는 국민국가가 형성되기 시작해 막 문명이 개화되는 격변기였습니다. 처음으로 근대소설이 발표되기 시작했고, 사회는 아직 봉건제에 얽매인 시스템 아래 유지되고 있었습니다. 신분제 철폐 후 새로 진출한 시민 세력의 남성들은 자신의 지위를 확실히 다지기 위해 여성을 더더욱 가정에 가두려 했습니다.

그들은 새롭게 얻은 사회적 지위를 통해 경제 활동을 하고, 그 결과 쌓은 재산을 일부일처제 가정을 중심으로 굳건히 지켜야 했습니다. 이를 위해선 아내의 도움이 필요했습니다. 그녀들이 집 안에 머물며, 알뜰히 살림을 하고, 대를 이어 재산과 사회적 지위를 지켜줄 아들을 낳아 키워주기를 원했습니다. 이런 사회 분위기 속에선 당연히 여자들에게 정치나 경제 활동을 하도록 기회를 줄 필요는 없었습니다. 물론 일부 전문직이나 다른 사람을 보살피는 직종(교사나 간호사)에서 일하는 여성들이 극히 드물게 있기는 했습니다. 하지만 대부분 여성들은 남편만 바라보며 아이를 낳아 기르면서 시민 사회 시스템이 안정되는 데 한몫을 했습니다. 그녀들이 원하든 원하지 않든 새로운 사회는 그녀들의 말없는 순종 아래 모양을 갖추어가고 있었습니다. 그렇다 보니 대부분 여성들은 히구치 이치요의 작품 속에서 그려진 것처럼 희생을 당연한 것으로 받아들였습니다.

교육을 받지 못하고 오로지 희생하는 어머니의 삶은 다음 세대의 딸들을 더욱 불행하게 만들었습니다. 히구치 이치요만 해도 소학교 중등과를 수석으로 졸업하고 진학하기를 원했지만, 어머니인 다키가 반대했습니다. 다키는 "여자가 오래 공부하는 것은 쓸모없다"고 하며, 딸에게 가사일과 재봉을 가르치려 했습니다. 어머니나 어머니의 어머니, 혹은 그 전에 살았던 많은 어머니들의 삶은 '공부해봤자 쓸모 없는 인생'이었기에 다키 역시 딸을 학교에 보내지 않으려 했습니다. 결국 이것은 나중에 이치요가 교단에 설 기회를 막았고, 딸의 가슴에 '죽을 만큼 뼈

저린 후회'를 남겼습니다.

메이지 유신보다 백 년 앞서 유럽에서도 시민혁명이 일어나 신분 차별이 사라졌습니다. 하지만 그 자리를 성차별이 대신했다는 말이 있을 정도로 여성의 지위는 여전히 형편없었습니다. 시민혁명 이후 소수(素數) 연구에서 큰 업적을 남긴 프랑스의 수학자이자 물리학자인 소피 제르맹은 평생 학교 문턱도 넘지 못한 채 남학생들의 강의 노트를 빌려 공부해야 했습니다. 시민혁명을 주도한 부유한 아버지를 두었지만, 아버지는 딸이 밤새 책을 읽는 것이 보기 싫어 추운 겨울날 딸의 방에 난방을 끊었습니다. 시민의 인권을 위해 싸운 그도 여성의 인권은 모른 척했습니다. 설령 그 여성이 자신의 딸이라 해도 말입니다.

그로부터 백 년이란 시간이 흘렀지만, 메이지 유신을 통해 변화 중인 일본은 시민혁명 당시의 프랑스보다 조금도 나을 것이 없었습니다. 당시 프랑스에서도 가장 성공하고 부유한 여성은 돈 많은 부르주아들을 상대로 연애를 하는 창녀였습니다. 마찬가지로 메이지 시대에도 가장 잘나가는 여성은 요시와라의 고급 유곽에서 일하는 유녀들이었습니다.

메이지 시대에는 남자가 지키는 가정의 울타리 안으로 들어가지 못한 여성들이 주로 일을 했습니다. 즉, 그들은 스스로 일을 해먹고 살기 위해 직업을 가져야 했습니다. 하지만 사회제도상 교육을 거의 받지 못했던 당시 여성이 들어가 일할 만한 곳은 없었습니다. 결국 값싼 임금을 받고 허드렛일을 하거나 남의 집 종살이를 해야 했지요. 남들이 부러워할 만큼 자본을 쌓아 자신의 의견을 주장하며 일할 수 있는 여성들은 유곽의 유녀 정도였습니다. 따라서 당시에 '직업여성'이라 하면 당연히 창녀를 의미했고, 이는 일제 강점기를 지내온 우리말에도 영향을 끼쳤습니다. 지금도 국어사전에서 '직업여성'이란 단어를 찾아보면 '유흥업에 종사하는 여성을 완곡하게 이르는 말'이란 풀이가 나옵니다.

「키 재기」나 「흐린 강」에 나오는 유녀들은 메이지 시대에 가부장제도 밖에서 살아가는 여성들의 삶을 보여줍니다. 이들은 경제적으로 남편에게 의존하지 않기 때문에 얼핏 독립적으로 살아가는 듯 보이지만, 안을 들여다보면 전혀 그렇지 못했습니다. 대부분 많은 빚을 지고 유곽에 팔려왔기 때문에 평생 빚을 갚는 데 매여 지내야 했고, 돈을 버는 구조 자체가 남성 고객을 상대로 그들에게 의존하는 것이었습니다. 사실 이런 유녀의 존재는 여성을 상품화해 더욱더 차별받도록 만드는 데 영향을 주고 있었습니다.

「키 재기」에서 조키치는 앞으로 유녀가 될 미도리의 희고 고운 이마에 진흙 신발을 던지며, "건방진 창녀 계집애"라고 욕을 합니다. 그전까지는 돈 많은 유녀 언니를 둔 덕분에 여장부처럼 활발히 놀던 미도리는 이 사건 이후 변하고 맙니다. 사춘기에 겪는 신체적 변화와 함께 심경에도 큰 변화가 찾아왔기 때문입니다. 남성의 우위성을 보장하는 사회 제도 안에서 여성으로서, 유녀로서 자신에게 주어진 운명이 진흙 신발을 얼굴에 맞는 것처럼 비참해질 수 있다는 것을 깨달았기 때문이기도 합니다.

「흐린 강」의 주인공 리키는 사랑도 연애도 모든 것을 돈으로 계산하고, 의리도 인정도 없는 유곽 생활을 하는 여자입니다. 하지만 그녀의 내면에도 인간으로서 품은 긍지와 꿈이 있습니다. 리키는 강한 자의식을 가진 유녀로서 사회의 추악함을 비판적으로 폭로합니다. 이는 유녀를 '몸 파는 여자'로만 보기 쉬운 남성 작가들은 그려내기 어려운 캐릭터입니다.

사족의 딸이었던 히구치 이치요는 어떻게 유녀들의 삶에 관심을 가지게 되었을까요? 사실 이치요는 도쿄부의 관리로서 부동산업이나 금융업을 하는 아버지를 둔 덕에 부유한 어린 시절을 보냈습니다. 하지만 오빠와 아버지가 차례로 세상을 떠나고, 열여섯 살에 호주가 된 뒤, 아버지가 사업 실패로 남긴 빚까지 떠안게 되었습니다. 한 집안의 호주로서 어머니와 여동생의 생계를 책임져야 했기에, 이치요는 호구지책으로 요시와라 유곽 근처에서 잡화점을 엽니다. 장사에 소질이 없다는 것을 깨닫고 일 년 만에 접게 되지만, 이 시기에 유녀들의 연애편지나 손님에게 보내는 호객용 편지를 대신 써주며, '직업여성'들의 내면을 들여다보게 되었습니다. 그리고 이런 경험은 「키 재기」나 「흐린 강」 같은 작품 속으로 녹아들게 됩니다.

이치요는 스스로가 일하는 여성이었기 때문에 이런 '직업여성'들의 고통에 공감하면서 여성으로서 겪는 사회적 제약에 쉽게 눈뜰 수 있었습니다. 그리고 집안이 망한 후 파혼당하면서 결혼이란 제도를 누구보다 비판적으로 바라보게 됩니다. 그 결과 이치요의 작품 속 여성들은 매춘제도와 결혼제도 속에서 고통을 겪으면서 현실에 안주할 수밖에 없는 인간의 나약함을 잘 보여주고 있습니다.

결혼제도에 갇힌 여성의 비애를 사실적이면서도 서정적으로 아름답게 그린 작품은 「열사흘밤」입니다. 메이지 시대의 결혼은 '집안과 집안의 결합'이었습니다. 본인의 의사나 감정은 철저히 무시되었기 때문에 「열사흘밤」의 주인공 세키 역시 어린 나이에 원하지 않는 결혼을 합니다. 세키의 미모에 반해 맹목적으로 청혼을 했던 남편은 고위 관리이고 부자입니다. 모두들 세키의 결혼을 부러워하고, 출세했다고 칭찬합니다. 그 시절 여자의 출세는 결혼을 잘하는 것이었습니다. 세키의 남동생은 권력자인 매형 덕분에 좋은 곳에 취직해 편안한 직장생활을 합니다. 덕분에 가난한 세키의 친정은 먹고살 걱정을 하지 않게 되었습니다. 하지만 세키가 아이를 낳으면서 남편은 멀어집니다.

하녀들 앞에서 '넌 애 보는 유모나 마찬가지'라고 세키를 구박하고, 틈만 나면 무식하고 가난한 집안 출신임을 들먹이며 미워합니다. 남편의 지독한 정신적 학대는 날이 갈수록 심해져 더 이상 참기 어려운 지경에 이르고 맙니다. 그런데 이치요는 고통당하는 세키의 모습을 서정적인 문장으로 그려내 오히려 더욱 비통함을 느끼게 만듭니다.

이치요의 작품에는 알쏭달쏭한 묘사가 많습니다. 지금도 「키 재기」의 미도리가 겪은 신체적 변화나 「흐린 강」의 정사 사건에 대해선 독자들의 의견이 엇갈립니다. 이치요의 일기를 보면 작가와 편집자들이 집으로 찾아와 어떤 작품을 두고, 작중 인물들이 육체적 관계를 가졌는지 아닌지를 두고 토론을 벌이기도 합니다. 이런 열린 결말과 알쏭달쏭한 묘사야말로 문학의 진가를 느끼게 해주는 부분이라 생각합니다. 저는 이런 부분이 나오면 일부러 책장을 덮고 다른 일을 합니다. 맛있는 음식을 아껴서 먹듯이 그 부분을 오래도록 곱씹어보기 위해서입니다. 멋진 문장을 떠올리며 문학의 향기를 느끼고, 그 안에 감추어진 작가의 복잡미묘한 의도를 추측해봅니다. 그리고 나름대로 결론을 내리는 사이에 인생을 보는 시야나 감정의 폭이 조금은 넓어진 기분이 듭니다. 이처럼 다양한 인생을 작품에 담아내는 힘이야말로, 이치요의 작품들을 명작으로 자리 잡게 한 원동력일 것입니다. 게다가 수많은 와카(일본 전통시)를 지으며 갈고닦은 솜씨로 비통한 삶의 편린들을 예술로 승화시킨 이치요의 문장에 대해선 두고두고 경의를 표하지 않을 수 없습니다.

「가는 구름」은 청춘 남녀의 애틋한 감정을 다루고 있어, 이치요 본인의 삶이 가장 많이 녹아 있을 것 같은 작품입니다. 그래서인지 이치요의 약혼자였던 시부야 사부로나 스승이자 첫사랑이었던 나카라이 도스이의 모습을 겹쳐보게 됩니다.

이 작품에서 흘러가는 구름은 떠나가는 남자의 마음을 상징하기도 하고, 덧없는 삶을 의미하기도 합니다. 이치요는 24세라는 짧은 인생을 살고 떠날 것을 예견이라도 한 사람 같습니다. 작품 곳곳에서 인생이란 본질적으로 우리가 어찌할 수 없는 무엇이며, 우리의 의도와 다르게 흘러가버리는 것이라고 이야기하고 있습니다.

「섣달그믐」이나 「해질녘 보랏빛」에서는 기존의 작품들과는 다른 결을 느끼게 됩니다. 이 두 작품의 주인공들은 자신의 소중한 것을 지키기 위해 좀 더 적극적으로 행동합니다. 금고에서 돈을 훔치기도 하고 남편을 속이고 애인을 만나러 가기도 합니다. 작가가 사람들의 삶을 보다 폭넓게 바라보게 된 결과, 이런 작품이 탄생한 것이라고 봅니다. 하지만 안타깝게도 「해질녘 보랏빛」은 이치요가 스물네 살 나이에 요절하면서 영원히 미완의 작품으로 남고 맙니다.

히구치 이치요는 1887년 '몸에 걸친 낡은 옷'이라는 제목으로 일기를 쓰기 시작한 이후에 적지 않은 양의 일기를 남겼습니다. 「달과 꽃과 먼지의 일기」는 이치요가 나카라이 도스이에게 소설 지도를 받기 시작한 이후부터 생의 마지막 무렵까지의 일기 중 몇 편을 간추린 것입니다. 도스이에 대한 내밀한 감정의 흔들림이나 가난한 작가로서 직업에 대해 느끼는 회의까지 엿볼 수 있어 히구치 이치요에게 한층 더 가까이 다가설 수 있게 해줍니다. 또, 작가가 어떻게 삶의 편린들을 주워 모아 하나의 작품으로 승화시키는지를 유추해볼 수 있는 좋은 자료이기도 합니다.

마지막으로 히구치 이치요의 작품들은 대화문이나 문단 구분이 없는 19세기 일본어로 씌어 있습니다. 많은 부분들이 생략되어 있어 직역하면 이해하기 쉽지 않습니다. 때로는 이 말이 대화인지 독백인지, 엄마가 한 말인지 딸이 한 말인지 헷갈릴 수 있는 그런 문장입니다. 역자로서 독자들에게 내용을 정확하게 전달하면서 작가 고유의 뛰어난 문장에 누가 되지 않도록 단어 하나하나를 고민하며 번역했습니다. 그 과정이 무척 뜻깊었기 때문에 이 책을 번역할 기회를 주신 궁리출판에 감사드리고 싶습니다.

오늘날 평론가들은 가난과 불행 속에서도 명작을 남기고 떠난 히구치 이치요의 삶을 두고, '진흙탕 속에 핀 연꽃'이라고 평가합니다. 하지만 저는 「키 재기」에서 신뇨가 격자문 안으로 밀어넣어 미도리의 가슴을 아련히 설레도록 만든 수선화를 떠올려봅니다. '청초하고 고결한 사랑의 수선화'를 진흙탕 같은 이 세상에 던지고 간 작가가 바로 히구치 이치요이기 때문입니다.

수록 작품의 원제명

히구치 이치요가 걸어온 길

1872년 5월 2일	도쿄 지요다 구에서 사족(士族)인 아버지 노리요시와 어머니 다키 사이에서 태어났다. 가족 구성을 살펴보면 아래와 같다. 아버지: 노리요시(則義)/ 야마나시 지역의 농민이었으나 돈으로 하급 관리직을 사서 사족이 된다. 나중에 도쿄부의 관리로 일한다. 어머니: 다키(多喜) 장녀: 후지(ふじ)/ 태어나자마자 다른 집에 양녀로 보내진다. 장남: 겐타로(泉太郎) 차남: 도라노스케(虎之助)/부모로부터 의절당해 히구치 집안 호적에서 빠진다. 차녀(본인): 본명은 나쓰코(奈子), 호적명은 나쓰(奈津) 막내: 구니코(邦子)
1877년(5세)	아버지 노리요시가 경시청에 고용된다. 이미 『구사조시』(히라가나로 쓴 통속적인 이야기책, 삽화가 들어 있어 아이들이 읽기에 좋다)를 탐독하고 있던 이치요는 만 5세 나이로 공립 혼고(本郷)학교에 입학하지만, 너무 어려 곧 그만둔다.
1878년(6세)	사립 요시가와(吉川)소학교에 입학한다. 이곳에서 읽기와 쓰기를 배운다. 조숙한 이치요는 교과서를 금방 익히고, 교사로부터 따로 한문 서적을 받아 공부한다.
1881년(9세)	행실이 문란한 둘째오빠 도라노스케가 부모로부터 의절당해 평민이 된다.
1883년(11세)	세이카이(青海)소학교 중등과를 수석으로 졸업하고 진학하기를 원했으나 어머니의 반대로 포기한다. "여자가 오래 공부하는 것은 쓸모없다. 바느질이나 가사일을 배우는 것이 훨씬 낫다"고 한 어머니의 말은 공부를 해봤자 별다른 직업을 가지기 어려웠던 당시의 시대상을 반영한 말이다. 하지만 이치요는 나중에 자

신이 원하는 바를 내세우며 공부를 계속하지 않은 것을 "죽을 만큼 후회한다"고 일기에 썼다.

소학교 재학 중 교사에게 와카(和歌; 일본의 전통시)를 처음으로 배웠고, 학교를 그만둔 뒤 재봉을 배우고 가사일을 도우면서 혼자 와카를 지으며 연습한다.

큰오빠 센타로가 히구치 집안의 호주가 된다. 이와 관련해, 아들의 징병을 피하기 위해 이치요의 아버지가 일찍 호주상속을 했다는 설이 있다. 아울러 둘째오빠가 의절당해 호주가 된 것도 같은 이유 때문이라는 추측이 있다.

1884년(12세)	와카 통신 학습을 시작한다.
1885년(13세)	큰오빠 센타로가 메이지대학 법률학교에 입학한다.

훗날 약혼자가 될 시부야 사부로(渋谷三郎)가 집에 드나든다. 시부야 사부로는 아버지가 은인처럼 섬기는 집안 사람이다.

1886년(14세)	아버지의 지인 소개로, 나카지마 우타코(中島歌子)가 운영하는 하기노야(萩の舎)에 입학해 와카와 고전문학을 배우기 시작한다. 이 학교에는 왕족이나 화족의 사모님과 딸들이 주로 다녔기 때문에 이치요는 자신의 집안과 비교해 열등감을 느낄 일이 많았다고 한다. 하지만 스승인 우타코가 후계자로 점찍을 정도로 이치요의 실력이 뛰어나 칭찬을 받았으므로 글 짓는 재능에 대한 자부심을 키우는 시기이기도 했다.

이치요의 아버지 노리요시는 학문을 좋아하고 달필이었으며, 어머니와는 달리 딸이 공부하는 것을 지지해주는 쪽이었다. 기록하는 것을 매우 좋아하여 여행일기와 자서전을 남길 정도였으므로, 이치요가 자신을 많이 닮았다고 생각했을 것이다.

1887년(15세)	'몸에 걸친 낡은 옷(身のふる衣)'이란 제목으로 일기를 쓰기 시작한다.

아버지가 경시청을 퇴직하고, 큰오빠 센타로는 폐결핵으로 사망한다. 부조금 명부에 나쓰메 소세키(夏目漱石)의 부친 이름이 보이는 것으로 보아 두 집안 사이에 교류가 있었다고 본다.

1888년(16세)	큰오빠 센타로의 뒤를 이어 이치요가 16세 나이에 히구치 집안을 이어갈 호주가 된다.

아버지는 운송청부업조합에 출자해 사업을 시작했지만, 어려움을 겪는다.

1889년(17세)	아버지가 시부야 사부로에게 이치요와 결혼하도록 부탁한다. 사부로가 승낙하여 이치요의 약혼자가 된다.
	사업에 실패하고, 건강이 급격히 나빠진 아버지가 7월에 60세의 나이로 사망하자, 이치요는 어머니, 여동생과 함께 둘째오빠 집으로 이사한다.
	어머니는 시부야 사부로를 불러 약혼을 확실히 하고자 하였으나, 사부로 집안은 아들을 데릴사위로 보내는 대신 막대한 약혼금을 받으려고 한다. 결국 혼담은 깨지는데, 이치요의 집안이 망한 것을 알고, 시부야 사부로가 일방적으로 파혼을 통보했다고도 전해진다. 시부야 사부로는 훗날 와세다대학 교수를 거쳐 야마나시현 지사가 되는 등 출세가도를 달린다.
1890년(18세)	하기노야 입주 제자가 된다. 스승 나카지마 우타코는 이치요를 여학교 교사로 추천했으나 학력 부족으로 교사가 되지 못한다. 마침 하기노야의 허드렛일을 하는 사람이 그만두는데, 인원을 충당하지 않자 이치요가 그 일을 대신하게 된다. 와카 공부를 제대로 할 수 없다고 판단하고, 하기노야를 나온다.
	어머니와 둘째오빠 사이가 안 좋아 어머니, 여동생과 함께 둘째오빠 집을 나온다. 혼고 기쿠사카초(菊坂町)에 집을 빌려 세 식구가 함께 살면서 빨래나 바느질로 생계를 꾸려나간다. 하지만 수입 대부분은 월세나 아버지가 남긴 빚의 이자를 갚는 데 쓰여, 죽을 때까지 벗어나지 못할 가난이 시작된다.
1891년(19세)	하기노야의 선배인 다나베 가호(田辺花圃)가 소설가로 성공하는 것을 보고, 자신도 소설가로 살아갈 결심을 한다. 다나베 가호의 성공 뒤에는 소설의 교열을 보아주거나 출판을 주선해줄 든든한 인맥이 있었다. 이치요도 그런 도움을 받기 위해 동생 구니코의 친구인 노노미야 기쿠코(野野宮菊子)의 소개를 받아 나카라이 도스이(半井桃水)를 찾아간다. 아사히 신문 기자이자 소설가인 도스이는 처음엔 여성인 이치요가 남성도 해나가기 어려운 소설가란 직업 세계에 뛰어드는 것에 반대한다. 하지만 이치요의 결심이 굳은 것을 알고, 가져온 습작을 받아주면서 '언제든 개의치 말고 찾아오라'고 한다. 한편, 이치요는 이때부터 본격적으로 일기를 쓰기 시작한다.
1892년(20세)	온세상이 하얗게 되도록 눈 내리는 날 도스이의 집을 방문했더니, '오늘밤은 묵어 가라'고 한다. 청을 뿌리치고 돌아오면서 「눈 내리는 날」을 구상한다.
	도스이가 동인지 《무사시노(武藏野)》를 창간하고, 이치요의 첫

소설인 「밤 벚꽃(闇桜)」을 실어준다. 도스이는 이치요의 작품을 칭찬하며, 앞으로 《무사시노》를 발행할 때마다 작품을 싣고 싶다고 한다. 하지만 아직 원고료를 받는 작가가 아니었기에 생활은 여전히 어려웠다. 도스이에게도 사정을 이야기하고 빚을 져야 할 정도였다.

도스이는 이치요가 신문에 소설을 연재해 돈을 벌 수 있도록 오자키 고요에게 소개해주려 한다.

도스이는 쓰시마 사람으로 어린 시절을 부산에서 보냈기에 조선의 사정에 밝았다. 이치요에게도 『구운몽』을 필사하며 소설 작법을 익히도록 추천할 정도였다. 결혼하고 일 년 남짓한 시기에 아내가 병으로 죽은 뒤 독신으로 지내는 처지라, 미혼인 이치요와 사귄다 해도 크게 문제될 것은 없었다. 하지만 그는 같이 살고 있는 세 명의 동생을 돌보아야 할 장남이었고, 이치요는 어머니와 여동생의 생계를 책임져야 할 가난한 집안의 호주였다. 게다가 키가 훤칠하고 얼굴이 하얀 미남인 그에겐 많은 소문이 따랐다. 그중에는 의학을 공부하는 동생이 여자 친구와의 사이에서 낳은 아이를 제 자식처럼 기르면서 얻은 오해도 섞여 있었다. 이치요는 죽을 때까지 이 아이가 도스이의 딸이라 생각했다. 우타코 선생님이 이치요에게 말했듯이, 도스이는 '평판도 나쁘고, 재능도 많지 않은 사람'이었으나 가족은 물론이고, 이치요를 포함한 주변 사람들을 챙길 줄 아는 마음 따뜻한 사람이었다.

어느 날 우타코 선생님이 주변의 소문을 전하며, 도스이와 장래를 약속한 사이냐고 묻는다. 아니라고 펄쩍 뛰는 이치요에게 "도스이가 너를 자기 아내처럼 이야기하고 다닌다는구나" 하고 추궁한다. 소문의 진위야 알 수 없지만, 충격을 받은 이치요는 도스이를 찾아가 절교를 선언한다. 물론 절교의 말은 우타코 선생님의 가르침대로 부드럽고 완곡한 표현을 썼다. 도스이도 그것이 이치요를 위한 길이라면 어쩔 수 없다고 받아들인다.

도스이는 몇백 편의 소설을 남긴 통속작가였는데, 오늘날 그의 소설을 읽는 사람은 아무도 없다. 대신 이치요의 첫사랑이자 소설가의 길로 이끌어준 사람으로서 많은 사람들이 기억해주고 있다. 쓰시마에는 그를 위한 기념관도 있다.

도스이와 결별 후 문단과 인연이 끊어질 뻔한 이치요에게 도움을 준 사람은 하기노야의 선배로서 먼저 소설가가 된 다나베 가호였다. 결혼 후 미야케로 성을 바꾼 가호는 이치요가 일본 최초 상업 문예 잡지인 《수도의 꽃(都の花)》에 작품을 실어 직업 소설가가 될 수 있도록 소개해준다. 이치요는 《수도의 꽃》에 발표

한 「매목」으로 원고료 11엔 75전을 받았다. 이 작품은 《문학계
(文学界)》 창간을 준비하던 히라타 도쿠보쿠(平田禿木)의 눈에
띄어 나중에 「키 재기」를 연재하는 계기가 된다.

이 해에는 「멋진 어깨끈(たま欅)」, 「이별 서리(別れ霜)」, 「장마
(五月雨)」, 「작은 책상(経つくえ)」을 발표한다.

1893년(21세)　혼고에서 류센지초(竜泉寺町)로 이사해 철물, 과자, 완구 등을
파는 가게를 시작한다. 이 시절 이치요의 일기에는 "정기적인 수
입이 없으면, 마음이 안정되지 않는다"라는 글이 보인다. 또 다
른 글에선 "입에 풀칠하기 위해 쓰지 말고, 마음 내키는 대로 써
야 한다"라고 심경을 밝히고 있다. 막상 소설가가 되어보니 글을
써 돈을 버는 일이 쉽지 않을 뿐만 아니라, 돈을 벌기 위해 쓴 글
은 성에 차지 않음을 깨달았을 것이다. 장사라도 해서 호구치책
을 마련해야만 계속 글을 쓸 수 있는 상황이었다.

이 해에는 「어스름달밤(朧月夜)」, 「눈 내리는 날(雪の日)」, 「거
문고 소리(琴の音)」를 발표한다.

1894년(22세)　5월 장사를 정리하고 혼고 마루야마후쿠야마초(丸山福山町)로
이사한다.

이치요를 후계자로 만들고 싶어하는 우타코의 요청으로 월급 2
엔을 받는 하기노야의 조교가 된다. 이외 부족한 생활비는 와카
나 고전문학을 개인 교습하면서 충당한다. 이치요의 제자 중에
는 나중에 고위 관리나 대학의 학장이 된 사람도 있었다.

이 해에는 「꽃 속에 묻혀(花ごもり)」, 「깊은 밤(暗夜)」, 「섣달그
믐(大つごもり)」을 발표한다.

1895년(23세)　1월 「키 재기(たけくらべ)」의 일부를 《문학계》에 발표하면서
'기적의 14개월'이 시작된다. 「키 재기」 연재는 이듬해 1월까지
이어진다.

4월에 「처마 끝 달(軒もる月)」, 5월에 「가는 구름(ゆく雲)」, 8월
에 「매미(うつせみ)」, 9월에 「흐린 강(にごりえ)」, 12월에 「열사
흘밤(十三夜)」을 발표한다.

1896년(24세)　1월 「갈림길(わかれ道)」, 「이 아이(この子)」를 발표한다.
「키 재기」의 나머지 부분도 《문학계》에 발표해 완성한다.

2월 「해질녘 보랏빛(裏紫)」 일부를 발표한다. 이 작품은 영원히
미완으로 남는다.

4월 「키 재기」를 《문예구락부(文藝倶楽部)》에 전체 게재해 모리

오가이(森鷗外)와 고다 로한(幸田露伴) 등 대작가들의 격찬을 받는다. 이 무렵 폐결핵이 발병한다.

6월 「나 때문에(われから)」를 마지막 작품으로 발표한다.

이 시기 이치요의 집은 근대 일본 문학을 위한 살롱 같았다. 히라타 도쿠보쿠(平田禿木), 바바 고초(馬場孤蝶) 등 《문학계》 동인을 중심으로 하는 청년들이 찾아와 작품에 대해 열띤 토론을 벌인다. 이들과 교류하며 이치요의 창작 의욕은 더욱 타오른다. 하지만 여름쯤 폐결핵이 악화되어 절망적이라는 진단을 받는다.

11월 23일 구니코에게 "일기는 태워버려"라는 유언을 남기고 사망한다. 하지만 동생은 언니가 남긴 원고, 소설 초고, 편지에 이르기까지 한 장도 버리지 않고 보존한다. 이 자료는 근대 작가 중에서도 히구치 이치요에 대한 연구가 활발히 이루어질 수 있도록 하는 데 큰 도움이 된다.

에디션 **F 08**
히구치 이치요 작품선

해질녘 보랏빛

1판 1쇄 찍음 2021년 4월 5일
1판 1쇄 펴냄 2021년 4월 12일

지은이 히구치 이치요
옮긴이 유윤한

주간 김현숙 | **편집** 변효현, 김주희
디자인 이현정, 전미혜
영업 백국현, 정강석 | **관리** 오유나

펴낸곳 궁리출판 | **펴낸이** 이갑수

등록 1999년 3월 29일 제300-2004-162호
주소 10881 경기도 파주시 회동길 325-12
전화 031-955-9818 | **팩스** 031-955-9848
홈페이지 www.kungree.com
전자우편 kungree@kungree.com
페이스북 /kungreepress | **트위터** @kungreepress
인스타그램 /kungree_press

ⓒ 궁리출판, 2021.

ISBN 978-89-5820-711-5   04830

책값은 뒤표지에 있습니다.
파본은 구입하신 서점에서 바꾸어 드립니다.